Joint Publishing (H.K.)

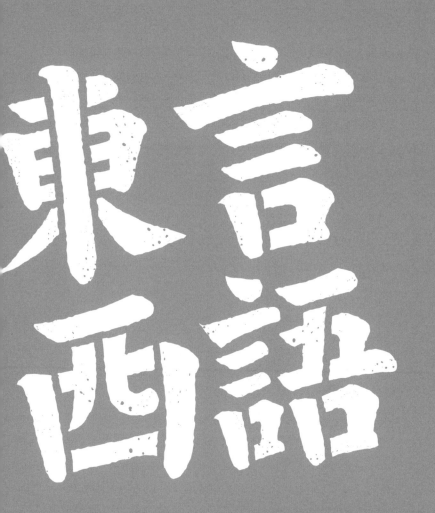

東言西語

在語言中
重新發現中國

鄭子寧 ● 著

如果你穿越到了古代，要怎麼做才能聽懂古人說的話

帶上一把手槍，一箱子彈，穿越回冷兵器時代建功立業，不知多少人有過這樣的夢想，不少以此為題材的網絡小說長盛不衰。

不過，適應真正的穿越需要極高的技術含量。即使忽略掉皇阿瑪戴手錶、漢朝的椅子、唐朝的西紅柿等細節，穿越更大的問題其實是語言——你們互相聽不懂對方說的話。

殘酷的事實是：穿越到清朝當格格、貝勒、貴妃，勉強能夠圓夢；穿越回元明，古人多半會覺得你口音怪異，但還能大致聽懂；穿越到唐朝以前就比較慘了——運氣好點會被當作東國來客，由鴻臚寺接待後送去學習漢語，運氣差的，也許會被當作外國奸細處理。

一些人會想，那用文言文不就解決了？

這倒是個方案，不過很難操作——地道的文言文遠非當下受過一般古文教育的中國人能寫出的，古人平常更不會用文言文說話。哪怕完美習得了文言文的語法、詞彙，也只能和小部分人筆談，還是與外國來客無異。

更有甚者以為粵語是古漢語的活化石，是現代最接近古漢語的方言。所以只要用粵語，那麼和古人對話時就能暢通無阻了。

那麼，古人的讀音究竟是怎樣的？如何確定字詞的古音？講粵語真的就可以和古人"無縫銜接"了？

解釋這些問題，要先從漢語的獨特性質說起。與拼音文字不

同，漢字很大程度上獨立於語音——也就是說，語音的改變並不反映在文字上。這一特點不但讓一般人對於語音的變化缺乏認識，為穿越徒增困難，還給研究歷史音變的專家增加了麻煩。古人並沒有留下任何音頻、視頻，現代讀音又受漢語語音複雜的歷史變遷干擾，語言學者怎麼就知道現代哪些字詞的發音與古代相同，哪些不同呢？

第一，靠韻書。韻書大體相當於古代的字典，自然要標注讀音。漢語韻書普遍採用反切法：將一個字的聲母和韻母聲調分拆，分別用其他字標注。舉例來說，《大宋重修廣韻》中"東"就被注為"德紅切"——採用"德"的聲母，"紅"的韻母和聲調。當然，要讀懂反切法，必須先知道所用字的讀音，在這點上今人遠遠稱不上清楚明白。不過，對反切注音的整理雖不能直接確立讀音，但能得出當時語音系統的框架。

第二，靠漢字本身。漢字並非完全獨立於語音，通過對大量形聲字古今聲旁的對比，可以獲得一些線索。如"路"的聲旁為"各"，普通話中兩字的讀音根本就不搭界，但古人會用"各"作"路"的聲旁，說明在古代兩字讀音必然接近。

第三，詩文押韻。海、峙、茂、起、裏、志，一眼看去，似乎沒有什麼聯繫，也幾乎沒有任何一種漢語方言可以使他們的讀音完全押韻。可是在曹操《觀滄海》一詩中，這六字押韻。整理詩詞押韻的變化，也是研究古音的重要方向。

第四，外語和現代方言。外語主要指曾被大量翻譯進漢語的語言，如佛教用語梵語和巴利語。家喻戶曉的夜叉／藥叉來源於梵語 य क्ष（yakṣa），即可說明當年夜／藥的讀音很可能接近 ya 或 yak，和現代漢語中的讀音不同。

最後，還有些散見於文獻中，並不系統的描寫。如《呂氏春秋》中，東郭牙觀察到齊桓公口型"呿而不唫"（開而不閉），成功判斷出齊桓公"所言者'莒'也"，由此將齊桓公和管仲謀劃討伐莒國的事泄露了出去；與之相反的是，今天的普通話呼"莒"的口型甚小。由此可以看出，古書中的類似描述可以幫助人們推斷古音。

通過以上方法綜合分析，我們可以回溯古代漢語的讀音體系。

舉例來說："塔"來自於巴利語 थूप（thūpa），在《廣韻》中為"吐盍切"，一般認為屬於盍韻，而在現代方言粵語中讀作 taap，朝鮮漢字音讀作 탑（tap），綜上所述我們可以認為"塔"和同韻母的所有盍韻字（如闔、盍等字）在古代韻母非常有可能均為 ap。

目前，學界普遍以《切韻》《廣韻》等書中記錄的語音作為中古漢語基準，復原可信度已經相當之高。

以此來對照，粵語是否就符合漢字古代的讀音呢？廣東人就可以順利穿越到唐朝，交流無礙？遺憾的是，這是個徹頭徹尾的幻想，沒有一丁點兒可信的成分。

和現代一樣，古代不同地區之間也存在語音差別。唐朝時，廣東還屬於中原人眼中的"蠻荒"地區，韓愈被貶至潮州時絕望到寫出了"知汝遠來應有意，好收吾骨瘴江邊"的詩句。當時的廣東話和其他地區，特別是"高大上"的中原口音存在著顯著差別。

禪宗六祖慧能出生於新州（今廣東新興），他初見五祖弘忍時，弘忍責曰："汝是嶺南人，又是獦獠，若為堪作佛？"後來慧能拜別弘忍時也自稱："慧能生在邊處，語音不正，蒙師傳法，今已得悟，只合自性自度。"其實，慧能本籍為河北範陽，家在嶺南不過一兩代人的工夫，但是已經"語音不正"，說明至少唐朝中原人氏並不覺得嶺南人講話與自己相同。

當時真正地位崇高的語音，一向是中原讀書人的口音，尤其是洛陽一帶的口音。

東晉永嘉南渡後，士大夫誦讀的口音被稱為洛生詠，備受推崇。《顏氏家訓》中談及語音時稱："榷而量之，獨金陵與洛下耳。"唐宋時期，洛陽讀書人的發音仍然有極高的地位。北宋寇準和丁謂一次談及語音，論及天下語音何處為正，寇準說"唯西洛人得天下之中"，丁謂則說"不然，四方皆有方言，唯讀書人然後為正"。到了南宋，陸游《老學庵筆記》中仍有"中原唯洛陽得天下之中，語音最正"的說法。

但是即使粵語不是唐朝官話，相對於北方官話，粵語仍真實地保留了不少中原舊音。中唐以後，北方陷入長期戰亂，漢語由中古漢語演變為近古漢語，唐懿宗時胡曾作《戲妻族語不正》一詩，其內容就生動反映了當時的語音變化。此時，偏居一隅的嶺南卻很少受到北方發生的音變影響。

南宋朱熹《朱子語類》中有如下評價："四方聲音多訛，卻是廣中人說得聲音尚好，蓋彼中地尚中正。自洛中脊來，只是太邊南去，故有些熱。若閩浙則皆邊東南角矣，閩浙聲音尤不正。"可以看出，當時的讀書人認為廣中人繼承了中原洛陽地區的語音，所以"尚好"。

宋元明清四朝，北方語音變化愈厲，相對而言，嶺南地區更加安定，語言的保守性愈加突出。經濟上的發展，更令曾經的"蠻荒之地"挺起了腰杆，尤其是廣州的發展水平逐漸超越了中原地區，嶺南人的文化自信逐漸提高，並自視為古中原的繼承者。

廣州人陳澧在《廣州音說》裏面就明確指出"廣州方音合於隋唐韻書切語，為他方所不及者，約有數端"，並舉例論證：廣州話能分陰上、陽上、陰去、陽去，有 -m 尾，"觥公""窮瓊"讀音不同等。（不過廣州"九""狗"無別，"呼""夫"不分等不合古音的方面就被選擇性地無視了。）

由此他提出了一個我們很熟悉的論斷："至廣中人聲音之所以善者，蓋千餘年來中原之人徙居廣中，今之廣音實隋唐時中原之音，故以隋唐韻書切語核之而密合如此也。"陳澧可算是以粵語為唐朝官話說法的濫觴了。

與粵語對中原語音的繼承相比，北方漢語則被認為因為胡化而丟失了自己的傳統。

多數人並不了解真正胡化的語言是什麼樣子。金元時期曾經流行過一種奇怪的漢兒言語，語序近似蒙古語，語法也受阿爾泰語系影響，具有如複數加"每"等與漢語明顯不同的特點。

元碑中"長生天氣力裏，大福蔭護助裏皇帝聖旨"這種現代看來很拗口的句式，即為漢兒言語的特徵，但明朝以後這種語言就逐漸消亡了。實際上語音變化本為常態，雖然北方話由於社會動蕩等原因可能變得比某些南方方言快了些，但很難將這些變化盡數歸咎於胡語影響，如入聲在中原的弱化至遲在北宋已經開始，彼時離"金元虜語"還早得很呢。

所以，想要穿越回唐朝，能講一口流利的粵語恐怕也沒有什麼用。不過我的這本小書倒是可以分享給大家一些音韻學知識，告訴大家古往今來無以計數的語言中有過多少讓人眼花繚亂、忍俊不禁的趣事，以及如果有朝一日你真的穿過了某個蟲洞或者一夢醒來驚覺時空錯亂，發現自己身處唐宋元明清，雖然你可能還是聽不懂對方說的是什麼（畢竟這需要掌握大量的音韻學知識並接受長久的專門訓練），但如果你以前是死都不知道怎麼死的話，那麼以後可謂是能死得明白了！

目　錄
CONTENTS

壹

普通話與拼音

從南系官話到普通話：
國語是如何統一的

漢字能簡化為
拼音文字嗎

"台灣腔"
是怎麼出現的

漢語拼音為什麼
和英語讀音對不上號

為什麼有那麼多說得出來，
卻寫不出來的字

真有可以
作為軍事密碼
的語言嗎

"抗日神劇"裏，
日軍說話
為什麼總是那麼怪

普通話說得最標準的
是北京人嗎

中國歷史上的"黑話"，
與電視劇中的可不一樣

雙語兒童夢
怎樣實現

差點成為普通話的，
是你沒見過的老國音

01

差點成為普通話的，
是你沒見過
的老國音

傳聞民國初立，為決定官方語言，粵籍議員與北方議員互不相讓，在投票中粵語和北京話票數持平。關鍵時刻為顧全大局，孫中山對粵籍議員曉之以理、動之以情，並親自投給北京話一票，才避免了更大的紛爭。

還有一個與之非常相似的故事：1949 年，為決定官方語言，川渝元老與北方元老互不相讓，川話和北京話票數持平。關鍵時刻為顧全大局，毛澤東曉之以理、動之以情……

顯然，這兩個故事源自同一母題並且都是虛構的。無論是 1949 年之前還是 1949 年之後，都根本沒有過針對粵語、川話 vs 北京話的投票。

這類傳說最早可以追溯到美國差一點選擇德語作為官方語言的傳聞。18、19 世紀，大批德國人移民海外，美國是其重要選擇。如今，全美人口的 17.1% 自稱德國後裔，比例遠高於愛爾蘭、英格蘭、蘇格蘭，德裔遍佈美國，特別在中西部有相當大的人口優勢，當時也是一樣 —— 北美殖民地中，德國移民的比例高於英國移民。正因為德裔在美國的重要地位，德語差點成為美國官方語言的傳聞似乎頗為可信。傳聞中也有一個孫中山、毛澤東式的人物 —— 美國首任眾議院議長弗雷德里克・米倫伯格。為顧全大局，身為德裔的弗雷德里克・米倫伯格也對他們曉之以理、動之以情……

這與歷史上的真實情況可謂相差十萬八千里。1794 年，一些德裔移民要求美國政府提供部分法律的德文版，該提案以 42 比 41 的票數比被否決，米倫伯格在投票中棄權，但事後評價道 "德國人越快變成美國人就越好"。而民國初年制定官方語時確有爭議，只是和北京話競爭的並不是廣東話、四川話、陝西話之類的其他地方方言，而是人造的老國音。

由於老國音早已不再使用，一般人全然不知，自然也無法在民間的各種段子中出場，歷史的本相和製造老國音的緣起也就這樣漸漸被遺忘了。

秦朝開始，中國就實現了 "書同文"，文化、政治上的大一統格局由此奠定，但 "語同音" 卻一直沒有實現。古代人口流動性不強，地區間的交流靠著統一的文言文就可以維繫。漢字本身對讀音指示作用低，也讓各地區的差異化讀音得以保存、發展。

不過，在一個統一的政權下，各地方畢竟有語言上的溝通需要。同時，戰亂等原因引起北方人大規模南遷，將中原一帶的官話帶至南方。文化上對中原的推崇，也在事實上推動北方中原官話成為地區間交流的主要方式。

到了明朝，官話已經形成了南北兩支。北支官話的通行範圍覆蓋今天的華北大部，而南支官話主要分佈在長江流域。兩者雖有差別，但在今天學者看來實質上都屬於北方方言，交流障礙不大。

明朝傳教士利瑪竇在給歐洲同僚的信件中描述："中國十五省都使用同樣的文字，但是各省的語言不通。還有一種通用的語言，我們可以稱它為宮廷和法庭的語言，因為它通用於各省法庭和官場。" 他還在回憶錄中說道："各省的方言在上流社會中是不說的。學會了官話，可以在各省使用，就連婦孺也都聽得懂。" 例如，以明朝官話演唱的崑曲就在全國流行。

明朝的官話與現在的官方語言不同，其散播以自然傳播為主，真正由官方推廣通用語言始於清朝。明末清初的浩劫之後，官話在全國的流行度大大降低，在遠離北方的閩粵地區更趨於萎靡，這引起了雍正的不滿。《癸巳存稿》記載："雍正六年，奉旨以福建、廣東人多不諳官話，著地方官訓導，廷臣議以八年為限。舉人生員貢監童生不諳官話者不准送試。"

此後，閩粵各縣隨即紛紛成立正音書院教導正音。措施不可謂不嚴厲，不過正音書院的教學成果實在有限。清朝已是權力最為集中的朝代，雍正無疑更是位雷厲風行的皇帝，正音書院一塌糊塗的教學成果實在是另有原因，位於福州的正音書院的失敗案例可為鏡鑒。

雖同屬官話方言，但是江淮官話、西南官話、北京官話在語音上存在著差別。書院連應教仍有巨大影響的南系官話（尤以南京官話最著），還是教正在崛起的北京話都一直搖擺不定，權力再集中自然也沒有用武之地。

當時既缺乏對官話的系統性整理，更沒有編寫體例科學的教科書。如福州正音書院因為沒有師資，迫於無奈只得找了幾個駐防福州的旗人。

這樣的老師自然不可能會教。據記載，福州駐防旗人上課頭幾句就是"皇上，朝廷，主子的家；我們都是奴才"，這樣的教法只會淪為笑柄，反倒加重了漢族士子對北京話的反感。

普通話真正有效的推廣還是在民國時期。清末民初民族熱情高漲，很多人將目光投向四分五裂、有礙團結的地方方言上。1913 年，民國召開讀音統一會，決定在全國範圍內推廣"國音"。

當時北京話已有很高地位，有成為全國通用語的趨勢。民國初期定都北京，並沒有經歷傳說中的投票，而是與會者同意"國音"以京音為基礎，但要經過一定的修改。

上古漢語	周代	爾雅，引申為雅言	複輔音聲母，無輕唇音 **❶**，無舌上音 **❷**
	秦漢時代	雅言，也稱正音、通語	複輔音聲母，無輕唇音，無舌上音
	魏晉時代	大廣益會玉篇音系、金陵雅音	平上去入四聲形成，輕唇音逐漸產生，舌上音產生，莊組齒音聲母產生
中古漢語	隋唐時代	切韻（隋）	平聲 54 韻，上聲 51 韻，去聲 56 韻，入聲 32 韻
		唐韻（唐）	幫滂並明　端透定泥來
	兩宋時代	廣韻（北宋）	36 個聲母，206 個韻母（含聲調），-m、-n、-ng、-p、-t、-k、-i、-u，8 個韻尾
		平水韻（南宋）	106 個韻母（含聲調）
近代漢語	元代	中原音韻、漢兒言語	官方韻書是《中原音韻》，實際上是帶有蒙古口音的漢語（漢兒言語）
	明清時代	南京官話、韻白（明，清初）	20 個聲母，分尖團，76 個韻母
		北京官話（清中期以後）	21 個聲母，39 個韻母（不含聲調），前期分尖團，後期不分尖團

標準漢語的演變

---

❶ 輕唇音：傳統音韻學按發音部位概括出來的聲母類別之一，指三十六字母中非、敷、奉、微這組音。

❷ 舌上音：傳統音韻學按發音部位概括出來的聲母類別之一，指三十六字母中知、徹、澄、娘這組音。

辛亥革命後，北京話因為是清廷的語言招人憎惡，但它更麻煩的問題恐怕還是在於沒有入聲。

中古漢語中以 -p、-t、-k 收尾的音節即為"平上去入"中的入聲。保留中古漢語入聲格局的方言不多，粵語是其中之一。到過香港的人都知道，香港國際機場亦稱赤鱲角機場，英文為 Chek Lap Kok Airport。赤鱲角三字均為入聲字。在絕大多數現代漢語方言中入聲都發生了相當大的變化，有的是一個尾巴丟失，如潮州話；有的三個都混到了一起，如上海話；還有的乾脆失去了短促的特徵，變成了一個純粹的聲調，如長沙話。

作為方言，入聲的改變不會引人注意，但若是推廣為國音，這就會成為招人攻擊的把柄。中國傳統的韻文，如詩詞歌賦，往往講究平仄和諧。中古漢語四聲中，平聲為一類，上去入三聲為另一類，統稱仄聲。古漢語中平聲時長較長，仄聲較短，平仄有規律地交錯會產生聲音長短諧和的美感。人們為了追求這種諧和，在詩詞創作時都非常注意平仄的使用。

平仄竄亂，被稱作失格。在科舉考試中出現這

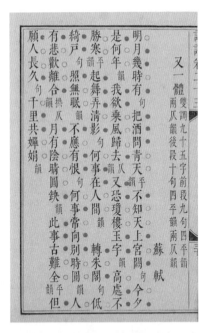

詩詞格律之一例：清康熙五十四年內府刊朱墨套印本《欽定康熙詞譜》中的蘇軾《水調歌頭·明月幾時有》

樣的失誤，不管該詩意境多好文采多麼美妙，都是直接出局。雖然後世平長仄短的格局早已被打破，但規矩已根深蒂固，被視為傳統文化的標誌。北京話的獨特在於入聲消失後又派入了現代四個聲調，大量入聲字進了陰平、陽平兩個平聲聲調，所以平仄尤其混亂。

保守人士出於繼承傳統的考慮尤其不喜歡北京話，認為它會嚴重影響人們對古典文學作品的理解。這造成了另一個奇怪的對立格局：北京口語音和北京讀書音。一直到民國初年，老北京讀書人並不用市面上的北京口語音讀書，而是另用一種北京讀書音。其特點在於所有的入聲字都讀成短促的去聲，韻母上也模仿南支官話，人為重現了在北京口語中已經消失了幾百年的入聲。

現代這種讀書音已然式微，但留下了零星的痕跡。北京話的部分多音字，如"剝"皮—"剝"削、"削"皮—"削"弱、"擇"菜—選"擇"、家"雀"—"雀"鳥，後一個讀音正是源於讀書音。

所以北京口語音並不能獲得讀書人的認同。著名學者傅斯年在北京學了一口京片子，卻被家人指責為在說"老媽子的話"。祖籍常州，生在北方的語言學家趙元任幼時在家裏說北京話，讀書卻被要求用常州話。一次，趙家請的北方先生把入聲字"毓"讀成了去聲，趙父大驚失色，

當年的推普教材。王璞是北京讀書人的代表，書中比較了國音、北京讀書音和北京口語音

旋即將其辭退。民國初期確立的國音，正是在北京讀書音的基礎上，恢復了入聲的修改版本。

但是京音勢力並不買賬。主張純用北京話的京音派仍有強大力量，不少學校甚至出現了國音派、京音派的互毆。1924 年，民國官方的國語統一籌備會改弦更張，決定以京音為國音。京音派勝利了，國音派主張的語音就成 "老國音" 了。

自此，北京話取得了京國之爭的勝利，順利成為普通話。中華人民共和國成立後在標準語方面延續了民國的傳統，普通話日趨強大，在不少地方已經取代了當地方言，讀音統一正在從願景變為現實。但北京話平仄混亂的毛病並沒有解決。以普通話為母語的人若想寫傳統詩詞，須逐字記憶聲調，十分辛苦。

天無絕人之路。讓民國時期的讀書人怎麼都想不到的是，後來的國人學會了一種新的舊體詩詞，即所謂的 "老幹體"。它以豪放大膽出名，對格律要求完全不顧，押韻、平仄隨心所欲。從此普通話克服了曾經最大的障礙，"續接傳統有望"，老國音可以徹底退出歷史了。

02

從南系官話
到普通話：
國語是
如何統一的

中國歷史悠久，而且和歐洲情況不同。在整個歷史時期當中，中國政治上時分時合，文化上卻一直是一個較為統一的整體，尤其以漢字為載體的書面語，自秦以降始終通行全境，避免了像西歐語言那樣分化導致文化差異拉大，最終造成永久性政治分隔的局面。

但是，與高度規範統一的漢語書面語相比，漢語口語的情況卻要複雜得多。

歷史上的普通話

雖然中國歷史上的跨區域交流以書面交流為主，但是古人對口語的標準音也不是全然無視。早在春秋時期，孔子在教學時就採用了當時的標準音"雅言"。而中古時期創作近體詩時更是要嚴格根據《切韻》系統韻書的規矩，如果出現錯韻，在科考中是會被直接判作不及格的。

傳統上中國人向來尊奉中原地區的方言，所以中原地區的方言也就一次次地對其他地區的方言進行洗刷。在不少方言現今的讀法中還能看出這種歷朝歷代標準音留下的痕跡，如上海話"行"在"行李"中讀 ghan，在"行動"中讀 yin，後者即受到近古標準音的影響。

標準音影響力的大小隨時代不同而有所變化，大體上說，越是在全國政治統一、交流頻繁的時代，標準音的影響力就越大，甚至可以整體取代地方方言，反之則弱。

但上古、中古的標準音距離現在已經相當遙遠，論及推廣國語的歷史，明朝是最佳的起點，建國伊始即發佈《洪武正韻》，試圖推廣標準音並設立新的尺度，一掃前朝"胡風"。但是《洪武正韻》是一本相當保守的韻書，間雜有吳音影響，它記載的語音並未真正在明朝人的口語中通行過。明朝真正的官話是一種以讀書人口中的南京話為根基的語言。

宋元以來，由於南北地方長期的隔離和政治中心變動，中國通行的官話逐漸發展成為南北兩支。北系官話主要流行於華北地區，《中原音韻》反映的語音即其代表，而南系官話則在南方流行。

兩支官話最主要的區別在對入聲的處理上，北系的入聲消失較早，甚至演化為雙元音，而南系的入聲仍然保留，如白字，北系讀 bai，南系讀 beh；鶴，北系讀 hau，南系讀 hoh；黑，北系讀 hei，南系讀 heh；瑟，北系讀 shy，南系讀 seh。此外，兩系官話雖然都有翹舌音，但在語音系統中的分佈範圍卻不一樣。如知、支、淄三字北系為知≠支＝淄，後兩者同音，而南系則為知＝支≠淄，反倒是前兩者同音。

按理說經過元朝的統治，北系應該更佔優勢。從其主要分佈來看，華北幾乎都是說官話的地方，而東南地區普遍說和官話相差甚大的六種南方方言（吳、閩、客、贛、湘、粵）。據明朝西方傳教士觀察，只有讀書人和上流社會使用官話，北系的群眾基礎遠遠好於實際使用範圍限於南京附近的南系官話。如此看來，南系官話覆滅似乎是順理成章了。

但是南系官話也有其獨到的優勢 —— 南系官話保留了入聲，因此在保守的文人看來遠比北系更適合用來閱讀傳統的詩詞歌賦。明朝作為一個"以復古為己任"的朝代自是更中意保守的南系官話。更為重要的是，明朝對西南地區的開發在當地引入了大批移民，這些移民為了交流方便也採用南系官話，從而讓它有了一大片穩固的領地。隨著崑曲在士人階層中的流行，南系官話的傳播更加廣泛，以至於華北地區也受到了南系官話的影響。

混亂的清朝標準語

進入清朝以後，在相當長的時間內，官方通行的標準音仍然是以南系官話為基礎，但是這種標準音的日子可是越來越不好過了。

比如東南的讀書人逐漸拋棄了官話，轉而採用當地方言。清朝成書的《兒女英雄傳》中有個非常有趣的片段：

安老爺合他彼此作過揖，便說道："騃兒承老夫子的春風化雨，遂令小子成名，不惟身受者頂感終身，即愚夫婦也銘佩無既。"只聽他打著一口的常州鄉談道："底樣臥，底樣臥！"

論這位師老爺平日不是不會撇著京腔說幾句官話，不然怎麼連鄧九公那麼個粗豪不過的老頭兒，都會說道他有說有笑的，合他說得來呢。此時他大約是一來兢持過當，二來快活非常，不知不覺的鄉談就出來了。只是他這兩句話，除了安老爺，滿屋裏竟沒有第二個人懂。

原來他說的這"底樣臥，底樣臥"六個字，底字就作何字講，底樣，何樣也，猶云何等也；那個臥字，是個話字，如同官話說"什麼話，什麼話"的個謙詞，連說兩句，而又謙之詞也。他說了這兩句，便撇著京腔說道：

"顧（這）叫胙（作）良弓滋（之）子，必鴨（學）為箕；良雅（冶）滋（之）子，必雅（學）為裘。顧（這）都四（是）老先桑（生）格（的）頂（庭）訓，雍（兄）弟哦（何）功滋（之）有？傘（慚）快（愧），傘（慚）快（愧）！嫂夫呐銀（二字切音合讀，蓋人字也）。面前雅（也）寢（請）互互（賀賀）！"

書中的常州師爺在說"良弓之子，必學為箕"這種《禮記》中的古奧用詞時仍然使用方言，可見官話並不熟練。距離北方較近、人文薈萃的蘇南一帶尚且如此，更靠南方的地區官話的衰落程度可想而知。也難怪雍正因為聽不懂原籍福建廣東的官員說話而下令在閩粵兩省設立正音書院了。

同時，新起的北京話對南系官話的地位形成了挑戰。

北京雖然位於華北平原的北端，但是自中古以降一直是華北乃至全國重要的政治經濟文化中心，由於江南士子在科舉考試方面的壓倒性優勢，大批習用南系官話的江南籍京官作為社會上層在此活動。在這些南方人的影響下，北京話雖然底子是北系官話，但卻深受南系官話的影響。南系官話往往作為北京話中的文雅成分出現，如北京話的剝字，南音為 bo，北音為 bao，前者用在文化詞上，後者只是口語。還有不少字如瑟、博等，北京話更是完全拋棄了北系讀音，只保留了借入的南音。

北京地區的讀書人甚至搞出了一種叫北京讀書音的玩意兒，只用於讀書。這種北京讀書音在入聲方面極力向南系官話靠攏，入聲字被讀出似去聲的短促獨立聲調，以供分辨平仄。

隨著歷史演進，融合了南北兩系官話的北京話在北京首都地位的加持下地位愈來愈高，甚至西方傳教士也逐漸開始記錄北京話的發音用作教材。威妥瑪拼音就是其中影響比較大的以北京音為準的拉丁拼音，這說明北京話正在逐步建立起通用語言的地位。

傳統的力量是強大的，於是晚清時期的漢語標準語出現了極其混亂的局面，新貴北京話、影響力逐步下降但實力猶存的南系官話和各地方言互相爭搶地盤，情況極為混亂。

隨著中國逐漸向現代民族國家轉型，加之跨區域交流需求的急劇增加，這種混亂局面亟待改善。

國語的確定

退一萬步說，隨著中國漸漸融入全球體系，對外通信變得頻繁。國內無論方言如何混亂，地址寫成漢字後都可以確保準確投遞，但是如果一個不通漢字的老外給一個中國地址去信，一套統一的拉丁字母表示法就相當重要了。

1906 年春，在上海舉行的帝國郵電聯席會議決定設置一套拉丁字母拼寫中國地名的系統，這套系統被後人稱之為郵政式拼音。郵政式拼音充分體現了晚清時代標準語的亂局：方案總體上採納用來拼寫北京話的威妥瑪拼音，但又對老官話進行了相當大的妥協。

如郵政式拼寫分尖團音 ❶，新疆用 Sinkiang 表示，天津則為 Tientsin。而入聲字也在相當程度上得到保留，如承德拼 Chengteh，無錫拼 Wusih。甚至為了區分陝西、山西這對省份，

---

❶ 尖團音：尖團音是尖音和團音的合稱。尖音指 z、c、s 聲母拼 i、ü 或 i、ü 起頭的韻母，團音指 j、q、x 聲母拼 i、ü 或 i、ü 起頭的韻母。

在陝西的拼寫上用了非常保守，當時已經消亡的老官話音 Shensi 以和山西 Shansi 區分。在閩、粵、桂這三個方言特別強勢的省份，則採用當地方言拼寫，如廈門拼 Amoy，佛山拼 Fatshan 等。

這種混搭風格延續到了民國時期。中國的長期貧弱很大程度被歸咎於中國國民人心渙散，而語言不統一則被時人認為是人心不齊的罪魁禍首。因此民國剛建立即著手制定標準音，並於 1913 年經"讀音統一會"討論制定出一套老國音。

讀音統一會討論過程相當激烈，會員中江浙代表佔了多數，甚至出現了"濁音字甚雄壯，乃中國之元氣。德文濁音字多，故其國強；中國官話不用濁音，故弱"之類令人啼笑皆非的說法。這令北方各省會員極其不滿，以"是否蘇浙以外更無讀書人"為由，強烈要求採用一省一票制度。最終北方代表的呼聲被採納，讀音統一會以一省一票的方法表決出了 6500 多字的老國音。

和郵政式拼音一樣，老國音也相當混搭。總體上說老國音採納了北京音作為基礎，但是在中間糅合了不少老官話的內容，如入聲和尖團音之別。而在入聲的讀法上，則有按照南京式的短促高音和北京讀書音式的似去而短兩種處理方法。此外，與老國音配套的注音字母也應運而生，這套注音字母相當流行，甚至於有人改進後用作方言的注音，如蘇州人陸基就設計了蘇州話用的注音字母，效果尚可。

但是老國音的推行並不順利。老國音的雜糅性質使得其很難被人自然地宣之於口，因此推廣需要投入大量成本，而對於始終處於混亂狀態的民國而言，推廣一種普通話顯然並不是首要任務。於是在整個民國初年，主張直接採用北京話作為全國標準語的京音派始終和國音派爭吵不休，甚至發生過學校老師因分屬兩派而互相鬥毆的事件。

到 20 世紀 20 年代後期，老國音終於被廢，北京音取得了標準語的地位。伴隨京音派的勝利，民國政府頒佈了新的拼音標準，即所謂的國語羅馬字。

國語羅馬字應合了 "漢字不廢、中國必亡" 的思潮，因此創作目的即是為了徹底取代漢字。其特點是用拼寫來區分聲調，不加附加符號，如七、其、起、氣，分別是 chi、chyi、chii、chih；拋、袍、跑、炮，分別是 pau、paur、pao、paw。由於難學難用，也相當不美觀，因此國語羅馬字在使用上非但沒能取代漢字，甚至連威妥瑪拼音都未能替代。只有在諸如陝西山西這種威妥瑪難以準確記錄其發音的情況下才有一定使用價值，現代的 Shaanxi 和 Shanxi 之分即來源於國語羅馬字的 Shaanshi 和 Shanshi。

整個民國時期，雖然標準音已經制定完備，但由於戰亂頻仍，並未得到很好的推廣，官定的拉丁方案國語羅馬字更是淪為小眾文人孤芳自賞的產物。不過無論如何，歷經晚清到民國，包容南北的北京話徹底建立起了其語言權威，它作為全國範圍內的通用語已經成為既成事實，這種態勢一直延續到了今天。但民國常用的拼音方案如威妥瑪、郵政式、注音字母乃至國語羅馬字則均在中華人民共和國成立後被漢語拼音所取代，今天在中國大陸已經少有人使用了。

03

漢字能簡化為
拼音文字嗎

民間一直以來都有呼籲恢復繁體字的聲音。2015 年兩會期間，有全國政協委員提議要從文化傳承角度適度恢復繁體字，理由看似非常有道理 —— 繁體字更有文化內涵，如 "親" 和 "愛"，分別有表明了其某種特質的 "見" 和 "心"，意蘊深長，優於簡體字版本。

這不是 "部分恢復繁體字" 的呼聲第一次在兩會中出現。2008 年，幾位全國政協委員就曾經聯名提出恢復繁體字，他們認為繁體字是中國的根，為了文化傳承，就算不使用也要認識。

這些提案具有相當的代表性，他們分別從使用功能和文化傳承的方面力陳繁體字的優越性，而這也正是多數主張恢復繁體字的人格外看重的因素。

實際上從使用角度來看，簡體與繁體的功能性差別非常小，根本談不上取代與否，歷史上漢字演變經歷了從甲骨文、金文、篆文到隸書、楷書的過程，它們並沒有功能上的本質差別。與之邏輯相似，卻更有討論價值的其實是徹底用拼音文字取代漢字。這個爭論早在 20 世紀初就已經出現，並在 50 年代《漢字簡化方案》出現前後達到高潮。

目前，世界上絕大部分文字均為拼音文字，漢字是主流文字中唯一一種沒有演變為拼音文字的。從功能性方面反對漢語拼音化的理由中，同音字多可能是最有道理的一個，這也是漢語和其他主要語言相比非常鮮明的特點。

漢字簡化若純用拼音，容易導致歧義，甚至會造成現實經濟損失 —— 韓國修建京釜高鐵時，由於防水、放水讀音相同，均為방수（bangsu），在不標漢字的情況下工人竟誤把水泥上的防水字樣當成了放水，導致大量混凝土枕木龜裂。

更有人喜歡引用趙元任教授的遊戲之作《施氏食獅史》來講述拼音化的不可行：

> 石室詩士施氏，嗜獅，誓食十獅。施氏時時適市視獅。十時，適十獅適市。是時，適施氏適市。施氏視是十獅，恃矢勢，使是十獅逝世。氏拾是十獅屍，適石室。石室濕，施氏使侍拭石室。石室拭，施氏始試食是十獅屍。食時，始識是十獅屍，實十石獅屍。試釋是事。

如果用拼音的話，就會出現所有文字拼寫都相同的一幕：

> Shi shi shi shi shi shi, shi shi, shi shi shi shi. Shi shi shi shi shi shi shi shi. Shi shi, shi shi shi shi shi. Shi shi, shi shi shi shi shi. Shi shi shi shi shi shi, shi shi shi, shi shi shi shi shi shi. Shi shi shi shi shi shi, shi shi shi. Shi shi shi, shi shi shi shi shi shi. Shi shi shi shi, shi shi shi shi shi. Shi shi, shi shi shi shi shi, shi shi shi shi shi. Shi shi shi shi.

表面上看，漢語的同音字確實很多，光是一個 yi 的音節，就有幾百個常用字和次常用字。如果使用拼音，意義、異議、熠熠、意譯、翼翼就全都變成一個寫法了，確實會產生很大的不便，這樣看來，似乎漢字的地位無可取代。

不過，現代人的難題早已在歷史上就有了解決方法，用不同的拼音文字來書寫漢語早已有之，它們也都有不錯的使用效果。現今最早用大段拼音文字記錄的漢語可能當屬唐朝時吐蕃漢人用藏文拼寫的漢語。

　　吐蕃曾是一個有相當實力的帝國，極盛期曾北進控制塔里木盆地，東邊頻頻侵擾唐朝，並於公元 763 年一度攻陷長安，唐朝被迫請回鶻幫忙才把吐蕃人趕了回去。

　　從公元 781 年開始到公元 848 年，河西走廊長期被吐蕃盤踞，直到歸義軍興起才擺脫了吐蕃的桎梏。眾所周知河西走廊是長期講漢語的地方，但吐蕃百餘年的統治相當程度上藏化了當地漢人，詩人司空圖甚至有 "漢人學得胡兒語，卻向城頭罵漢人" 的感慨。

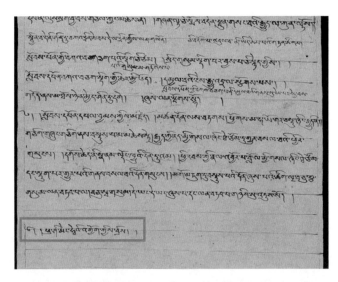

在某封文檔下的藏文字母的簽名。根據讀音推測，文本前幾個字為 "副使孟懷玉" 的藏文拼寫，其實簽名者是一個漢人。

敦煌為河西走廊的文化中心。由於吐蕃腹地文化水平較低，吐蕃攻陷敦煌後藉助漢人善造紙的技能建立了抄經所，強迫漢人用藏文抄經，敦煌就此成為藏文經卷的主要傳抄地，當地漢人也多通藏文。

這其實就是一種漢字拼音化的改造。藏文字母不僅被用於較短的應用文中，頗多較長的文本也用了藏文字母拼寫，譬如下圖所示的這份敦煌經卷中，有一段藏文字母拼寫的《遊江樂》民歌全文：

```
chun phung se yu cam i shib /   ha shi kho khwar ig yang chun /   nam ci li sheng sen
dza'u khe'u /
            pug ci lan ling to yig la'u /   ye u   bo'u tung se si hu shu /   hud can jong
kang 'wan lu le'u /   b,'eg lu shong pyi chur keng hag /   bu shu kang e'u   shu shang yi'u
yi'u kang lag   bam lung ci'u
```

春風細雨沾衣濕 / 何時恍惚憶揚州 /
南至柳城新造口 / 北對蘭陵孤驛樓 /
回望東西二湖水 / 忽見長江萬里流 /
白鶴（鷺）雙飛出溪壑 / 無數江鷗水上游。

尤為有趣的是這一文本寫成的年代已是歸義軍時期，文本正面即為漢文抄寫的《大般若波羅密多經》，這說明了敦煌漢人可能並不覺得漢文相對藏文就特別好用——雖然官方恢復了漢文的使用，抄經的任務不再必須使用藏文應對，但這不妨礙他們繼續用藏文字母拼寫漢語。

這個改造的例子延續時間有限，隨著河西走廊慢慢擺脫吐蕃影響，用藏文寫漢語的做法也漸漸消亡。而且唐朝敦煌方言與現代漢語的特點有所不同，它的語音較為複雜，同音字較少，因此藏文拼音這種特殊拼法使用起來具有更高的識別度。

中古以後，漢語的語音體系劇烈簡化，同音現象驟增。但即使如此，也並不一定非要依賴漢字來消除歧義。近現代時期，也仍然有用其他書寫形式書寫的漢語。人們在不依賴漢字的情況下不僅仍能滿足基本的交際需求，還在此基礎上誕生了複雜的文學作品。

元明清時期，中國整體文盲率高，尤其是在遠離文化中心的西北地區。但是人們生活中總有對書面語的要求，如學習、通信等，西北某些回族人為了克服不識文字帶來的不便，從阿拉伯字母中取材，創製出了一種被稱為"小兒錦"的文字。

小兒錦也稱小兒經，大體上就是用阿拉伯字母拼寫的當地漢語。由於地域和個人差異，拼寫法上往往也稍有不同。阿拉伯字母本身在表示聲調方面乏善可陳，小兒錦也不區分聲調，幸好西北陝甘地區的漢語聲調體系本就相當簡單，並未造成嚴重不便。

而在 19 世紀中葉之後，陝甘地區一部分回族人遷居中亞。他們被當地的突厥語民族稱為東干人，他們說的漢語也就成了所謂的東干語。

東干人中的絕大多數都不通漢字。在 20 世紀初，蘇聯為他們創製了用西里爾字母拼寫的東干文——實質上就是一種用西里爾字母書寫的漢語。

這兩種文字都較為忠實地記錄了口語。由於不標聲調，也存在類似小兒錦的弊端，但他們創造性地發明了不少解決方法——口語中遇到歧義時，往往會以其他詞語替代，雖然這樣做有時會造成書寫文字和口語的差異。這就好比文字上很少有人會避免使用 "期終"，但在口語中則頗有些人會說 "期末" 以避免和 "期中" 相混淆。

東干文的使用者並不局限於日常生活的交流，還在新文字基礎上創造出全新的文學形式。由於距離較遠，他們對於漢語文化中雅正的詩詞歌賦較為陌生，而且不指望科舉功名，也並無需求，所以他們的文學和自己的生活更貼近，並富有族群特徵。這種差異可能會讓漢族人難以理解。

東干文豪亞西爾·十娃子（Ясыр Шывазы）的詩歌是東干文學的代表作品：

Бый хÿтер【白蝴蝶兒】

Тэйон жошон, бый хÿтер,【太陽照上，白蝴蝶兒】

Ни тэ гощин.【你太高興】

Ни лян жин гуон фадини,【你連金光耍的呢】

Чиди чун фын.【騎的春風】

Йисыр ни до тяншонли,【一時你到天上了】

Зущён бый юн.【走向白雲】

Йисыр зу до хуайүанли.【一時走到花園裏】

Ба щян хуар вын.【把鮮花兒聞】

Җяр хуардини, вə канди,【揀花兒的你，我看的】

Ниди щин го.【你的心高】

Дусы ниди да хуайүан,【都是你的大花園】

Ни ющир луə.【你有心兒落】

Ни лян хун хуар фадини,【你連紅花兒耍的呢】

Тэёнйибан.【太陽一般】

Дын нидини мо жүхуар.【等你的呢毛菊花兒】

Щүэбый модан...【雪白牡丹】

Нисы чунтян, гуон зоди【你是春天，光找的】

Хуар кэди вон.【花兒開得旺】

Зун луэбудо, хүтер-а,【總落不到，蝴蝶兒啊】

Җин фуершон.【金樹葉兒上】

在當下任何一個受過教育的中國人看來，這首所謂的詩恐怕都有些過於通俗，但是文學根植於語言使用者的環境之中。東干人只是語言上選擇了漢語，他們的習俗、環境迥異於中原，對文學的理解自然也相當不同。在他們看來，這是一首真正的好詩。

歷史上的案例對當下爭論的借鑒意義畢竟有限，雖然漢字在功能上有被取代的可能，但對漢字體系的徹底放棄會造成巨大的文化斷層，可是繁簡的區別遠不能說可以產生這麼重大的文化影響。

對於一個熟悉簡體字的中國人來說，從識簡到識繁並非一條不可逾越的鴻溝。20 世紀 80 到 90 年代，大量盜版音像產品片源來自港台地區，可並沒有太多人抱怨片子的繁體字幕看不懂。

恢復繁體字對接續傳統的有效性更是值得懷疑，就算以繁體字進行基礎教育，也未必就能提高對傳統文化的認知。真正的差別或許主要在於對古文的體系的理解，無論是用簡體還是用繁體，未受過系統教育的人對於文言文的理解其實都非常有限。普通人突然學會繁體字，也不可能就搖身一變，成了"龍的傳人"。

當下，簡體字在中國已經全面鋪開，擅動文字體系的益處相當有限，而且很可能需要支付類似韓國高鐵事件的高昂的經濟和社會成本。

如新疆地區的維吾爾文，中華人民共和國成立以後就從阿拉伯字母改成拉丁字母、再改回老文字，近年又有和新一套的拉丁文字並行的體系，這幾番更改事倍功半，由此付出的不必要社會成本更不言而喻。

但是，作為自漢字隸定以來幾千年穩定使用的傳統文字，社會不妨對繁體字多點寬容，在非官方的場合對使用繁體字（如店招等）的限制可以放寬。

至於和中國港台地區乃至韓國等使用繁體字地區接軌的問題，語言學家鄭張尚芳的意見頗有參考價值：將并（並、併）、后（後、後）等簡繁一對多的情況加以小範圍的校正，以使簡體繁體能夠建立固定的一對一關係。如此一來，在當今的技術條件下，無論簡體繁體都可以非常方便地互相轉化。

東干文等案例的最大啟示或許是無論繁體字還是簡體字，功能性上都並非不可替代。從實用角度來說，即使是拼音文字改造，也總能有合適的替代品出現。但文字的使用從來都不是規劃的產物，它鑲嵌在使用者的具體環境中，漢字能不能有簡化字、可不可以簡化為拼音文字的討論，或許本就不適合以提案的方式進行。

04

漢語拼音為什麼和英語讀音對不上號

漢語拼音是中國人必不可少的輔助工具，學習語文要用，辦理證件要用，出國生活也要用，但是它卻給很多人帶來了意想不到的煩惱——老外似乎並不習慣漢語拼音的讀法，如 Xing（邢）先生老外就鮮少能讀對；Quan（全）小姐可能被讀成關小姐；北京的復興門最倒霉，Fuxing 的拼寫可能會讓人產生不好的聯想。

就連著名大學似乎也對漢語拼音有抵觸情緒。北京大學不叫 Beijing University 而要叫 Peking University，清華大學則是 Tsinghua University，廈門大學最厲害，直接用了個讓人不明所以的 Amoy University。

漢語拼音為什麼和英語讀音對不上號？而這些大學的拼音又都是如何來的呢？

各國文字有著不同的書寫系統。一旦有人要和使用不同文字的其他人群接觸，那麼出於進行經濟、文化交流乃至學習對方語言的考慮，把本國文字以另一種文字的形態轉寫就是非常必要的。

對於多數主流拼音文字來說，字母之間都有相對明確的對應轉化關係，設計一套轉寫方案相對容易。古羅馬時期羅馬人和希臘人交流頻繁，就產生了一套標準化的以拉丁字母書寫希臘語詞彙的方法，兩種文字的轉化幾乎完全程式化，如希臘字母 Γ、Δ、Η、Θ、Ξ、Ψ 在拉丁文中就分別轉為 G、D、E、TH、X、PS。

但是漢字並不是純粹的表音文字，因此在文字上和一種拼音字母建立對應關係並不現實。

　　直到近代之前，中國人自己也鮮少有使用拼音的需求 ── 歷史上用拼音文字表示漢語的情況並不常見，一般只出現在由於各種原因游離於主流漢文化外的族群中，如部分西北地區的回族人在內部通信時使用阿拉伯字母拼寫的漢語，即所謂小兒經。

1899 年在塔什干出版的一部伊斯蘭專著。阿拉伯語原文下面補充有用小兒經標記的漢語譯文。

　　因此，早期漢語拼音的設計者和使用者主要是外國人，只有極少數例外情況，如敦煌被吐蕃佔領時期當地漢人用藏文字母拼寫漢語。

　　至遲在漢朝，中國就開始和文字不同的異族交往。他們將漢語的發音用自己的文字記錄，形成了拼音的雛形，如往來中國的粟特胡商將店拼為 tym，前來廣州的天方商人則把廣州拼作 khanfu（廣府）。

但是這些早期拼音非常零散，並不系統，只是對需要的人名地名或漢語借詞進行轉寫，並沒有對漢語進行整體的拼音化。漢語拼音化真正走上正軌，還是從明朝開始陸續來到中國的西方傳教士的功勞。

為了向中國人傳教，西方傳教士熱衷於學習漢語。學習漢語可能尚算容易，學習漢字則門檻極高。於是西方傳教士想出了用拉丁字母拼寫漢語，並編纂字典以便學習的方法。

最早對漢語進行系統性拼音化的傳教士為利瑪竇和羅明堅。他們在 1583 年至 1588 年間編寫了漢葡字典，並用上了自己設計的漢語拼音方案。該方案奠定了日後傳教士漢語拼音的基礎，但傳播不廣，很快就湮沒無聞了。

影響力較大的則是 1626 年由傳教士金尼閣編著的《西儒耳目資》，它反映了明朝後期官話的讀音。由於是傳教士為西方人學習漢語方便所創，金尼閣又是法國人，因此《西儒耳目資》拼音較為接近法語以及拉丁語的正字法，如然的聲母用 j 表示，後鼻音韻尾則用 -m 表示（雙拼寫為 xoam）。

金尼閣之後，傳教士紛紛設計起了自己的拼音。這些由傳教士設計的拼音和金尼閣一樣，也主要是為西方人學習方便，因此根據傳教士自身來源、在華所在地等因素，這些拼音也有著不同的拼寫。同樣一個"莊"字，英國人寫 chuang，法國人寫 tchouang，荷蘭人更是能寫出 tschoeang 來。

不過這些拼音方案也有共同特徵，如對漢語的不送氣清音和送氣清音用附加符號區別，如波 / 頗、多 / 拖、戈 / 科的聲母分別寫為 p/p'、t/t'、k/k'，在西方語言中一般用來表示濁音的 b、d 等字母因漢語官話中沒有嚴格對應的音而往往被棄之不用。

大量在非官話地區活動的傳教士也設計出種種方言拼音，特別在閩語區，傳教士設計的福州話平話字和閩南白話字流行甚廣，並被用作在當地辦學的教學工具。閩語和其他漢語方言相差較大，寫不出字的詞很多，用漢字書寫口語困難，不少當地民眾甚至把這些拼音當作了主要的書面交流工具。直到 20 世紀 50 年代，林巧稚大夫在進行對台廣播時仍然使用傳教士創製的閩南白話字撰寫講稿。

但是這些拼音的流傳都有很大的局限性，往往只能傳於一時一地，難堪大用。真正有全國性影響的拼音方案，到 19 世紀末才問世。

1892 年，英國人翟理斯修訂完善了威妥瑪於 1859 年設計的拼音，形成了今天所謂的威妥瑪拼音。威妥瑪拼音和現代漢語拼音在不少地方已經相當類似。如用 ao 表示奧，ch' 表示產的聲母。與之前的諸多拼音方案相比，威妥瑪拼音系統簡潔統一，表音方便準確，很快成為第一個被廣泛使用的漢語拼音方案。

SÀG-SÌ-KÌ.

海南話版《創世紀》，反映了早期海口／府城口音雖然威妥瑪拼音是現行漢語拼音出現前最普遍的拼音，但是如果按照威妥瑪拼寫，北京是 Peiching，廈門是 Hsiamên，清華則應該是 Ch'inghua，並非這些學校現在常用的名稱。Peking、Tsinghua、Amoy 的由來另有緣故。

1906 年，在上海舉行的帝國郵電聯席會議要求對中國地名的拉丁字母拼寫法進行統一和規範以方便通信。在此之前，海關總稅務司，英國人赫德已經要求各地郵政主管確定地名的拉丁字母拼寫。赫德希望各地能用地方方音拼寫，但各地郵政局長則往往用已經通行的威妥瑪拼音交差。

當時中國郵政系統高層由法國人控制，威妥瑪拼音英文色彩濃厚，不為法國人所樂見，因此在 1906 年的會議上最終確定了一個混合系統的拼音方案。這個拼音方案引入了大量北京話中已經消失，但是在老官話中還存在的發音區別，如分尖團（青島 Tsingtao、重慶 Chungking），保留入聲（無錫 Wusih、廣西 Kwangsi）等。對閩粵地區的地名，則依照赫德的指示往往用當地方言拼寫，如佛山 Fatshan、肇慶 Shiuhing、廈門 Amoy（今天的廈門話門讀 mng，但是早期廈門話更接近漳州話，門讀 mui，故拼為 moy）。這套拼音方案即所謂的郵政式拼音。

北京大學、清華大學還有廈門大學的英文名如此奇特的原因正是因為他們都採用了郵政式拼寫，其中 Tsinghua 為老官話拼寫的清華，Amoy 為閩南語的廈門。

而 Peking 就更加特殊，它並非老官話中北京的讀音，也不是方言音，而是北京的外語慣用名 —— 依照郵政式拼音的規則，對有慣用名的城市，郵政式拼寫繼續沿用已有的外語慣用名。

所謂外語慣用名，即某地在外語中有一個和來源語不一樣的名字。這種現象並不算罕見，如英語中中國並不用 Zhongguo 而用 China，埃及並不用 Miṣr 而用 Egypt，而德國則以 Germany 稱之，不用德語自己的 Deutschland。

外語慣用名的形成一般是因為該地非常重要，因此說外語的人在長期使用中並不遵從該地所說語言中對它的命名，而用自己早已習慣的叫法。

比如英語裏面絕大部分外國地名都遵照來源語言的拼寫，但歐洲各國的首都往往例外。臨近英國的法德等國名城多早為英人所熟知，也往往擁有慣用名，意大利長期作為歐洲的文化中心和商貿要地，也不乏有慣用名的城市。而長期作為英國殖民地，和英國交往密切的印度，不少大城市在英語中也有慣用名。

城市部分名與英語慣用名對比

部分首都名

哥本哈根	København	Copenhagen
布魯塞爾	Bruxelles	Brussels
布拉格	Praha	Prague
羅馬	Roma	Rome
里斯本	Lisboa	Lisbon

法國部分城市名

里昂	Lyon	Lyons
馬賽	Marseille	Marseilles
敦刻爾克	Dunkerque	Dunkirk
蘭斯	Reims	Rheims

德國部分城市名

慕尼黑	München	Munich
科隆	Köln	Cologne
漢諾威	Hannover	Hanover
紐倫堡	Nürnberg	Nuremberg

印度部分城市名

孟買	Mumbai	Bombay
加爾各答	Kolkata	Calcutta
班加羅爾	Bengaluru	Bangalore
金奈	Chenna	Madras

意大利部分城市名

佛羅倫薩	Firenze	Florence
熱那亞	Genova	Genoa
米蘭	Milano	Milan
那不勒斯	Napoli	Naples

相應的，英國最有名的城市 London（倫敦）在許多歐洲語言中也有自己的慣用名，如法語、西班牙語的 Londres、意大利語的 Londra 等。

外語慣用名是個具有普遍性的現象，中國的名城在外語中往往也有著自己特別的稱呼。公元 311 年前後正值五胡亂華，有一群在華經商的粟特人給故鄉撒馬爾罕去信描述中土近況，這些用粟特語寫的信件卻在玉門關以西被截獲，並未到達目的地。

其中一封信由旅居金城（今蘭州）的粟特胡商發出，收件人為其老闆，大意是他跟老闆匯報說：

中國發生了大動亂……在酒泉、姑臧的人都平安……洛陽發生了大饑荒。最後一個皇帝也從洛陽逃出去了。洛陽宮殿城池都燒毀了，沒有了。洛陽沒有了！鄴城沒有了！匈奴人還佔領了長安……他們昨天還是皇帝的臣民！我們不知道剩下的中國人能不

框內文字大意為：“洛陽城不再有了！鄴城不再有了！”

能趕他們出長安和中國⋯⋯四年前我們商隊到過洛陽，那裏的印度人和粟特人全餓死了⋯⋯

信中對中國地名的處理非常有意思 —— 洛陽在信中寫為 srγ，長安寫為 'xwmt'n，而鄴則是 'nkp'，姑臧為 kc'n，金城為 kmzyn。

鄴、姑臧、金城的粟特名稱均為這些地名的古漢語發音的轉寫，唯獨長安和洛陽兩座當時中國最重要的城市用了慣用名。

這封粟特信札並非孤例，西安北周史君墓墓志銘的粟特語提到長安時沿襲了 'xwmt'n 的寫法，下世紀的拜占庭文獻將長安稱作 Χουβδάν（Khubdan），後來的波斯和阿拉伯書籍把長安稱作 Khumdan，8 世紀《大秦景教流行中國碑》中長安為 Khoumdan，該碑中洛陽為 Sarag。而盛唐僧侶利言的《梵語雜名》中則顯示當時梵語中長安為矩畝娜曩（Kumudana），洛陽在梵語中則為娑羅俄（Saraga）。

關於長安和洛陽慣用名究竟如何得來，至今尚沒有共識，有研究認為 Khumdan 來自上古漢語咸陽的發音，而 Sarag 則可能和古代西方對中國的稱呼 Seres 有關。不過無論如何，正是因為長安洛陽兩地在中古中國有重要地位，才會擁有這樣的外語慣用名。

近古以降，作為首都的北京自然是中國有最多外語慣用名的城市，如英文的 Peking，法文的 Pékin、意大利文的 Pechino、西班牙文的 Pequín/Pekín。而另一個慣用名較多的中國城市則是廣州，英文、法文、意大利文寫作 Canton，西班牙文是 Cantón，葡萄牙文則是 Cantão（均來自 "廣東"），毫無疑問這和廣州作為貿易大港的歷史有關。

相比之下，上海雖然在 19 世紀後迅速發展，但是由於歷史相對較短，並沒有機會形成外語慣用名，上海大學也就無法像北京大學那樣自己起個特立獨行的外文名。不過上海人很快就不用擔心歷史上的短板了。

1957 年，新的漢語拼音方案出爐，拼音的目的發生了本質性的變化，其初始目標為最終取代漢字，後因不現實改為幫助識字、推廣普通話。因此，漢語拼音主要是為本國人服務，其拼寫法是否符合外語習慣不再重要，系統的簡約和學習的高效成為設計時更大的考量。新的漢語拼音用上了全部 26 個字母，至於 Fuxing、Xing、Quan 等，老外會怎麼讀本就不在考量範圍之內。

雖然漢語拼音主要是對內的，但它也被賦予了成為漢語拉丁化轉寫標準方案的光榮使命 —— 1978 年開始，中國出版的外文出版物涉及中國專有名詞轉寫時均須使用漢語拼音。1982 年，漢語拼音被國際標準化組織認可為漢語拉丁轉寫的標準。在中國堅決要求下，所有漢語專名的拉丁轉寫都應該以漢語拼音為標準。諸如 Peking、Canton 這樣的慣用名漸漸為 Beijing、Guangzhou 所取代。以此而言，至少在外文名稱上，百年魔都和千年帝都竟算是平起平坐了。

05

普通話說得最標準的是北京人嗎

普通話在中國大陸已推廣使用數十年，但各地使用時仍帶有明顯的方言特徵，特別是在南方，"胡（福）建人""你問我滋瓷（支持）不滋瓷"等說法屢見不鮮。

湖南人和四川人的普通話還因為特徵突出，而分別獲得了"塑料普通話"和"椒鹽普通話"的雅號。

一向以口音周正驕傲，其發音被認為是標準的北京人，普通話說得似乎也不夠"普通"。在流傳甚廣的"全國普通話排行榜"中，北京市卻居於河北省承德市、內蒙古赤峰市及遼寧的朝陽市、阜新市等城市之後。

普通話是以北京語音為標準制定的，為什麼會出現這樣的排名次序呢？這些地方的普通話真的比北京人說得更標準嗎？

排名	地區	點評
1	原熱河省（河北承德，內蒙古赤峰，內蒙古通遼部分地區，遼寧朝陽，遼寧阜新）	"北京官話"就在此
2	北京	網友認為名副其實
3	安徽	網友普遍感到驚訝
4	浙江	北方網友覺得不服氣
5	江蘇	多人表示前後鼻音不分

普通話都是怎樣來的

普通話的概念並非中國獨有，世界其他語言區也有自己的標準語（standard language），比如日本的現代標準日語、法國本土的標準法語和意大利的標準意大利語等。

理論上說，只要人們在公共場所和口頭書面交流中頻繁使用某語言的某種變體，該變體就能夠演變成為這種語言的標準語。也就是說，方言本身的特質，與它是否能成為標準語毫無關係，最有希望成為標準語的，通常是在經濟和政治中心使用的方言。

比如法國的標準法語，就是以巴黎話為代表的法蘭西島方言為基礎形成的。其成因主要在於像巴黎這樣的中心地區匯集著各地人群，大家需要一種通用語來降低交流成本，而通用語成型後，巴黎的強勢地位又能吸引更多人學習這種語言。

同時，標準法語的統治地位也受到了法國政府的強力支持，不但憲法明確規定"共和國的語言是法語"，而且政府在歷史上一直對推廣法語不遺餘力。特別是在大革命後，法國將法語與"法蘭西民族"相聯繫，立法要求政府公文和學校教學必須使用法語，從而發起了浩大的消滅方言運動。

布列塔尼地區是運動的重災區。學校向學生灌輸布列塔尼語粗鄙不堪的觀念，不但規定學生必須使用法語，而且禁止在學校甚至靠近學校的地方使用布列塔尼語，違者會遭到羞辱乃至體罰。時至 1925 年，法國教育部長阿納多爾·德蒙茲依然宣稱"為了法國語言的統一，必須消滅布列塔尼語"。

漢語普通話也是以北京語音為標準音，在其誕生前的討論過程中，甚至有人提出過"只有北京市西城區的方言才標準"。不過文化的力量對標準語的形成也有影響，一些方言正是憑借著文化上的強勢而成功上位的。

標準意大利語就是源自佛羅倫薩地區的方言，但丁、薄伽丘等文藝復興巨匠用這種方言寫成的著作功不可沒。正是這些文學經典成為了後世語言和文體的典範，極大地提升了佛羅倫薩方言的影響力，奠定了其演變為標準語的基礎。相比之下，羅馬雖然貴為教皇國首都，但經濟地位和文化影響力均遜於佛羅倫薩，其方言也就沒能加冕為意大利標準語。

在德國，標準德語經歷了數百年的發展過程。現代德語的第一次標準化來自於馬丁·路德 1534 年翻譯的德語版《聖經》，而他使用的高地德語方言也由此得到了有力的加持。

然而，標準語和其源自的基礎方言並非一回事。北京人的普通話越說越不標準並不奇怪，其他語言中也不乏類似的現象。

越說越走偏的基礎方言

所有自然語言都始終處於變化之中。隨著時間的推移，標準語發源地的方言也會產生新的變化。但標準語時常有人為規定的因素，其變化往往跟不上方言的腳步，結果標準語發源地的人說話就不再那麼標準了。

最突出的例子是意大利語的情況。現代的標準意大利語和但丁在 13 世紀使用的佛羅倫薩方言無大差別，而佛羅倫薩方言卻在七百年間發生了不少變化。今天的佛羅倫薩方言會把房子發成類似 la hasa 的音，在習慣說 la casa 的標準意大利語使用者看來，這種口音顯然不太地道。

法語的情況則較為複雜。理論上，標準法語應該區分 un/in 和 a/â，但巴黎方言卻從 20 世紀早期開始即混淆其區別，現代巴黎絕大部分人的口語已經完全無法區分這兩組音。

與意大利語的情況不同，巴黎方言在法語中的地位極其強勢，結果就是在巴黎人口音走偏一百年後，標準法語竟不得不承認既成事實，近年出版的許多法語字典都開始按照當代巴黎人的讀音來標音。

漢語普通話由於確立時代較晚，相對北京方言的偏離尚不明顯，但苗頭也已開始出現。許多北京人會把 wa、wan、wen 的音節發成 va、van、ven，還有人把 j、q、x 發成 z、c、s，把 s 發成類似英語 th 的讀音。這些新出現的音變均未被普通話採納。

除了語言本身的演化外，有些產生標準音的大城市因為人口眾多、來源複雜，其市民的口音本來就不統一。如英語的 "倫敦音" 雖然是很多中國人想象中的標準音，但很多倫敦市民說的英語和英語的標準音差別甚大。英國的標準語被稱為公認發音（Received Pronunciation），有時也稱 BBC 發音、牛津英語。跟其他標準語不同，標準英語沒有統一的官方標準或中央標準，只是約定俗成的產物。

這種公認發音常被認為是基於英格蘭南部和東米德蘭茲地區的口音。這一地區發達的農業、羊毛貿易和印刷業以及倫敦—牛津—劍橋所形成的政治優勢和文化優勢使得這種方言受到社會的公認，成為英語的標準發音。作為良好教育和社會地位的標誌，公認發音更經由公學推廣至全英格蘭上層階級。

但是倫敦普通市民，尤其是居住於東部的下層倫敦人，則始終使用一種被稱為考克尼（Cockney）的方言。和公認發音比起來，考克尼有 th 讀 f、音節尾的 -p、-t、-k 混淆等諸多很不 "標準" 的特徵，即使是英語水平不足以盲聽英語影視劇的中國觀眾對照字幕，都可以發現不少略顯粗鄙的發音，反倒是在人口以學者和學生為主的牛津地區，多數人說的英語更加標準。

日語的情況也有相似之處。現代標準日語來自江戶時代的東京，且是以江戶山手地區（今東京中心一帶）的社會上流階層方言為基礎的。而下町地區雖然同在東京，其方言卻不分 hi/shi、缺乏複雜的敬語，也被認為是沒有文化的象徵。

北京內部也存在類似的方言差異，如在選擇北京話為標準語的時候，有些北京人操持的口音就成為了他們說好普通話的障礙。

20 世紀早期的北京話中，傾有 qing、qiong、kuang 三種讀音，最終 qing 成為標準，說 qiong、kuang 的北京人的普通話就出了問題。同樣有把佛香閣說成 "佛香搞" 的京郊農民和把竹讀得像 "住" 的城裏讀書人，他們的普通話也難免顯得不太利索。

台灣 "國語" 和大陸普通話的發音不同，也往往源自不同階層北京市民的口音差異。根據台灣《國語一字多音審定表》及大陸《普通話四讀詞審音表釋例》，兩岸的字音有許多差異。以期字為例，台灣地區唸 2 聲，大陸唸 1 聲。二者在讀音上的不同取捨顯示出台灣地區較重視字音的淵源，故音多來自北京讀書音，而大陸重視字音通俗化，偏重北京普羅大眾的口音。當然也有部分反例，如台灣地區讀 "和" 為 "汗" 就是一種非常鄉土的讀法。

普通話說得比北京人好很難嗎

北京人的普通話未必最好，其他地方的人普通話說得好也不一定就怪。非標準語發源地的居民，在某些特定條件下，其普通話反而可能比普通話發源地的發音更加標準。比如接受過公學教育的英格蘭北部紳士，英語發音遠比土生土長的倫敦東區碼頭工人更標準。"公認發音" 與其說是某個地理區域的方言，不如說已經演化成了一個特定階層的社會方言。

而且，標準語確立較長時間後，在口音和標準語差距較大的方言區，居民反而往往會更加認真地學習標準語。跟普通話使用者對話時，四川人一般不會遇到嚴重的交流困難，而上海人如果只會上海話，就會感到非常痛苦了。長此以往，最終後者的標準語往往會更加標準。

德國的情況在這方面就較為突出。雖然標準德語並不源自某個特定方言，但標準德語的幾乎所有特徵，都反映的是德國中南部地區高地德語的情形。在靠近北海的低地地區，傳統上則說較接近荷蘭語的低地德語。

伴隨標準德語在德國的普及，低地地區的德語方言幾乎完全被標準音所取代。如今，屬於低地的漢諾威地區的德語被公認為十分標準。反之，和標準德語本來就較為接近的高地地區學習標準語的動力和熱情則弱得多，至今還往往帶著較為嚴重的口音。以此類推，200 年以後，上海人說的普通話可能反而會比北京人標準得多。

還有另一種情況也會讓人標準語說得特別好：當大量來自不同地方的移民進入某地，人數遠遠壓倒本地人口時，為了交流方便，他們往往會選擇使用標準語溝通。雖然第一代移民容易帶上各種各樣的口音，但是他們的子女往往都能說流利的 "普通話"。

例如，17-18 世紀的魁北克地區作為法國殖民地匯集了帶有各種法國口音的移民，新移民為了生存和交際，在各種方言交雜的情況下，魁北克的語言竟迅速統一起來。反觀當時的法國，雖然著力推廣標準法語，但缺乏現代傳媒助力，效果並不顯著，能說標準法語的人口佔比極低。這一時期訪問魁北克的法國人，往往對魁北克人的法語標準程度嘖嘖稱奇。

在中國，經歷過明朝初年大移民的西南地區居民，普遍採用了當時的標準音南系官話作為交流工具，形成了覆蓋數個省區的巨大標準語區。相比之下，當時南系官話源頭南京的東、南、西三個方向出城只需幾十公里，就會進入吳語或其他方言的地盤。清朝末年對東北的開發也讓北京話迅速擴展至東北，而且越是靠北、本地居民越少，當地的口音就越與北京話接近。相比之下，北京自身西郊的延慶等地反而和北京語音差別巨大，東面的天津和南面的河北則差得更遠。

但是移民語言的標準程度不一定能持久，隨著時間推移，最終仍然會發生漂變，造成移民說話不再"標準"。比如曾以發音標準著稱的魁北克，被英國統治後與法國聯繫中斷了一個多世紀，當地的法語更多保留了古法語的特點，同時又有了新的變化。而法國本土的變化更加劇烈，於是 19 世紀後，訪問魁北克的法國人再也不稱讚當地的法語發音了，反倒會覺得魁北克發音又土又怪。在當代自詡正統的本土法國人之間，魁北克法語被蔑稱為 Joual（常與講法語的下層工人階級聯繫在一起），其某些特徵甚至會被中國的法語教師當成笑話講給學生，以活躍課堂氣氛。

如今的四川話，也已經和幾百年前的明朝普通話有了相當大的差別。東北話也有了自己的特徵，現在東北話甚至成了中國最容易識別的方言之一。

到底中國哪裏的普通話最標準

不少人認為河北灤（luán）平縣是普通話的標準採集地。灤平縣政府網站上的資料顯示，20 世紀 50 年代，有關專家學者曾來到該縣金溝屯、火斗山等地進行語言調查活動。灤平作為"普通話標準語音採集地", 為中國普通話語言規範的制定提供了語言標本。

當地文史專家認為, 灤平方言之所以與標準普通話如此接近, 與灤平獨特的地理位置和遷民歷史密切相關。

明初, 北方邊境面對著蒙古造成的巨大壓力。朝廷實行了塞外邊民強制遷入長城內的空邊政策, 灤平地區在之後約 200 年時間裏一直是無人區, 直到清朝康熙年間因承德莊田的建立才真正得到開發。早期來灤平的移民以王公大臣和八旗軍人為主, 通行北京官話, 因此該地方言形成過程中既無土著語言的傳承, 又少受到北京土語的影響, 語音比較純正。

灤平方言之於普通話, 正如 17-18 世紀的魁北克法語之於標準法語, 只是灤平方言更加年輕, 還未有時間發生漂變。當代的北京土著要想說好普通話, 可以先做練習, 把 "zhei 事兒聽姆們的" 的土音都替換成 200 公里外的河北灤平鄉音。

"台灣腔"
是怎麼出現的

"我宣你""你不要這樣啦""這個包子好好吃哦"……在不少大陸人眼中，台灣人的說話風格一直是"娘炮"的代名詞。台灣腔的綿甜軟糯，給收看台劇的大陸人留下了深刻的印象。有些觀眾覺得這種腔調溫文爾雅，而有些人則表示不大習慣，很難適應。

台灣腔是怎麼出現的？至少在 20 世紀 80 年代之前，熒幕上的台灣口音跟大陸還沒什麼區別 —— 70 年代瓊瑤戲中的林青霞、秦漢與同時期《盧山戀》中張瑜、郭凱敏的說話腔調並無明顯差異；以甜美可人著稱的鄧麗君在 1984 年 "十億個掌聲" 演唱會上與主持人田文仲互動時，二人的口音更像是接受過高等教育的大陸人，與《康熙來了》等節目中台灣藝人的腔調完全不同。

對台灣腔有些反感的大陸人可能已經忘了，現在央視主持人的說話腔調與早年的播音腔也不是一回事。

從著名京劇演員北京人言慧珠 20 世紀 40 年代當選評劇皇后的講話錄像來看，當時無論主持人還是嘉賓，咬字都極為清晰，一個個字彷彿都是蹦出來的，風格與現今大陸、台灣的播音都相差很大。而且 1949 年之後，這種播音腔並沒有馬上消失。

以現在的眼光來看，這種播音腔顯得刻意做作，但當時這種播音腔調自有其不得不如是的原因。

首先是彼時廣播技術不成熟。早期廣播的調制方式主要是調幅（AM），即偵測一個特定頻率的無線電波幅度上的變化，再將信號電壓的變化放大，並通過揚聲器播出。雖然技術簡便，方便接收，傳播距離也比較遠，但這種廣播音質較差，不但音頻帶寬狹窄，而且任何相同頻率的電信號都可以對其造成干擾。

音質受限的情況下，保證語音清晰無疑就非常重要了。本來就嘈雜的背景音中，如果因播音員的語速快而模糊，聽眾的耳朵就會受到折磨。而且，高頻聲音在早期技術條件下音質損失較少，因此老錄音在現代人聽來一般都更為尖利。

技術水平只是一方面，播音腔之所以 "怪裏怪氣"，更直接的原因是早期廣播聽眾說話就是這個調。在廣播技術誕生的 20 世紀初期，負擔得起接收費用的人還不多，最早的聽眾主要是社會中上層。而且其時正值大量新富人士試圖擠入傳統精英階層，口音向上層靠攏是提升身價的捷徑之一。

那社會上層的口音為什麼就這麼怪呢

無論世界各地，上流社會的口音一般都比較清晰，下層口音中消失的某些對立在上層往往得以保存。如英國上層的 RP 腔 lip、lit、lick 分明，而倫敦工人階層的發音則大多模糊難辨。同樣，20 世紀初北京上層的口語音系雖已與平民沒有音位 ❶ 上的差別，但他們讀書時仍保留入聲。

考慮到教養和身份，上流社會往往更重視家庭成員說話的清晰度。例如有著悠久正音和演說傳統的英國，連國王喬治六世和撒切爾夫人都要請專人指導發音，中國的《顏氏家訓》也多次強

---

❶ 音位：一種語言裏能區別意義的最小的語音單位。如普通話 "杜"（du）和兔（tu）讀音詞義不同，d 和 t 是兩個音位。

調正音的重要性。在大眾聽來，這種對正音的執著往往顯得做作而疏離。

反過來，吞音、連讀等大眾常見的語音模糊現象（如一般北京人讀大柵欄、德勝門的第二個字時），在注重清晰的上層口音中表現得往往不大明顯。

所以，出身北京蒙八旗的言慧珠說話時就幾乎沒有普通北京人常見的吞音連讀現象。同樣，擅長古詩吟誦的葉嘉瑩教授由於在成年後移居台灣，口音也得以保留這種早期的播音腔，與現在的北京人說話不太一樣。

這種口音區隔甚至到今天也沒有完全消失 —— 在科教文衛機構密佈的海淀區和機關大院裏長大的北京人，與出身南城胡同的各位 "爺" 口音仍有相當差距，前者發音吐字明顯比後者清晰得多。

不只是中國，美國早期上流社會人士主要聚集於東北部的紐約和新英格蘭地區，和英國交往密切，相對來說更崇尚英國文化，因此早期美國廣播的發音也和羅斯福總統等上流人士的發音一樣，非常類似清晰又有截斷感的英國 RP 腔，被稱為 "中大西洋口音"。

無論大陸還是台灣，民國口音都曾在一定時期得以延續。但不久之後，這種口音在大陸就不合時宜了。新中國成立以後的電台播音求聲音的力量感，要體現血性和氣魄。之前那種發音清晰、感情相對中立的播音方式自然不符合要求。有力量感的播音腔在某些國家仍是主流，比如朝鮮著名播音員李春姬，她的嗓音被譽為 "強勁有魄力，且號召力極強，擁有出眾的口才"。

改革開放以後，這種充滿力量感的播音方式雖在部分紀錄片中仍有保留，但在普通電視節目中已幾乎完全淡出。不過內地人的說話方式早已深受其影響，甚至不限於普通話——香港回歸前中國內地曾製作過一檔宣傳基本法的粵語節目，播音員沿用了當時內地流行的播音方式，但在香港播出後市民紛紛反映語調聽著有些不習慣，考慮到聽眾的感受，該節目最後邀請了一位本地播音員以香港口音重新錄了一次。

此時台灣的播音腔調仍是以前的老路子，一直到 20 世紀 80 年代台灣社會劇變，播音腔變化仍不明顯。而 90 年代後，兩岸的播音腔普遍都被生活化的語言所取代。

大陸文化產業高度集中於北京，京腔的影響力自然越來越大。更重要的是，口音不再是階層鑒別的標誌——正式場合操一口南城胡同腔的北京話不再被視為"土鱉"；儘管電視節目主持人被要求說標準普通話，但很多地方台的節目為了體現親民感和生活氣息，主持人都憋出一口半鹹不淡的京腔。

趙本山在春晚的崛起，也讓東北話佔據了很高的"生態位"。在大陸中部和南部的不少地方聽廣播時，主持人甚至經常會冒出兩句東北話，否則放出罐頭笑聲時就不太自信。

台灣地區的情況更特殊。標準意義上的"國語"來源於北京地區的方言，但台灣本地沒人說北京話。國民黨敗遷台灣後，外省人來自大陸各地，這些主要聚居在台北的"天龍人"很長一段時間內主導了台灣社會，他們通常用"國語"交流，因此其後代一般都能講一口相當標準的"國語"（如馬英九）。

為什麼台北"國語"會導致台灣腔變"娘"

說話帶有"台灣腔"的相關人群大多是外省人出身。外省子弟的上層多來自江浙地區，台北"國語"的鼻音比較輕，ing/eng

這樣粗重的後鼻音在很多人的口語裏面不出現，和蘇州話、上海話類似，聽感自然比較軟糯。外省人中也有很多人說山東話等北方方言，但他們大多是眷村的下層軍官和士兵，對台北“國語”的形成產生不了什麼影響。

台灣本地人則以說閩南話為主，閩南人講“國語”相當粗硬，被喻為“地瓜腔”。在文化中心台北，這種腔調顯然不入流。在國民黨的推廣下，台灣本地人極力模仿外省人的台北“國語”。但本地人的方言底子使得模仿結果除了鼻音較輕外還會保留一些閩南話的特徵，如翹舌音的缺失，輕聲的匱乏等等。

另外，閩南語對語氣詞的出現頻率遠遠高於大陸的普通話，這使得台灣人的語氣比大陸人要親和得多。“太熱了嘛！沒差啦！我好熱哦”也自然比“太熱了，沒差別，我好熱”顯得“娘”一些。

音高也是“娘”的主要原因。台灣“國語”的音高比大陸的普通話要更高一些，由於女性的音高天然高於男性，較高的音高自然讓人感覺更加女性化。這很可能是因為台灣從閩南話轉向“國語”的過程中，女性起到的先鋒作用導致她們的口音成為模仿對象。

這種模仿女性口音的現象極為普遍，大陸諸南方方言區的人說普通話時音高也往往高於方言。究其原因，恐怕在於女性比男性更注重自身形象，除了在穿著、舉止上更講究時髦，在語音也不甘落後，因此女性往往比男性更先模仿語言。

因為女性在家庭生活中與後代接觸更多、影響更大，最終往往導致全社會口音的變化。例如北京有種口音叫女國音，20世紀早期在女學生中流行，大致是把 j、q、x 讀成 z、c、s，顯得更加嬌嗲。但現在這麼說話的北京人已遠不限於女學生 —— 當年的女學生已經成長為母親和奶奶，她們的後代無論男女，口音往往都有"女國音"的痕跡。

19 世紀時蘇州話毛、叫這類字的元音接近英語 cut 中的 u，現今蘇州評彈仍然如此發音。1928 年趙元任在蘇州調查吳語時已經發現男女發這個音的區別，女性發音時韻母變成了發音部位更靠前，聲色也更尖利的 /æ/（英語 cat 中的 a），男性則仍發舊音。但現在蘇州人已經幾乎全部發成了受女腔影響的 /æ/。

男性的影響則小得多 —— 北京上海少數男性會把 s 發得和英語的 th 類似，竟被視為"小混混""瘝三"說話，故始終難以擴散。

除了語言本身，更重要的是由於沒有經歷過掃蕩一切的政治運動，台灣地區的教育相比大陸留下了更多的儒家痕跡，也更注重"富而知禮"，多數台灣人的說話方式自然顯得更文氣。台灣大學洪唯仁教授在 80 年代後期訪問大陸廈門、潮州等地時，就已注意到台灣女性說話相比同樣母語是閩南話的廈門女性要溫柔得多。

隨著台灣民主化和本土主義的興起，國民黨之前力推的台北"國語"的權威地位逐漸被年輕一輩的腔調所取代。羅大佑在他演唱於 1982 年的名曲《之乎者也》中，還曾諷刺過年輕人的說話腔調，這種區隔到現在仍能看到，不少老輩藝人如金士傑、李立群等人就保留了原本的"國語"口音。

07

"抗日神劇"裏，日軍說話為什麼總是那麼怪

從《地道戰》《地雷戰》到各種橫店"抗日神劇"，幾十年來日本人在中國銀幕上都是這樣說話的："你的，花姑娘的，哪裏的有？"多數情況下，漢奸們會無障礙地聽懂日本人的意思："太君，這裏的，花姑娘的，大大的有！"

這樣奇怪的說話方式讓人不得不懷疑這是否是一種有意的醜化，也讓人好奇日軍平時到底是如何與中國人交流的。

日軍還真是這麼說話的

日軍為什麼要這麼說話？這種影視劇中常見的奇怪漢語並非沒有來頭，抗日戰爭期間，日本人和中國人之間的交流很大程度上依靠的是一種叫作協和語的中介語言。

漢語和日語相差較大，互通性極低。自 1931 年日軍佔領東北到 1945 年抗日戰爭結束，其間有大量日本人來華，不可避免要和中國人打交道。高級官員有翻譯，但普通日本軍民顯然沒有這個條件。日本人在佔領區往往推行所謂的"皇民化教育"，日語教育是重點內容，台灣就在幾十年的日語教育後培養了大批會說日語的民眾。但日軍在中國大陸活動的時間相當短，且長期處於戰爭狀態，語言教育效果十分有限。

其實侵略者有時會反過來被對方的語言同化，而且這種現象在歷史上並不鮮見。入侵法國的法蘭克日耳曼人最終改說了屬於

"皇民化運動"的第一項內容就是在台灣強制推行日語。許多商店門口都掛著
"只用國語（當時指日語）買賣"的牌子

羅曼語的法語，1066 年入侵英格蘭的諾曼人最終也改說了英語。
在中國，明末入關的滿人經過三百多年的同化也漸漸改說漢語了。

　　但以上情形要麼是被征服者的文明程度遠遠超過征服者，征
服者覺得應該主動學習，要麼是征服者人口數量極少，在長期傳
承中被慢慢同化。無論如何，改學被征服者的語言並不會發生在
征服過程中，一般要到第二代乃至第三代後裔以後才會發生。

　　對於侵華日軍，"劣等的支那文化"不值得學習。而在中國的
日本軍民絕大多數都是第一代移民，又相對集中地居住在軍營、
開墾團等地，無法指望他們能夠有效學習漢語。即使日本軍方從
甲午戰爭初期就開始編撰《兵要中國語》《日清會話》《速成滿
洲語自修》之類的教材，絕大部分日本軍人的漢語水平還是非常

低下。

在這種情況下，日軍會說一種不中不日、又中又日的語言，就成了歷史的必然結果，即所謂的 "協和語"。作為一種兩個人群臨時的交流工具，協和語與一般語言相比特色十分鮮明。

首先是較低的詞彙量。協和語前身是侵華日軍所謂的 "大兵中國語"，即臨時用語，表達上不會追求語言的豐富精確，對方能聽懂就行。詞彙往往局限於滿足簡單交流的需要，如 "要不要" "你的" "我的" "他的" "買不買" "多兒錢" "幹活計" "來" "什麼" "王八" "沒有" 之類。相應的，協和語在句式上也比較固定，方便在不同場合機械套用。

作為漢語和日語混合的產物，協和語也會引入一些通俗易懂的日語詞彙。中國人熟知的 "喲西（よし）" "咪西（めし）" "哈依（はい）" 等日語詞，很大程度上正是拜協和語所賜。而諸如用 "料理" 表示菜、"便所" 表示廁所、"料金" 表示費、"出荷" 表示交公糧之類的日語漢字詞就更常見了。

此外，協和語受日語影響，出現了謂語後置等一般在漢語中不會出現的語法特徵。而由於詞彙和表達上的局限性，協和語中語詞重複就有了重要的語法功能，如表示強調等等。

以上這些特徵導致協和語與正常的漢語、日語差別都很大，如一句簡單的 "你把這個給我"，協和語的表達則是 "你的，這個，我的，進上"。而 "我吃飯" 則用中國人聽來非常奇怪的 "我的，めしめし，幹活計" 來表達。

這兩個短句頗能體現協和語的上述特徵：詞彙和句法都非常簡單，謂語放在了句子最後，使用了重複的日語借詞めしめし（咪西咪西）。而濫用 "的" 這個受日語影響產生的習慣正是中國人刻板印象中侵華日軍說話的一大特徵，所以各種 "抗日神劇"

中"大大的有""你的""花姑娘的"之類的說法還真不是完全的臆造。

"我想給你點顏色看看"

協和語的怪模怪樣正是皮欽語形成初期的典型特點。首開近代規模化中外混搭語言先河的並不是協和語,而是"皮欽語"。皮欽語是英語 Pidgin 的翻譯,一般認為是 Business 被廣州人訛讀的產物,後來上海開埠,又出現了上海版的皮欽語——洋涇浜英語。

英國和美國在東亞貿易中佔據主導地位以後,在廣州這樣的大型口岸就產生了和中國人生意往來的交流需求。洋商來中國一般都是短期的商業行為,不會像傳教士那樣苦學漢語以爭取能在華傳播福音。出於維穩考慮,清廷也不鼓勵中國商人學習外語,更忌諱他們教外國人漢語,甚至還出現過處死外商請來的漢語老師這樣的惡性事件。於是,用簡單破碎的英語當作中介就成了唯一可行的選擇。

與協和語類似,這種皮欽話同樣是敷衍交流的產物,詞彙和語法都較為簡單,語音上也深受當地語言的影響,如在早期的《紅毛通用番話》中,"一"標音為"溫","非常"標音為"梭梭","醫生"標音為"得打","酒杯"標音為"灣蛤","女人"標音為"烏聞","買賣"標音為"非些淋",詞彙多為生意場上常用的,標音也是以廣州方言趨近英文原音。

上海開埠後,中外貿易迅速發展,交流需求也隨之增加。相對於排外情緒濃烈的廣東人,江浙人對洋人更友好,學習外語的熱情也更高,漸漸形成了上海版的皮欽話——"洋涇浜英語"。洋溽浜是上海蘇州河的一條支流，1845 年英租界建立以後，洋涇浜成為英語和漢語接觸最頻繁的地方。上海洋涇浜英語就在此處誕生。以吳音標英語的《英字指南》也於 1879 年問世。

為了儘快學會洋涇浜英語和洋人交流，上海甚至出現了以歌謠學習的方式：

《英字指南》在修訂多次之後，1901 年，商務印書館出版了《英字指南》的增訂版，名為《增廣英字指南》

來是"康姆"（come）去是"谷"（go），
廿四塊洋鈿"吞的福"（twenty-four），
是叫"也司"（yes）勿叫"拿"（no），
如此如此"沙鹹魚沙"（so and so），
真蹩實質"佛立谷"（very good），
靴叫"蒲脫"（boot）鞋叫"靴"（shoe），
洋行買辦"江擺渡"（comprador），
小火輪叫"司汀巴"（steamboat），
"翹梯翹梯"（chow tea）請吃茶，
"雪堂雪堂"（sit down）請儂坐，
烘山芋叫"撲鐵禿"（potato），
東洋車子"力克靴"（rickshaw），
打屁股叫"班蒲曲"（bamboo chop），

混賬王八〝蛋風爐〞（damn fool），

〝那摩溫〞（number one）先生是阿大，

跑街先生〝殺老夫〞（shroff），

〝麥克麥克〞（mark）鈔票多，

〝畢的生司〞（empty cents）當票多，

紅頭阿三〝開潑度〞（keep door），

自家兄弟〝勃拉茶〞（brother），

爺要〝發茶〞（father）娘〝賣茶〞（mother），

丈人阿伯〝發音落〞（father-in-law）。

洋涇浜英語不但發音奇怪，語法上也深受漢語影響，如 catch 和 belong 出現的頻率畸高，近乎無所不能，而英語中各種複雜時態和人稱體系也被徹底拋棄。〝已經變冷〞本應說 It has become cold，但在洋涇浜英語中為 This thing hab catchee cold。Have 不但音訛了，而且也沒有按照英語第三人稱單數該有的形式變成 has。名詞不但單複數混淆，而且引入了漢語使用量詞的習慣，本應說成 three streets 的〝三條街〞在洋涇浜英語中則是 three piece streets。

在實際應用中，洋涇浜英語由於缺乏規範，不少詞到底怎麼來的已經失考，如〝辣裏龍 /la-li-lung（賊）〞，上海人以為是來自外國的洋詞，洋人又覺得這是中國話。甚至會出現真老外根本難以理解的情況，如洋涇浜英語 I want give you some colour see see 是中文〝我想給你點顏色看看〞的直譯，但是洋人們能不能理解那就天知道了。

何謂"克里奧爾語現象"

協和語和洋涇浜英語在歷史上都是曇花一現，前者在日本戰敗後很快消失，後者也在上海失去"冒險家樂園"的魅力後自然消亡。只剩"拿摩溫"（number one）等少數詞至今仍存留在方言之中。

可是對這種混合語言來講，消亡並非必然的宿命。混合語言雖然初期粗糙不堪，但假以時日功能逐漸完善，在一定條件下，甚至會變成某個人群的母語，形成所謂的"克里奧爾語現象"。

如元朝北方的漢語口語就受到蒙古語的影響。古本《老乞大》（朝鮮學習漢語的課本）中就有大量當時受蒙古語影響的口語，如"死的後頭，不揀什麼，都做不得主張有""穿衣服呵，按四時穿衣服，每日出套換套有"。

這種有些奇怪的漢語非常普及，《老乞大》中甚至有"如今朝廷一統天下，世間用著的是漢兒言語。咱這高麗語，只是高麗天地裏行的，過的義州，漢兒田地裏來，都是漢兒言語"的說法。

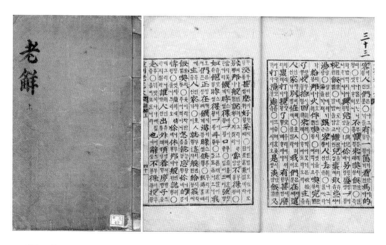

18 世紀後期的修訂本《重刊老乞大》

而在公文中，更是出現了逐詞硬譯蒙古語的漢語，這種影響一直持續到了明朝早期。

更成功的是海地的克里奧爾語。海地舊時經濟以蔗糖產業為主，勞動力需求非常大，因此有人從非洲運來大批黑奴，這些黑奴佔據了海地人口的絕大部分。但是他們來自不同地方，互相之間需要用殖民者的語言法語交流，最終形成了一種較為穩定規範的新語言 —— 海地克里奧爾語。這種語言以法語為基礎，對法語複雜的語法進行了一定程度的簡化，又雜糅了大量非洲原鄉語言和其他語言的特點。

克里奧爾語不但成為海地土生黑人的母語，甚至為數不多的歐洲後裔也操起了這種語言。由於其勢力實在太大，1987 年這種起源和皮欽語、協和語差不多的語言被認定為海地的官方語言，和法語並列。

事實上，協和語當時也已經有了去俚俗化的兆頭。它不但在口語中被廣泛使用，甚至還進入了書面語，而且已經很大程度上脫離了 "大兵話" 的低級粗糙感，如民國二十年（1931 年）8 月 14 日的《關東報》中出現了這樣一篇廣告：

> 梅雨時潸漸過、酷暑天氣已來使至今日、為一年中皮膚生病發時之盛之際。故藥物膚法，莫逾於天恩水，因殺菌力破強富於深奧之理想，且毫無刺力痛苦之者而皮膚病竟得豁然冰釋。欲購虞請問日本東京芝區田村町東京藥或各藥房、訂買定也！

幸而中國人民英勇抗戰，並取得了最終勝利，否則如今東北人的話語中就很可能摻雜那種奇奇怪怪的 "協和語" 了。

真有可以作為**軍事密碼**的語言嗎

溫州話素以難懂著名，不但北方人一個字都聽不懂，就連溫州的北鄰台州、南鄰福州的居民對溫州話也"無能為力"。溫州話不但在中國聲名遠播，美國電視劇《盲點》中也將溫州話稱為"惡魔的語言"，劇中以溫州話編譯的信息甚至難倒了美國 FBI 情報人員。於是產生了這樣一種說法：抗日戰爭期間中國軍隊把溫州話當作秘密通信時的工具，日軍對此無能為力，只能乾瞪眼。

使用敵方聽不懂的語言通信並非現代人的發明。《左傳》中即有所謂"楚言而出"的記載，說明中原各國均難以"破譯"楚國人內部交流時使用的楚國當地語言。

第二次世界大戰時期，也確實有過一種語言因為其難懂，起到了為通信加密的作用，這種語言就是美國新墨西哥州土著居民納瓦霍人的語言納瓦霍語。

1942 年，洛杉磯工程師菲利普・約翰斯頓向美國海軍陸戰隊提議使用納瓦霍語通信以增加敵方破譯情報的難度。建議被海軍陸戰隊少將克萊頓・巴爾尼・沃格爾採納，海軍陸戰隊招募了 29 名納瓦霍族男性用以傳遞秘密信息。

美國海軍陸戰隊與這批特招入伍的納瓦霍人合作製作了一套以納瓦霍語為基礎的語音密碼，這樣就算情報被會納瓦霍語的人截獲，也不能輕易聽懂其中意思。他們屢建奇功，尤其在硫磺島戰役中發揮了不可替代的作用。納瓦霍人的英雄事跡後來還被改編成好萊塢大片《風語者》。與之相比，溫州話在抗戰期間大顯神通的故事在重要細節上卻顯得語焉不詳：到底是誰決定組建溫州話情報隊？是什麼時候派上用場的？在哪些情況下使用過？這類信息統統付之闕如。

稍加檢索，我們便會發覺溫州話作為通訊密碼的另外一個更早的故事版本：中國在對越戰爭期間曾以溫州話作為密碼，隨著抗戰話題漸熱，這個版本逐漸沒了市場，故事場景才變成了抗戰。但無論哪個版本，都像是受《風語者》啟發才形成的產物。

對越戰爭時確曾有過以方言 "加密" 軍事信息的史事，只是與《風語者》中的電報加密不同，說方言是為了阻止越南人竊聽陣地通話 —— 當時中越兩軍陣地犬牙交錯，有線無線都極易被竊聽，越南人普遍懂漢語，而解放軍少有人懂越南語。

1990 年出版的《中越戰爭秘錄》曾用相當篇幅介紹解放軍如何應付越軍竊聽。當時越南人不但竊聽，甚至囂張地用漢語干擾通話，前線士兵被迫發明了一套暗語系統，還用上了方言，不過出場的是唐山話而非溫州話：

> 越軍 884 電台："中國兵，聽說你們北京話說得挺好，說兩句咱們聽聽。"
>
> 我軍 884 電台："小子，亭著，握曹逆麻。"（唐山話）
>
> "你說什麼？""握曹逆麻！""哈哈哈哈！""哈哈哈哈！""我也曹你麻！"

這大概是一種戰場上以方言擊敗敵人之類傳奇故事的早期版本。只是唐山話基本不構成理解屏障，當時各貓耳洞官兵自創的 "黑話" 意義有限 —— 無非是以常見動植物替換軍事名詞，幾無任何智力含量，監聽者無須太費腦子就能猜出他們在說什麼。

　　如果當時真用上溫州話，它確實能阻斷越南人監聽 —— 但如果不在每個貓耳洞配備至少一名溫州士兵的話，自己人也會被一起 "阻斷"。而且實際上，除了貓耳洞的基層士兵，解放軍似乎根本不在意越南人肆意監聽。

　　這個傳說更不靠譜的地方在於，八路軍遠沒有富裕到可以大量使用電話或步話機的地步。退一步講，納瓦霍語之所以能勝任密碼語言，和其本身的特點密不可分，遺憾的是，就算當時八路軍真的有足夠的條件大量使用電話，溫州話也並不具備能夠勝任密碼語言的特質。

　　一種適合作為秘密傳輸用具的語言通曉人數不宜過多。納瓦霍語的使用人口基本限於美國新墨西哥州和亞利桑那州的納瓦霍族人，今天納瓦霍人人口也不過 30 萬，其中還有 10 萬左右不會說納瓦霍語。"二戰" 開始時，外族人懂得納瓦霍語的據統計甚至不超過 30 人。美國的敵國德國和日本幾乎可以肯定無人能懂納瓦霍語。

　　但能說溫州話的人要多得多，能聽懂的就更不可計數了，1931 年全溫州地區人口即有 255 萬。除了樂清清江以北是台州話片區，洞頭、平陽、蒼南、泰順的居民各有一部分說閩語，蒼南金鄉的則說北部吳語外，其他地方均通行溫州話。此外，麗水青田部分地區、台州玉環一角的人也說溫州話。由於溫州的重要地位，浙南其他地方的人會說溫州話的並不鮮見。

　　溫州 1941 年 4 月 19 日就淪陷於敵手，日佔地區能懂溫州話的人數少說也有幾百萬。就算日本沒有佔領溫州，日軍也不難找到懂溫州話的人 —— 溫州是著名僑鄉，從 20 世紀 20 年代開始，溫州就有大批農民、手工業者和知識分子或迫於生計或由於其他原因東渡日本。《溫州華僑史》中論述道，他們在日本"大多數從事小商販，少數從事苦力，極少數從事服務業"。

從語言學本身特徵來看，溫州話的"難懂"和納瓦霍語也不在一個層次上。納瓦霍語語法相當複雜，其句法以動詞為核心，通過在動詞詞根上附加各種各樣的詞綴來表示英語等語言中需要不同詞類如形容詞、代詞等才能表示的含義。而動詞詞綴則按照一定的規則以後置賓語、後置介詞、副詞、迭代、複數、直接賓語、指示、副詞、式／體、主語、分類詞、詞根的順序一一堆砌而成。

如 yibéézh 在納瓦霍語中是"煮沸"的意思，由詞根 béézh 和第三人稱賓語前綴 yi 組成，而要表示"他在煮沸"的意思時，納瓦霍語的做法是在分類詞綴的位置上加上使動／及物詞綴 -ł-，動詞就變為 yiłbéézh。

同樣，納瓦霍語在區分主語和賓語時也經常需要動詞詞綴幫忙，如在"男孩正在看女孩"一句當中，可以說 Ashkii at'ééd yiníł'į́.，也可以說 At'ééd ashkii biníł'į́.。納瓦霍語 Ashkii 是男孩，At'ééd 是女孩，動詞在帶上 yi- 前綴時就暗示第一個名詞是句子的主語，而在帶上 bi- 時則說明主語是第二個名詞。這看似冗餘的區分對於納瓦霍語實在是非常重要，因為納瓦霍語對名詞順序有嚴格要求，有生性高的名詞必須出現在有生性低的名詞之前，所以在諸如 At'ééd tsídii bishtąsh（鳥啄了女孩）這樣的句子中，由於女孩的有生性高於鳥，所以 At'ééd 必須出現在 tsídii 前，而動詞賓語前綴就只能使用 bi- 才恰當。

納瓦霍語的語法對從小會說納瓦霍語的人來說並不構成任何問題，但其語法無論是和德語還是和日語都相差非常之大，甚至和同屬納－德內語系的種種近親都無法進行有意義的交流。如此一來，學習納瓦霍語對於外族人來說就成了一項異常艱巨的任務。

事實上，希特勒早就設想過美國人可能會利用當地印第安土著進行秘密通信，"二戰"爆發前就派出 30 位德國人類學家赴美國學習當地語言。因此，美國"二戰"時用印第安語言通信主要是在太平洋戰場，在歐洲戰場出於安全考慮並未大規模採用。

他們的擔心似乎是多餘的，由於美國印第安部落語言方言眾多，語法結構和邏輯架構與德語相比天差地別。納粹德國苦心學外語的陰謀徹底失敗 —— 這些人類學家學習美洲土著語言的效率極其低下，直到"二戰"爆發也未能掌握幾種美洲土著語言。

溫州話雖然難懂，但遠不像納瓦霍語一樣難學。溫州話和其他方言互通度極低的主要原因在字音的區別上，如普通話中除了聲調讀音相同的藝、衣、益、逸、屹、遺，在溫州話中分別讀 nyi、i、iai、yai、nyai、vu。溫州地名雙嶼、靈昆島在溫州話中分別讀 shiuao zei、len kiu teo。

溫州話"我是前年到北京個"發音為 Ng zy yi nyi teo pai cian ke。不要說北方人完全聽不懂，說閩語的人聽來也如同天書，吳語區其他地區的人跟溫州人往往也是"雞同鴨講"。這點和北部吳語從常州到台州都有相當高的互通度完全不同。

刨除語音上的差別，溫州話並不那麼複雜難學。在詞彙和語法上，溫州話和其他漢語方言的差距就要小很多。

溫州確實存在相當多的特色詞彙，如間歇雨稱"汰浪"、打閃稱"龍爍起"、現在稱"能屆"、早秈米稱"白兒"、馬鈴薯稱"番人芋"、貓頭鷹稱"逐崔"等，皆非外地人能聽得明白的。語法上也和官話有所不同，如表示完成說"爻"、有加 -ng 的獨特兒化方式，不用普通話常用的從、自等。

不過作為漢語方言的一員，溫州話的基本架構總體而言仍然和其他漢語相當接近，和各吳語方言則更為類似（上述特徵不少也見於台州話等）。也就是說，克服字音障礙後，溫州話其實並不算難懂。

作為浙江南部的重要方言，溫州話很早就受到語言學家們的注意。早在清末民初時，永嘉人謝思澤即編纂出溫州話韻書《因音求字》，到抗日戰爭時，先後還有《溫州方言初稿》《通俗字書》《四聲正誤》《甌音求字》《甌海方言》《字衡》《東甌音典》等等一大串溫州地方字書韻書出爐，學習材料可謂極為豐富。

退一萬步，就算日本沒有佔領溫州，日本本土也沒有懂溫州話的人，同樣也難不倒他們學會溫州話，他們甚至連學會漢字都不用 —— 作為基督教進入中國的橋頭堡之一，活躍於溫州的傳教士們為了傳教之便紛紛學習溫州話，並留下大量拉丁字母寫成的教材。如英國人蘇慧廉（W. E. Soothill）就利用自己編的"溫州方言教會羅馬字"寫了《溫州土話初學》（*Ue-tsiu T'u-'o Ts'u-'oh*），並用以翻譯出版聖經《新約聖書》（*Sang Iah Sing Shi*）。

有如此便利的學習條件，侵華日軍若真想學會溫州話其實並不困難。與之相比，納瓦霍語在二戰前純屬口語，不但沒有正字法，甚至連本字典都沒有，就算有心人想要學，也是困難重重。

因此，抗戰時期溫州話被作為密碼語言使用不但於史不合，從語言學的道理上也很難說通。溫州籍士官之間臨時用溫州話保密交流有可能，強說中國軍隊曾專門指定用溫州話秘密通信，那就太侮辱中國軍人的智商了。

09

中國歷史上的 "黑話"，與電視劇中的可不一樣

"天王蓋地虎！" "寶塔鎮河妖！" "麼哈麼哈？" "正晌午時說話，誰也沒有家！"

"我記得，好像全城的人都翹頭了，而且到處都被放火，他一個人要去堵拿破崙，後來還是被條子削到……"

"昨兒呢，有穴頭到我們團來瞳這事兒，想讓我們給出個底包，看了我的大鼓說我這活兒還能單擋杆，每場置點黑杆兒總比幹拿分子強啊，雖然沒腕兒那麼嗨吧，可也念不到哪兒去……"

中國觀眾對這種用詞怪異難懂甚至句法都不合常理的 "黑話" 台詞並不陌生，只要使用得當，黑話不僅可以使影片變得生動有趣，而且能在簡單的對話中體現出角色的身份、背景和生活方式，自然會受到影視創作者的青睞。

黑話在近年的電影中頻頻出現，《智取威虎山》中的楊子榮和座山雕連對了好幾分鐘的暗語，《老炮兒》裏主角和他的朋友之間也是滿口北京市井黑話。

在早年一些影響較大的影視劇中，類似的情況也不鮮見，如電視劇《傻兒師長》的袍哥黑話和《我愛我家》中和平女士的北京戲曲黑話（被家人譏諷為 "說日本話"）都為粉絲所津津樂道。經典電影《牯嶺街少年殺人事件》中則大量使用了台灣眷村黑話，香港黑幫片中的洪門黑話更是不勝枚舉。

在這些影視劇中，大多數人說黑話都是為了保密，使用者並

不希望"外人"聽懂自己說話的內容。然而恰與所謂的"軍事密碼"溫州話的故事相仿,這些影視作品中出現的所謂"黑話"也與真正的黑話相去甚遠。

害人更害己的替換式隱語

一般來說,影視劇中的黑話都是以正常語言為基礎,只將少量的關鍵詞替換成其他用詞,以達到保密效果。這種"黑話"是一種常見的隱語,使用範圍也絕不僅限於黑幫交流。網絡流行的"淋語"中,就有"天了嚕""本質騎士"這樣的隱語,實際意義與字面意思相差甚遠,令一般漢語使用者不明所以。

類似的黑話在西方也大量存在,如中世紀時,經商的猶太人為了避免關鍵商業信息為人所知,往往會在公開場合使用一套特定的詞彙,來描述交易的商品和價格。直到當代,仍有猶太人延續此傳統,比如在猶太人壟斷的紐約珠寶加工業中,有一套只有他們自己能懂的隱語,大大提升了非猶太人進入珠寶業的門檻。

在使用替換式隱語的黑話中,最常見的替換方法是給事物起別稱。

經常在網上逛 ACG 或體育論壇的人往往會發現核心用戶們給圈內熟知的人物起了親暱的外號,外人看得雲裏霧裏。如曼聯球迷喜歡自稱"我狗",國際米蘭球迷喜歡自稱"我純",拜仁慕尼黑球迷則自稱"我其"。這些本是有戲謔成分的綽號,但是因為外人聽不懂,就逐漸演變成為小群體隱語。

這類別稱式隱語的發明過程粗暴武斷,其存在非常依賴小群體的使用。而這些小群體常常可能會隨時間更換事物的別稱,舊的別稱即隨之消亡。此外,小群體成員的構成改變,乃至散夥的情況也不稀見，他們使用的這類隱語也就隨之灰飛煙滅了。

但也有少數別稱式隱語，會在機緣巧合下被保留下來，演變為俚語，甚至最終登上大雅之堂。

在古代的拉丁語中，"頭"本來是 caput，但後來出現一種隱語，用"壺（testa）"來指代頭，這可能起源自部分小群體的謔稱，意外的是，這個用法並沒有逐漸自行湮滅，反而不斷發展壯大，先是成了全社會普遍知曉的俚語，後來甚至喧賓奪主，奪取了 caput 的地位。拉丁語的後代語言中表示頭的單詞（法語 tête，意大利語 testa、西班牙語 testa）都來自於這個"壺"。

奇妙的是，漢語中"頭"的來源也頗為類似。上古漢語中，頭主要用"首"表示，頭本是"豆"（一種容器），在某種隱語中被用來表示頭。隨著漢語歷史上的音變，首和手成了同音字，極不方便使用，結果首就被頭取代。

當然替換法並不都只能如此簡單粗暴。替換式的隱語還有其他的來源。在"淋語"中，就有大量隱語來自某種"典故"，如"一百三十刀"即來自某新聞事件。

舊時蘇州的隱語則使用了縮腳法，也就是隱藏成語的末字，例如雨的隱語就是"滿城風"。同樣在蘇州，還有一種隱語將一、二、三分別稱作"旦底""挖工""橫川"，以字形取名。

猶太隱語則多利用猶太人的語言優勢，將族人多少都會一點的希伯來語詞彙引入對話，以起到混淆視聽的效果。這種隱語的存在範圍相當廣泛，如淋語中的"孩柱"和某種黑話中的"吼啊"，都是通過方言發音來生成隱語。

隱語要更為隱晦的話，就需要把彎子繞得更大一些。如英國倫敦街面上的"押韻話"主要利用了英語中常用的搭配詞組。舉例來說，英語 stairs（樓梯）與 pears（梨）押韻，因此用詞組

apples and pears 來指代 stairs，再將 pears 省去，就可用 apples 作為 stairs 的隱語。這種隱語的邏輯非常混亂，外人往往覺得豈有此理，但也因此而提高了破解的難度。

不過，並非所有的單詞都能找到方便的隱語，所以在大部分情況下，替換法的使用者都只替換關鍵性的詞彙，如賊的隱語一般為"錢""警察""財主""跑路"之類的詞彙，商人則更喜歡替換數字和商品名稱。因此，使用替換性隱語的黑話使用者，對一般的詞彙都會照常使用，因此其談吐不會完全異於常人。

當然也有例外存在。在新疆和田地區一個叫艾努人的維吾爾人支系中，就有一種堪稱登峰造極的替換式隱語。他們的語法遵循維吾爾語的框架，但幾乎所有的實詞都採用波斯語的說法，一般的維吾爾人聞之如聽天書。

由於替換法隱語的編碼過程相對簡單，被編碼的詞也較少，基本上不可能起到特別好的保密效果，有心人只要稍加學習，即可聽懂和掌握此類隱語，甚至混入小圈子。就算是倫敦押韻話這樣較為複雜的隱語，學習者在經過必要的熟悉過程後，也能建立起條件反射式的對應關係，迅速破解出隱語使用者的真實意圖。

中世紀市場上的猶太隱語，就被當地的賊幫完全掌握，結果成為了賊幫黑話的來源。而無論是淋語還是其他網絡群體的黑話，也都在現代網絡的支持下，在短時間內完成了高速的擴散，基本喪失了保密性。像艾努語這種黑話的極端形式，雖然保密性更高，但是學習成本相當大，在多數非強關係社團中都不太具備可操作性。

對於一種真正需要保密的隱語來說，只是把眼睛稱為"招子"或者管便衣警察叫"雷子"是遠遠不夠的，頂多能起到些鑒別"自己人"的作用。要想有保密效果，必須從整體上對語言進行改造，同時又要考慮語言規律，讓使用者的學習過程不至於特別痛苦。

有一類隱語的保密機制，是擾亂正常語言的聽覺接收機制，讓“外人”產生理解障礙。如北京歷史上的一種黑話，在正常的語句中以循環順序插入“紅黃藍白黑”。如“他明天也去天安門”，就會說成“他紅明黃天藍也白去黑天紅安黃門藍”，對於不熟悉這種黑話的人來說，混淆視聽的能力非同一般。

與之相比，廣州流行的“麻雀語”就相對糟糕，只是把所有字的韻母都換成 aa 而已，如“我聽日落深圳（我明天去深圳）”就變成了 Ngaa taa jaa laa saa zaa。此種隱語雖然容易說，但該聽懂的人很容易不懂，不想讓懂的人卻往往意外聽懂，所以實際使用價值相當差。

這種增改音節的方法雖然能起一時作用，但還是很難抵抗人腦的糾錯能力：如“紅黃藍白黑”之類添加的方法，會很容易被聽者大腦過濾掉插入的多餘字 —— 各種民歌中經常插入所謂的“襯字”，如紅色歌曲《十送紅軍》“一送（里格）紅軍，（介支個）下了山”中的“里格”“介支個”，基本不會對聽者理解造成困擾。

中國式“黑話”的巔峰

在漢語悠久的發展史上，真正意義上的隱語主要以反切語為主。中國人經常把黑話稱作切口，說明了反切語在黑話界的地位。事實上，反切語在清朝就已經作為黑話出現。乾嘉年間精通音韻學的北京才子，《鏡花緣》的作者李汝珍就已經在作品中使用了疑似反切語的黑話。

就地域來說，反切語雖然在各地有不同的具體形式，但作為一種普遍的隱語製造法，在全國各地的秘密團體（如盲人）中都很流行。北方的北京、膠遼等地流行一派，南方閩粵又有一派，江南吳語區流行的"洞庭切"，在廣州被稱作"燕子語"的，在福州被稱作"廈語"的，都是形式各異的反切語。

以北京的反切語為例，北京舊時最流行的是所謂 mai-ga 式反切語。即將一個字的聲母和韻母拆開，以聲母配 ai 韻上聲，以韻母和聲調配 g 聲母，將一個字拆成兩個。

如媽就被拆為 mai-ga（買旮），吹就是 chuai-gui（踹歸）。只有當北京語音不允許的組合如 iai 等出現的時候，會進行相應的調整，如想就是 xie-jiang（寫講），詩則是 she-zhi（捨之）。

如此拆法可以讓絕大多數字的讀音變得面目全非，但對於有些字則仍需加工一下 —— 如本身 g 聲母起頭的字，下字附加的聲母就不用 g 而用 l 了，如棍會被拆為 guai-lun（拐論）。在種種規則的作用下，所有字被拆開後，生成的兩個字都不會和原字讀音重合。

廣州的燕子語在進行反切之外，還要顛倒聲母和韻母的順序，更是加大了難度。如"十"在粵語中本為 sap，燕子語中則提取韻母 ap 到前面，配上聲母 l，再給聲母配上韻母 it 放在後面，最後十就變成了 lap-sit。而如果字本身聲母就是 l，則會根據聲調配 k或 g 聲母，如亂 lyun 會變成 gyun-lin，落 lok 會變成 kok-lik。

反切語的破解難度很大，對於沒有學習過的人來說，就算一字不落地聽也很難掌握其奧妙。而對於熟悉的人來說，無論聽還是說都可以進行高速交流。因此，反切語才是舊時中國切口中最普遍通行、用處最廣的一種，是中國隱語的集大成者。

可惜，對於中國大部分的編劇和導演，反切語似乎仍然超越了理解的限度，因此在表現黑話的時候，觀眾們也只能看到實際並沒什麼隱秘作用的"天王蓋地虎""寶塔鎮河妖""招子""粽子"了。

10

雙語兒童夢
怎樣實現

"從小學英語，不能讓孩子輸在起跑線上"，中國人對英語學習的熱情無人能敵。痛感於自己成年後苦學英語的經歷，家長們對兒童的英語教育更是不遺餘力 —— 大多數城市的學校已經從小學一年級開始設置英語課，各種英語補習班亦不可勝數。

儘管傾注了如此之多的心血，中國人的英語水平仍慘不忍睹。2015 年的雅思學術類考試，中國人的英語總分不過 5.7（滿分 9），不但在世界上排不上號，甚至在亞洲亦敬陪末座，連英語發音怪異的日本人（5.8）都比中國人水平高。

中國學校能否教出雙語兒童

由於多數中國人學英語時缺少語言環境，所以 "早期沉浸式教學法" 得到廣泛的關注，被認為可以直擊國人英語頑症的病根 —— 從小在良好語言學習環境下成長的孩子，自然會從小就有一口標準發音。

不過，外籍教師稀缺是這些被家長寄予厚望的雙語教育機構中的普遍現象。即使是一些兼收中、外籍兒童，價格不菲的 "國際幼兒園" 和 "雙語幼兒園"，保育和大多數教育工作也常由中國籍教師完成。

以北京兩所著名的標榜雙語教學、學費最為昂貴的幼教機構為例，"YD"幼兒園宣稱其雙語幼兒園的外教、中教比例為１：５；"AY"幼兒園的網站上顯示一些年級甚至沒有配備專職外教。這類幼兒園中英語環境的質量值得懷疑。

價格中游的公、私立幼兒園就更難提供達標的英語環境。調查研究顯示，即使是大城市標榜為"雙語教育"的幼兒園，也普遍存在師資短缺的問題。例如 2013 年一項對青島市一線幼兒園"雙語教師"的抽樣調查顯示只有 2% 的教師參加過專業英語考試，14% 和 2% 的教師通過了公共英語二級和三級的考試。

這種師資狀態下的雙語教育水平到底如何，中國少數民族地區的雙語教育情況或許是個極好的參照。中國有在民族聚集區大量使用民族語言教學的民族學校，這些民族學校一般會從小學三四年級或初中起開設漢語課，漢語學習強度大大高於內地學校學英語的強度。

但在本民族語言環境比較強勢（人口較多、相對聚居、傳統文字和教育體系相對完善）的地區，漢語教學成效普遍不佳，典型如維吾爾族。20 世紀 80 年代末期的民族語言狀況普查顯示，維吾爾族的維、漢雙語者不足民族總人數的 0.5%，單語人口佔99.46%，比例遠高於其他少數民族。

雖然 90 年代後，新疆的民族學校不斷強化漢語教育的師資配備，今天城鎮民族學校配備的漢語授課師資強度可謂已經普遍高於大城市收費高昂的"雙語教學"私立教育機構對應的外語師資水平，但學生的實際漢語水平依然非常有限。只有那些完全用漢語授課、校園交流只使用漢語的少數"實驗班"，以及"民考漢"（直接考入漢族學校）的民族學生，他們的漢語水平才能與同齡漢族學生相當，但又產生了本民族語言能力不佳等負面影響。

單純靠漢語老師在漢語課上教授漢語幾乎培養不出真正的雙

語人才，為推動有效的雙語教育，新疆採用了大規模推進"民漢合校"（一所學校同時包含民、漢族班）的方式，讓少數民族學生有足夠強度的漢語學習環境。

幼兒園階段的英語早教，實際效果更是與理論效果差異巨大。

理論上青春期前存在著一個習得語言的"關鍵期"，國外有大量針對移民的實驗可以印證。例如 80 年代末一個針對母語為漢語和韓語的美國移民的研究發現其語法測試成績隨著年齡的增加而下降，只有 3 至 7 歲到達美國的被試者的測試成績與非移民沒有顯著差異。後續研究亦證實，個體所處的第二語言暴露程度（二語環境）與其第二語言的掌握水平正相關。

不過，幾十年來關鍵期具體在哪個年齡都無統一說法。有語言學家認為，二語的習得效率將隨著年齡的增長逐漸降低，並不存在明確的臨界點，更何況語音、詞彙、句法學習等不同的語言模塊的關鍵期年齡也可能不同。但即便是"關鍵期假說"的反對者，也並不否認這樣一個事實：越早開始第二語言的習得，就越可能在語言能力，尤其是發音準確性上獲得優勢。

潛在影響語言學習的具體因素很多，除了儘早開始學習之外，另一個可控的主導因素是學習者在語言中的暴露強度。研究雙母語（Bilingual First Language）的學者，一般將 3 歲左右視作區分"雙母語"和"第二語言習得"的標誌。3 歲後，由於幼兒意識中的基本語言系統已經形成，此後即使暴露在一種新的語言環境下，幼兒勢必會受到已有母語的影響，其第二語言也只是接近而並不能達到母語水平。

此外，成為雙母語者，對幼兒在兩種語言中的暴露強度都有要求。語言學者曾在加拿大魁北克省（英法雙語社會）進行實驗。被試兒童在 6 至 20 個月不等時開始暴露於雙語環境，他們與英、法語單母語的兒童一同參加語言水平測試。研究後發現，只有在一種語言的暴露程度高於 40% 時，語言能力才與單母語兒童不存在差異。根據這個實驗的成果，只有一個孩子在 3 歲以下的時候開始雙語教育，且暴露在英語中的程度不低於 40% 時，才能算作英語母語。

自小上漢校的少數民族學生能說一口流利的漢語，而時下國內的英語教育則遠不能及，更不要提"雙母語"：能夠讓自己的孩子從 2 歲開始就一直暴露於 40% 的英語環境，這樣嚴苛的要求，家長們更不敢指望。

何況即使真能找到理想的英語學習環境，恐怕多數家長反而會望而卻步，因為這可能導致孩子的母語讀寫能力不如同齡人。而且中國的"沉浸式"教育，至多能讓學生戰勝他們的中國同胞，並不能保證他們交流自如。

中國父母可能教出奇怪的"克里奧爾語"

即使在中國最好的雙語教育機構，合格的外教師資都非常缺乏，而教授外語的中國老師自身的英語水平就值得懷疑，自然無法指望孩子們的英語達到理想水平。不少家長對此心知肚明，因此在家也堅持和孩子說英語，最極端的甚至禁止孩子說漢語。

假如老師和家長的英語水平都不能達到理想的要求，卻要在封閉的環境裏強行"推廣"英語，歷史上有些例子或可作為其可能導致後果的參考。

歐洲人殖民美洲時，語言不通的黑人奴隸只能用殖民者的語言交流。不同母語的黑人結合，後代的母語是父母所掌握的歐洲語言，但通常又不標準。例如法國殖民海地時要求來自西非的黑人用法語交流，但他們最後說出的是一種法國人聽不懂的法語 —— 受西非居民語言影響變異後形成的法語 —— 克里奧爾語，這種克里奧爾語逐漸成為了海地人最主要的交流用語。

海地克里奧爾語與法語存在諸多差異，法語較為複雜的尾輔音系統在海地克里奧爾語中被簡化，如 famille 讀為 fanmi，argent 讀為 lajan，livres 讀為 liv。在語法方面，海地克里奧爾語統統省略了法語中相對複雜的動詞變位，如人稱和時態系統。

漢語	標準法語	海地克里奧爾語
（我）吃	mange	manje
（你）吃	manges	manje
（我們）吃	mangeons	manje
（你們）吃	mangez	manje
（他們吃）	mangent	manje

海地的克里奧爾語並非孤例。有兩種或更多語言使用者長期混居的地方，尤其是前殖民地，幾乎都誕生了相應的克里奧爾語，並以口語或者通用語的形式存在。但其地位和認同程度往往隨使用者的社會地位不同而各異。

南非語即為一例。荷蘭殖民者到達南非後，陸續又有其他移民混入，於是形成了一種在荷蘭語基礎上融合了葡萄牙語、馬來語以及一些非洲原住民語言的新語言，它隨著南非白人（布爾人）的民族自覺而得以標準化。南非語在南非白人反抗英國殖民統治的運動中被賦予很高地位，南非獨立後，白人政權大規模推行南非語，但黑人族群則將之視為種族主義象徵，這些說祖魯語、科薩語等語言的民眾遂選用英語來反抗白人的強權。

於是 1994 年南非種族隔離結束後，英語竟逐漸成為政府的首

南非種族隔離時期，一塊"僅限白人"的警示牌。上為英語，下為南非語

要使用語言。

這些克里奧爾語的形成相對自然。但就算有足夠強大的教育系統，完成母語轉換也不是那麼輕鬆的事情。以色列人復活希伯來語是一個語言復活的經典案例，通過幾十年的努力，以色列人成功讓以說第緒語和其他東歐語言為主的猶太人後代改以希伯來語為母語。在以色列教育體系的支撐下，復活的希伯來語和古希伯來語差別並不算大。饒是如此，歐洲人不適應的諸多喉音在"新希伯來語"中也不見了蹤影。

同樣以華人為主的新加坡在官方多年強推下，英語已是首要通行的語言，隨之而來的就是所謂的"新加坡英語"，充斥著 la、hor 等語氣詞的新加坡英語大概也的確是華人社區大規模學習英語最可能的產物。

從純粹的語言學角度看，海地克里奧爾語、現代希伯來語和新加坡英語並不比法語、古希伯來語、英語低劣，然而，幾乎所有中國人學習英語的目標都是一口"地道的倫敦音／紐約音"。以目前中國的語言環境，這無疑是一項只有極少數生活在金字塔尖的人才能完成的任務。

11

為什麼有那麼多說得出來，卻寫不出來的字

Duang Duang Duang！Duang 一詞首現於"惡搞版"成龍洗髮水廣告，創作者將龐麥郎《我的滑板鞋》與被工商部門打假的某洗髮水廣告剪輯為《我的洗髮水》，並配上了 duang 的聲音，隨後這個詞以不可思議的速度迅速躥紅。

但這個 duang 卻帶來一個巨大的煩惱——似乎沒有任何一個合適的漢字可以用來寫這個音。雖然一些有心人做了嘗試，譬如有人試圖把 duang 解作"多黨"合音，也有人把 duang 寫成了上"成"下"龍"的形式。不過此類詮釋很難獲得大眾認同，所以至今 duang 還是主要以拼音形式流傳。

為什麼 duang 用漢字寫不出呢？這當然是因為漢語（普通話）中並沒有任何一個字讀 duang 音。事實上這個音節在普通話中根本就不存在，自然也寫不出。

漢語有嚴重的同音字現象，同時又有大量音節被白白"浪費"。一個音節在漢語中不存在，一種原因是漢語裏頭沒這個音節的構成單位，所以該音節根本沒有存在基礎。譬如英語中的音位 /z/ 在普通話裏缺失，所以很多中國人就連字母 z 也讀得不算準，往往以拼音 z 代替。

但這種解釋對 duang 是無效的—— d 和 uang 都是普通話中存在，甚至司空見慣的聲母和韻母，可是當他們組合到一起時，就成為不存在的音節了。

Duang 遠遠不是漢語中僅有的不存在音節，拼得出來卻根

本不存在的音節多得簡直不勝枚舉，如 báng、dén、kī、hō、puàng、chēi 等等。事實上，普通話有 22 個聲母、39 個韻母、4 個聲調（相關概念的定義不同，統計數量會有偏差），簡單連乘即可計算出普通話可能的音節排列有 3432 種，但實際使用的不過 1300 餘個，尚且不到可能數值的一半。也就是說，類似 duang 這樣聲母、韻母都存在，但整個音節不存在的情況非但不罕見，甚至可被視為普通話語音系統的主流，真正存在的音節反倒是少數。

Duang 這樣的音節雖然不能出現於普通話的語音系統當中，但在英語中是允許出現的，譬如英文 twang 一詞和 duang 就相當接近，所以普通話中沒有 duang 這類音節與人的發音機理無關，也不是因為中國人就是不愛用 duang —— 如果把視角暫時從普通話放大到漢語方言，則海南話中 "莊" 讀音即為 duang，老南京話 "短" 也讀為 duang。

也就是說，duang 音在普通話中不存在，並不是因為這個音本身有多難發，而是普通話的語音系統裏面並不允許這種組合。亦即在普通話的語音組合法裏，d 和 uang 的組合是非法的。

一個音節是否符合某一特定語言的語音組合法，並不是完全隨機的，而是跟該語言的歷史演變歷程息息相關。

上古漢語只允許 -u- 在 g、k、h 等舌根音後出現，其他聲母後都不能跟 -u- 這個介音，普通話其他聲母後帶 -u- 的音節多是後世由於種種原因增生而來。如 "端"（duān）中的 uan 實際上來自上古的 on，"莊"（zhuāng）在近古時代以前並沒有 u，後來受到捲舌聲母的影響才有了 u。

但就 duang 而言，一方面 d 並沒有增生 u 的能力，另一方面上古漢語的 ong 在普通話中讀 ong，和 on 的命運迥然不同，並沒有變成 uang。如此一來 duang 音沒有了合適的來源，自然就不存在了。出於同樣的道理，和 duang 情況相近的 tuang、nuang、luang、zuang、cuang、suang 也都統統不存在。

Peking 和 Tsingtao 分別是北京和青島的舊譯名，至今北京大學英文校名仍沿用 Peking University，而青島啤酒商標也有個大大的 Tsingtao。這不是因為老外不諳漢語聽岔了音，而是由於在近古時代，官話中在 i、ü 前的 z、c、s 和 g、k、h 均腭化❶為 j、q、x。

腭化後，兩組聲母就此混淆，例如將、姜本分別讀為 ziāng 和 giāng，現混為同音的 jiāng，也因此形成了兩條新的語音組合法，即 z、c、s 和 g、k、h 聲母後不能跟 i、ü 開頭的韻母組合（漢語拼音 zi、ci、si 中的 i 並不是真正的 i），這就是所謂的 "尖團合流"。

這個音變對漢語語音組合法的影響如此強大，以至於當下不少中國人發英語字母 Q 的讀音都成了問題。不少人根本發不出不合語音組合法的 kiu，只能以 "摳摳" 之類的錯誤音節代替。

不過也有能人能夠突破這條規律 —— 在保守的戲曲音如京劇的韻白音中，至今演唱者尚能以 ziāng、jiāng 的形式區分將、姜。在幾年前紅火一時的流行歌曲《One Night in 北京》中，歌手很敏銳地抓住了普通話和京劇音的這點區別，把 "想" 正確地唱成了 siǎng，"情" 唱成 cíng，可惜終歸沒能完美地提煉出讀音規則，結果矯枉過正，連 "京" 都成了 zīng，幾乎變成了一些姑娘發嗲時用的所謂 "女國音" 了。

在現代漢語詞典中，幾乎不存在 b、d、g、z、j 開頭，-n、

---

❶ 腭化：輔音發音時舌面抬高，接近硬腭，發出的音具有舌面音色彩，稱為腭化。如今普通話聲母 j、q、x 即由古聲母 g、k、h 經腭化而成。

-ng 結尾，聲調為第二聲（陽平）的音節，所以幾乎沒有字讀 bíng、déng、zún、juán。

　　這其實也和漢語語音演變有關。今天陽平聲調的大多數字來自古代的濁音字。上古、中古漢語的濁音聲母在現代漢語大部分方言中已經清化，其表現形式各不相同。在普通話中，古代濁音聲母逢平聲則使聲調分化為陽平，自身清化為送氣清音，變成了漢語拼音中的 p、t、k、c、q 等聲母。這樣 b、d、g、z、j 等聲母逢陽平聲時就自然而然都成空位了。但是後來普通話中中古漢語濁音聲母入聲字也派入陽平，由於入聲屬於仄聲，普通話中清化為不送氣的 b、d、g、z、j 等聲母，如白（bái）、集（jí）等字古時皆為入聲，那些空位在很大程度上由此填補。只有 -n、-ng 為韻尾的韻母不可能來自入聲，因此這些音節也就只能虛位以待了。

　　各個語言中語音組合法的限制千差萬別，漢語普通話是一種限制較多，組合較少的語言。普通話不存在 sp-、st-、sk- 這類兩個輔音湊一起開頭的音節，在韻尾方面，普通話就只有 -n、-ng 兩個韻尾，相比而言英語的韻尾就豐富多了，除了 -h 外，其他輔音都可用來收尾，因此英語中就出現了 script、twelfths 這樣結構極為複雜的音節。當然，還有比普通話語音組合法更加死板的語言，如夏威夷語中只有輔音加元音的開音節形式，類似 pan、pang、hin 之類的音節統統違反它的語音組合法。

　　英文 tin 作為度量單位在漢語中被譯為“聽”，韻母是 ing 而不是和英語發音更接近的 in，這仍然是語音組合法在作怪 —— 普通話中 t、d 聲母不能和 in 組合。這是由於古時候和 in 組合的 t、d 都被 i 帶著捲舌了，tin、din 變成了 zhen、chen，又沒有其他音節變過來補位，因此就出現了 tin 無字可用，被迫用“聽”的怪象了。

自然，符合語音組合法的音節也未必就一定能正好有個字，如 zěi 是一個理論上完全合乎普通話語音組合法的音節，但這個音節在普通話中並沒有對應的字。需要指出的是，雖然語音組合法在一般情況下相當嚴密，但也不是全無漏洞，有一些音節仍然能突破語音組合法的束縛，變不可能為可能。

擬聲詞往往可以突破一種語言原有的語音限制，只是這種新的口語音有時候很難記錄下來罷了。如表示巴掌扇到皮肉的 pià，就突破了普通話的語音組合法。而 duang 本質而言也是個類似的擬聲詞，在口語中已經出現，但在相對封閉的漢字系統中沒有出現與之相配的新字。

儘管如此，成功進入書面語的擬聲也不是完全沒有。"嘖嘖"是常用來表示咂嘴聲的字，雖然名義上有個字典讀音 zé，實際上恐怕沒人真在擬聲時字正腔圓地唸"則"。就這樣，咂嘴聲幸運地擁有了漢字寫法。

相對來說，較為開放的拼音文字系統可以記錄的超出常規的語音組合法的擬聲詞就更多了。同樣的咂嘴聲，在英語中寫作 tsk，還有表示豬哼哼的 oink、長舒一口氣的 whew 等實際上也都是不被英語語音組合法允許的音節，卻都打破了規律。

此外，借詞有時候也可以打破一種語言的語音組合法定律。如英語 sphere 借自希臘語，英語本來不允許 sf- 開頭的組合，這個希臘借詞卻突破了這條語音組合法規律。粵語在借入了英語的 pump 後也多了個 baml（泵）的音節，突破了廣州粵語本有的 b、p、m、f 聲母後不能跟韻尾為 -m 的韻母的定律。

兩字合音有時候也能創出一些違背語音結合法的音節。普通話裏有個"不用"的合音"甭"（béng），就突破了 b 聲母陽平聲調沒有 -ng 韻尾音節的規律。而很多吳語都有"不要"的合音，寫作"覅"，讀音往往超出當地方言常規。普通話從吳語中引入了這個"覅"，竟也多了個本不存在的 fiào 音。

　　未來如果 duang 流行的時間足夠久、範圍足夠廣，人們也未必不會最終創造出一個為社會承認的字來表示這個音。譬如陝西名吃 biáng biáng 麵，就有了專門為之創製，並在社會上廣泛流行的一個筆畫數高達六七十，根本沒有字庫收錄的字。為了方便記憶該字寫法，有人甚至編出了"一點戳上天，黃河兩頭彎。八字大張口，言官朝上走。你一扭，我一扭，一下扭了六點六。左一長，右一長，中間夾了個馬大王。心字底，月字旁，拴鉤搭掛麻糖。推著車車走咸陽"的順口溜。這樣看來，duang 的上"成"下"龍"寫法的用戶友好度可算要高得多了。

為什麼 "姑蘇""無錫" 含義難解

　　中國方言眾多，但是各方言的使用人口卻千差萬別。其中使用人口第一多的官話，其使用人數高達 8 億以上，分佈範圍包含中國整個北方和西南地區，而東南地區的方言一般只佔一省之地，偏於一隅。在這些東南部的方言中，以分佈於江蘇南部、上海、浙江的吳語的使用者數量最多，達到 7000 萬人以上。

　　由於現代吳語的分佈地區大致在長江南側，與江北的江淮官話可謂劃江而治，正應合曹丕"天設長江所以限南北"的老說法。因此吳語在本地被認作江南話，以和被稱作江北話的各類江淮官話區分。在老一輩吳語人眼中，語言上的分隔遠比地理上的分隔更為重要，南京和鎮江雖然地處江南，但由於居民主要說江淮官話，因此南京人和鎮江人也被認為是"江北人"。

　　眾所周知，江南地區自古以來是全國重要的經濟文化中心。這樣的一個地方居然說一種和全國主流迥異的方言，可說是非常奇特的現象。

　　漢語是一種發源於中國北方的語言。整個夏商時期，中國歷史都是圍繞著今屬河南、山西西南、河北南部、陝西東部和山東西部的中原地區轉。江南地區在那時屬於遙遠的邊鄙，不入中原人的法眼，主要居民是斷髮文身的百越人群。

　　稱"百"，自然是說明這個族群的多樣性。不同的部落，其文化、發展狀態都千差萬別。其中分佈於今天浙江的一支發展較快，形成了較為完善的國家結構。這也就是後來的“越國”。

根據傳世文獻記載，越國是個在所謂的夏朝時代就存在的古國，到戰國被楚國滅掉時已歷經 1600 年。這個長壽小國的主要競爭對手是在其北面的吳國。

吳人稱自己的祖宗是在周朝時因不願與弟弟爭奪天子之位而從陝西北來的周朝宗室成員泰伯，故事雖精彩，但卻令人疑竇叢生 —— 在當時的條件下，泰伯要從陝西安全跨越整個中原落腳江南並成為當地部族領袖，實在不是件能輕易辦到的事。傳世吳國世系中歷代吳王更是有“彊鳩夷”“熊遂”“屈羽”“頗高”“句卑”之類顯非漢語的名字。泰伯奔吳之說很可能是後來的吳國王室為了往自己臉上貼金而捏造出的一個神話，這種冒認北方貴冑祖宗的戲法在吳語區乃至整個南方後來還將不斷上演。

當時吳越地區通行的語言以現有的資料並不能完全復原，但從史料中可以看出，吳越的部分王室成員似乎漢語相當流利，和中原諸國交流並沒有遇到什麼嚴重困難。吳國的延陵季子更是飽受中原飽學之士的讚譽。

但這完全不能表明當時的吳越民眾已經在說漢語了。《越絕書》中有一篇叫作《維甲令》的記錄，大致意思是越王勾踐督促越國民眾厲兵秣馬，準備迎戰：

維甲 赤雞稽繇也 冑儀塵 治須慮 亟怒紛紛 士擊高文 習之於夷 宿之於萊 致之於單

可以看出，即使其中一些詞句已是漢語，《維甲令》中大量語句依然令人難以理解，裏面越人謂船的“須慮”之類的詞，顯然只是音譯。

其實，江浙地區司空見慣的地名中往往也暗藏這種玄機。比如姑蘇、無錫、餘杭、盱眙、餘姚之類的江浙地名與大興、汴梁、曲沃、咸陽、長安、洛陽之類的中原地名相比，會讓人感到格外難解。

這些地名都是古越語的地名，在吳越地區徹底漢語化後，地名卻頑強地存留了下來。這種情形在歷史上一再發生，如今天的東北地區幾乎完全漢語化，但哈爾濱這種來自滿語的地名仍然得到保留。

根據語言學家鄭張尚芳的解釋，無論是《維甲令》中的怪詞，還是今天江浙的各種怪異地名，實際上都可以在泰語等侗台語言中找到根源，如"須慮"為船，與泰語的船 /rɯa/ 相合；而姑蘇則含有令人稱心的意思。

今天以產小龍蝦出名的盱眙在上古時代也屬於吳越文化圈，而盱眙兩字意為善道。無錫則更為傳奇，"無"上古音是 mɑ，其實即為侗台語"巫"的譯音，而"錫"通"歷"，錫山即為歷山，因此無錫的名字有"歷山之巫"的含義。

就此看來，恐怕在春秋時期吳越兩國的大體情況，是至少上層已經有人可以說很好的漢語，而民眾則繼續操著百越自己的語言。吳越貴族操的漢語仍與現代吳語並無直接傳承關係。

經過秦朝和兩漢的發展，吳越地區的漢化程度越來越深。居民已經開始整體轉用漢語，百越語言只在地名和某些詞上有所保留，如溫州話把柚子稱為 /pʰɜ/（樐），即為越語遺跡。兩漢之交王莽下令把無錫改為"有錫"，則充分說明無錫的本義已經被人徹底遺忘，王莽不知其本義，故做出此等糊塗事了。

但是此時江南地區的漢語仍然和中原地區的漢語有著相當大的距離，這時的江南漢語與其說是現代吳語的祖先，還不如說是現代閩語的祖先。而真正為當今的吳語打下牢固基礎的，其實是發生在兩晉之交的永嘉南渡。

永嘉南渡對吳語的影響非常巨大。在南渡過程中，大批北方家庭南下，定居於設置在江南的各僑郡僑縣，如在今常州地界設置的南蘭陵郡，便安置了從山東蘭陵南下的避禍難民。就如今天大量湧入長三角地區的人士對當地語言生態產生了重大影響一樣，永嘉時期南渡的大量北方人也深刻影響了江南地區漢語的發展。

與今天的外地人往往處於社會下層不同，南下北人中有大量的士族家庭，其政治文化地位更高於江南土著，因此他們在江南地區形成了一個說當時中原漢語的群體。這些家庭往往力圖避免江南地區"語音不正"對家庭年幼成員的影響，來自山東琅玡的顏氏家族就是典型。

《顏氏家訓》的《音辭》篇著重強調了正音的重要性和顏氏家族對正音的執念，所謂"吾家兒女，雖在孩稚，便漸督正之；一言訛替，以為己罪矣"。在這樣嚴格的訓練下，南下士族的語言並沒有受到遷入地太多影響。

由於當時北方不斷動蕩，語言變化劇烈，到了顏之推的時代，南下士族的語音已經比留在北方的人保守不少，其"正音度"更勝中原。故而顏之推會有"然冠冕君子，南方為優；閭裏小人，北方為愈"之歎，只是畢竟寓居江南日久，小範圍的"南染吳越"總是難以避免，譬如《顏氏家訓》中提到"南人以錢為涎，以石為射，以賤為羨，以是為舐不分"，即 dz/z 不分，這種特徵在今天的不少吳語中仍然存在。

永嘉南渡過去幾百年後，當年的南渡士族帶來的中原語音滲入下層，把江南地區的漢語徹底洗刷了一遍，原本的江南漢語就此退出江浙地區。江浙地區的語音和中原語音的距離因此才拉近了不少。

到了唐宋時期，今天的吳語區長期處於一個行政單位內，唐朝開元二十一年（733 年）江南道拆分後，今天的吳語區幾乎全部屬於江南東道。到了宋代，吳語區又被劃入兩浙路，只是這次南京被劃入了江南路，埋下了南京和吳語區分道揚鑣的伏筆。

在此期間吳語區語音變化的速度仍然比中原地區慢得多。陸法言的《切韻》本來是以中原漢語為基礎，但到了唐朝後期李涪居然寫出一本《刊誤》指斥其"然吳音乖舛不亦甚乎？上聲為去，去聲為上，又有字同一聲分為兩韻"。

李涪之所以產生如此誤解，主要原因是《切韻》中的濁音上聲字和濁音去聲字如道和盜分得很清楚，而在中唐以後，這兩類字在北方話中逐漸合併。《切韻》當中不少能分的韻母，如"東""冬"，雖在當時的北方漢語中也已合一，但江南地區的語音更加保守，仍然能分，加之陸乃是江南著姓，所以竟讓李涪誤以為實際上出身代北的漢化鮮卑人陸法言是在用吳音著書了。

吳語保守的面目一直維持到了明朝。明朝早期崑山地區的地方韻書《韻要粗釋》顯示，當時的崑山話 -m、-n、-ng、-p、-t、-k 六個中古漢語的輔音韻尾一應俱全，和今天的廣州話一樣。加之吳語聲母向來保守，保留了中古漢語塞音 ● 聲母的三分格局。

這種局面繼續下去的話，今天吳語就會當仁不讓地可稱是保留了最多古漢語語音的漢語方言，北方人更無從嘲笑江南人分不清前後鼻音了。只是在這關鍵時刻，吳語區一直以來的文化中心蘇州發生了重大變化。

● 塞音：發音時由於氣流通路突然打開而發聲的輔音，如普通話語音的 b、p、d、t、g、k。

明朝馮夢龍記載蘇州民歌的《山歌》表明當時的蘇州話已經發生了劇烈的音變，-m、-n、-ng 開始混而不分。山歌中經常出現 -im（如金）、-in（如斤）、-ing（如經）混押的情況。

這種情況在保守的文人看來簡直是令人痛心疾首的 —— 明朝流行崑曲，崑曲相當講究收音到位，崑曲中心蘇州發生這種嚴重影響收音的音變讓明朝紹興才子徐渭感歎："吳人不辨清、親、侵三韻。"彼時這個新音變波及範圍其實不大，當時蘇州附近的常州和紹興都還能分清區別。

可惜好景不長，由於蘇州在江南地區的文化核心地位，很快各地吳語全都走上音變快車道，自此吳語和北方話的距離再次越拉越大 —— 這次不是北方變得快，而是吳語一騎絕塵了。

隨著吳語在明清時期的快速音變，現代吳語的各項特徵開始形成，如韻尾模糊、元音數量多等等。同時，北方話也在繼續給吳語施加影響，如上海話"人"口語說"寧"，但是在人民一詞中則讀 zen。不過，此時吳語在江南地區已經根深蒂固，北方話的影響比起永嘉南渡時的徹底清洗已經可謂極為有限了。

13

上海話

是怎麼取得江南地區的霸主地位的

1851 年，廣東花縣的落魄書生洪秀全糾集了一幫客家鄉勇，太平天國運動由此開始，而在數千里之外的吳語區，卻似乎一切照舊。雖然盛清的光輝已經漸漸過去，鴉片戰爭中國慘敗，上海在列強逼迫下被迫開埠，但是對於多數江南居民來說，日常生活並沒有受到太大影響。農民和市民仍舊各司其職，富裕的士紳階層仍然努力在隨著人口增長難度越來越高的科舉考試中試圖出人頭地，而官府則忙於應付日常事務，譬如如何對付日趨流行的灘簧之類。

沒有人會想到，在接下去的十幾年中，這場當時看似不值一提的一場運動會席捲整個江南，並對吳語的發展造成不可逆的影響。

1851 年，經過盛清時期人口的大規模擴張，全國人

蘇州永禁灘簧碑。鄉民熱衷灘簧，不喜崑曲一向令地方官極為頭疼

口大約為 4.336 億。而江南地區人口尤其稠密。在江南諸多市鎮中，居於頂端的則是蘇州城。據估計，當時蘇州府城的人口超過一百萬，可與首都北京相匹，是當之無愧的全國性大城市。蘇州文化的繁榮更是趨於巔峰，一地的狀元進士人數甚至可以和西部許多省份相匹敵。蘇州製作的工藝品更是遠銷五湖四海，各種流行風潮也從蘇州擴向四方，時人稱許道"蘇州人以為雅者，則四方隨而雅之；俗者，則隨而俗之"，至今四川地區仍然把洋氣稱作"蘇氣"。甚至連蘇州人都成了被爭相哄搶的緊俏商品 —— 其時蘇州有一個特殊產業，正是販男鬻女供遠地人作姬妾或伶人等用。

乾隆二十六年（公元 1761 年），為了給母親慶祝七十大壽，乾隆皇帝在遠離吳語區的北京特意仿造蘇州的街景，從萬壽寺到海淀鎮修建了一條長達數里的商業街。該條商業街效仿江南風格，五步一樂亭，十步一戲台。皇帝又從蘇州選來一批商人在此經營店鋪，一時之間吳儂軟語響徹該街，這條街也就是現在海淀區的蘇州街。

蘇州極高的經濟文化地位為蘇州話在吳語區乃至全國的流行奠定了良好的基礎。蘇州旁邊的松江府在明朝時語言方面尚是"府城視上海為輕，視嘉興為重"，到了清朝則演變為"府城視上海為輕，視蘇州為重" —— 蘇州一時風光如是。

在戲曲行當，蘇州話的地位則更加崇高，甚至有"四方歌者必宗吳門"之說法。雖然崑曲自始至終是一種用官話演唱的戲曲，但是丑角唸白則大量使用蘇白，同時遍佈全國的文人曲家在傳唱崑曲時也多多少少帶上了蘇腔。

其時，吳語人口在全國僅次於官話人口，大約佔全國人口的 14%，遠遠超過其他南方方言，以蘇州話為代表的部分吳語文化地位更是遠非其他南方方言可比。不過，大災難已經在醞釀當中了。

太平軍自兩廣起兵後逐漸北上，1852 年，太平軍佔領湖北湖南兩省。由於兩湖地區位於長江上游，順江而下自然就成了太平軍的進軍選擇。1853 年，沿江東進的太平軍攻克安慶，並佔領南京。南京雖然自身並不在吳語區範圍之內，但是作為東南重鎮一直是江浙西部的屏障，南京的陷落使得全江浙人心惶惶。

自此太平軍時時襲擾江浙地區，江南各地紛紛組織團練試圖阻止太平軍進犯。因此在一段時間內，江南腹地並未遭受毀滅性打擊。不過，事情終究朝著壞的方向發展了。1860 年，李秀成率軍東進，接下來的一年多裏，李秀成部陸續攻克常州、無錫、蘇州。時任江蘇巡撫徐有壬採取堅壁清野策略，縱火燒毀了蘇州繁華已久的閶門外商業街，蘇州作為主要商業中心的地位被永久性地毀滅。1861 年，太平軍又攻佔杭州，戰事幾乎讓杭州全城居民死光，寧波、台州等浙東都市也先後陷落。

曠日持久的兵燹之禍對江南吳語區的一切都造成了毀滅性的打擊。據統計，1851 年，江蘇省總人口 4430.3 萬，蘇南、蘇北分別為 3269.6 萬和 1160.7 萬，戰後蘇南人口減少了 1830.9 萬，蘇北增加了 208.9 萬，自此吳語失去了江蘇省第一大方言的地位。幾乎全境都操吳語的浙江人口則由 3127 萬減至 1497 萬，浙江所有州府除溫州府外人口統統劇烈下滑，其中湖州府更是由近 300 萬跌至不足 10 萬。

吳語區除了人口驟減外，地盤也縮小了不少 —— 戰後江南地區赤地千里，官府組織了不少墾殖移民以填充損失的人口。這些移民往往原籍非吳語區，在一些人口損失特別嚴重，移民數量特別多的地方，更出現了“喧賓奪主”的現象，吳語在日常交際中的地位讓位給了移民的方言。

這種現象在皖南各地特別明顯。太平天國戰後皖南大片吳語區縮小，今天更只限於涇縣等少數幾個縣。而本來地處江浙腹地的金壇由於人口滅殺嚴重，今天縣城和西半部已經多說江淮官話，只有東半部仍然說吳語。

　　蘇州在太平天國時期遭受的禍害尤其嚴重，經濟雖然後來有所恢復，但是蘇州引領全國風雅的那個時代已經一去不復返。吳語區陷入了群龍無首的尷尬局面，各地方言也紛紛發生重大嬗變，如寧波話早期記錄和 20 世紀初的記錄就已經相差不少。

　　如果說在江南竟有因太平天國運動而 "受益" 的，那非上海莫屬。戰爭期間大量江浙兩省的富裕紳民和平頭百姓紛紛湧向相對安全的上海租界避難。雖然太平軍一度也試圖進攻上海，但是終究沒能戰勝洋槍大炮。

　　上海開埠早期租界內有大量閩粵移民，大批遷來的江浙移民不但重新鞏固了上海當地的吳語，同時讓本就有一定經濟基礎的上海得到迅速發展。上海取代了蘇州和杭州，成為了江南地區的經濟中心，很快，上海的商貿就超過了千年商都廣州。

　　大批遷徙而來的江浙移民對上海方言也產生了重大影響。上海本屬松江府，當地的吳語和松江府其他吳語一樣，由於地處偏僻一向較為保守，但是大批移民的遷入改變了上海話和周圍松江府的吳語的連續性。

　　移民在學習和自己方言比較相近的另外一種吳語時往往會帶上自己的口音。雖然蘇州已然衰落，但由於蘇州在歷史上具有比較崇高的文化地位，蘇州口音仍然有著較高的權威性質，新形成的城市方言上海話也受到了蘇州話的強烈影響。

　　最能體現蘇州話影響的是南、貪等字，這類字的韻母在松江府的吳語中本來讀作 e，1853 年上海開埠不久後傳教士記載的資料中也是如此表明的。但是到了 20 世紀初期，上海話中出現了兩派並行的狀況，一些人讀近蘇州的 oe，一些人仍然讀上海本來的 e，兩派人互相說對方上海話不地道，帶有“浦東腔”或“蘇州腔”。如今經過百餘年的演變，oe 派已經大獲全勝，市區居民的上海話已經極少有 e 的讀法了。

江浙移民融合形成的上海話發音相對簡單易學，又由於上海的急速發展，到了 20 世紀初期，已經具有江浙一帶“普通話”的地位。語言學家趙元任先生的研究中就曾提到，當時常州人和無錫人見面時往往雙方都說上海話，儘管常州話和無錫話其實本就能夠互通。

不過上海話的強勢終究是曇花一現，現代以來江浙地區始終沒能出現如香港那樣對外有巨大影響的吳語文化生產中心。上海電影雖然也一度興盛，但是拍攝始終採用普通話。吳語更是從教育領域全面撤出，以至於如今一些人甚至看不慣寫“上海人”而偏要寫“上海寧”。在南方主要方言中，吳語的前景實在不妙。

樂觀的角度看，雖然吳語未來可能會被普通話取代，但是江南仍將是人文薈萃，千載繁華之地 —— 只是那時所謂“吳儂軟語”就只能依靠人們自行想象方知其中真味了。

無錫人

錢穆為什麼一輩子說蘇州話

14

1895 年 7 月 30 日，錢穆先生出生於無錫蕩口鴻聲鄉七房橋。在 20 世紀中國史學四大家呂思勉、錢穆、陳寅恪、陳垣中，錢穆先生最為高壽，又旅居物質條件較好的台灣。相比其他三位大家只留下文字著作，錢穆先生還留有一些接受台灣媒體採訪的片段。在這些珍貴的視頻片斷中，講述自己對傳統文化傳承看法的錢穆先生，操的是一口江南方言。

錢穆雖然是無錫人，口音卻像蘇州話。身為錢穆無錫老鄉的許倬雲先生在紀念錢穆的文章中提到賓四先生口音時曾說："他的口音比較偏於蘇州方面。也許因此，他懷念的是蘇州，而錢夫人替他安排的吉穴，也是在蘇州的西山。"

錢穆先生本是無錫人，又曾在常州接受教育，年少時並無長期居住蘇州的經歷，他是如何染上蘇州口音的呢？

不平衡的"蘇錫常"

江蘇省因省內經濟文化差距較大，地域之間嚴重不平衡，在網上甚至被調侃為"內鬥省"。在這個"內鬥狂熱"的省份，方言和文化基本分為三個大塊。

徐州一帶和山東、河南類似，從淮河流域一直到長江以南的南京和鎮江以江淮方言為主，最靠東南的蘇州、無錫、常州三市則是吳語"堅定的北方堡壘"。雖然蘇錫常三市偏居全省東南角，人口也並不佔優，但是由於歷史原因形成的經濟文化地位，在競爭中可謂獨佔鼇頭，處在鏈條的頂端。

同屬吳語區的蘇南三市文化接近，互相往來頻繁。雖然現代方言學者把常州話劃為毗陵小片，把蘇州話和無錫話劃為蘇滬嘉小片，但是蘇錫常方言的相通度仍然非常之高。江蘇電視台綜藝頻道一度曾有熱門節目《江蘇方言聽寫大賽》，來自蘇錫常的選手一般均可輕易聽懂另外兩市的方言，而其他市的選手則視蘇錫常方言為畏途。與之相比，常州人要想聽懂同屬所謂 "毗陵小片" 的丹陽話、通東話反而更加困難一些。

不過，蘇錫常方言的勢力可並不那麼平衡。以當下政治經濟文化的綜合實力看，蘇南三市大概是蘇州強於無錫，無錫強於常州。而在 90 年代蘇州經濟崛起前，無錫是不折不扣的蘇南第一大城市，但從方言分佈看，無錫話的地位可遠遠沒有這麼風光，恰恰相反，無錫話在蘇南可謂是相當弱勢的方言。

從分佈範圍來看，常州話分佈於原武進縣全境、江陰的西鄉、金壇的東鄉、宜興北部、丹陽東部、無錫西部。而蘇州話分佈範圍也基本覆蓋原吳縣（除最北部），無錫東鄉大片地區以及其他一些周邊縣市最靠近蘇州的地方。

已經可以看出，無錫話非但在外縣鮮有分佈，甚至於無錫本縣也分別被常州話和蘇州話咬掉不少地盤。不光如此，無錫話甚至在和常熟話的競爭中也落了下風，無錫東北部的部分鄉鎮說話就帶常熟腔。

所以錢穆先生說蘇州話毫不奇怪，鴻聲正好處於無錫的東部，當地的方言本來就帶蘇州腔。可是令人奇怪的是，經濟發達，人文薈萃的無錫，方言卻格外弱勢。

無錫話為何弱勢

語言作為一種不斷變化的物事，在絕大部分情況下有向中心城市靠攏的趨勢，而在很長一段時間內，蘇南地區的中心絕對是蘇州。今天蘇錫常三市雖然存在實力上的差距，但是大體而言三市市區相差並不算懸殊。不過在古代，蘇州城的地位則遠遠高於無錫常州。

蘇州的城市規模相當巨大，太平天國以前，蘇州城市人口高達百萬以上，與之相比，清朝常州城的人口頂多超不過 20 萬，無錫城情況也類同。蘇州不但是繁華的商業都市，同時也是富庶程度數一數二的蘇州府的府城，非但如此，當時統領江南精華之地的蘇州府、松江府、常州府、鎮江府、太倉州的江蘇布政使和江蘇巡撫均駐蘇州，蘇州在相當程度上可算作江蘇的省會。如此多的有利條件疊加，蘇州話的地位日益高企是可以預料的結果，在極盛時，蘇白作為四大白話之一不但被人寫入文章，甚至影響到了北京 —— 雖然崑曲理論上說不應該帶蘇腔，但北京崑曲界的唸白讀音就受到了蘇州的影響。

在遙遠的地方尚且如此，在地理相近的江南各地，蘇州話更是有著極大的權威，對各地方言都有巨大的影響，江南民間普遍認為蘇州話 "好聽" 正是這種地位的體現。19 世紀後期的常州話本來越 / 欲不分，均讀 "越"，但在蘇州話的影響下分了出來。而對於近鄰無錫，蘇州的影響就更加大了 —— 舊無錫話中家音類 "姑"，和常州較為接近。但是後來在蘇州的影響下，無錫變得和蘇州一樣 "家""街" 同音了。

在文化界，蘇州的影響至為明顯。錫劇本脫胎於常州灘簧和無錫灘簧，普通話讀 ou 的韻常州無錫兩地普遍讀 ei。但是錫劇在碰上這種字的時候很多演員會刻意模仿蘇州 eu 的讀法 —— 這樣的處理方法實際上拉遠了和聽眾之間的距離，但是帶上這麼點蘇州腔調就往往會被認為更加"高雅"。文化人甚至以帶蘇腔為榮，如常州話本能分雪 / 息、春 / 村，但是有些常州的文人說話時卻會模仿蘇州口音，故意把這兩組字讀成同音。

由於人們對蘇州心馳神往，離得近有模仿條件的，如無錫東鄉就乾脆變成了蘇州話的地盤，也無怪乎錢穆先生連埋骨之地都一定要選擇蘇州了，甚至世代居住北京、出身皇族的紅豆館主也在遺囑中囑咐家人將他葬於蘇州。

相比蘇州，常州自然沒有那麼神聖的地位，但在近代以前，常州一直是常州府的駐地，而無錫則為常州府下轄的一個縣。雖然在清朝由於運河淤積等原因，無錫在經濟上漸漸超過常州並最終於民國時期脫離常州，但是在文教方面則仍然長期倚重千年府城。錢穆先生雖然出生在無錫東鄉，和常州的距離遠遠遠過蘇州，但是仍然在 1906 年選擇入讀常州府中學堂。另一位民國史學大家呂思勉時任該校老師，常州文教之盛由此亦可見一斑。要等到無錫徹底脫離常州府後，無錫人才才出現了"孔雀東南飛"的景況，如出生稍晚的無錫名人錢偉長、錢鍾書、楊絳等均在蘇州接受教育。

長達千餘年作為常州府屬縣的歷史改變了無錫西鄉的方言地理，常州話就這樣涉入了無錫的西鄉。同樣都是縣，作為幅員廣闊人口眾多的蘇南巨縣的方言，常熟話相對無錫話也表現得更加強勢也就不奇怪了。

當然，隨著無錫經濟地位和政治地位的升高，在近百年中，無錫話在很大程度上已經扭轉了相對周邊方言的弱勢地位。無錫境內傳統上講周邊方言的地區的年輕人有不少逐漸帶上了頗有特色的無錫腔，假如不是普通話介入的話，錢穆先生老家的鄉音變成道地的無錫話可能也只是時間問題。

15

粵語

真的是古漢語的"活化石"嗎

一次飯局上，某香港知名演員被同桌湖北女生對粵語的輕慢態度激怒，不但當場教育她中國古代唐詩宋詞中很多詞語至今還在粵語口語中有所保留，更是在微博上寫文章力挺粵語，從而引發軒然大波，一時間響應者甚眾。

從侗台南越到華夏廣東

對於生活在北方的很多中國人來說，粵語所在的兩廣地區一向是一片"天南蠻荒之地"。華夏人起源於現在的中原地區，就算是東周時期控制了南方廣袤疆土的楚國，也沒能對兩廣施加太多影響，上古時期的兩廣地區對當時的華夏人而言是一塊極其陌生的區域。

秦朝南征，才將嶺南正式納入中國版圖。出生於今天的河北正定，隨秦軍南下的趙佗後來更是成為南越王。漢語也由此被大規模帶入嶺南地區。

然而此時的嶺南只有番禺（今廣州）等幾個城市才有漢語區分佈，城外則是大片大片的俚人、僚人地區。無論是俚人還是僚人都是說侗台語的人群，上古時期他們廣泛分佈在中國東部地區，春秋時期著名的吳國、越國皆為他們所建立。但隨著時間的推移，侗台人群的分佈區域逐漸南縮西移。原本是侗台人分佈核心地區的江南在先秦基本完成了漢化，嶺南則成為侗台人新的核心區域。

廣東一帶俚人分佈尤其廣，粵西從茂名到雷州半島的地盤基本都是俚人的樂土。俚人首領地位崇高，如南北朝時著名的俚人女首領冼夫人，就與統治嶺南的世襲漢官馮氏聯姻並征伐海南，將其再次納入中國版圖。

此時的嶺南和當時的朝鮮、越南北部頗為類似，城市中的華夏移民講漢語，而人口上佔據絕對優勢的土著居民則在受到漢語影響的同時仍然使用本土語言交際。從後來朝鮮和越南的發展可以看出，這種情況下只在少數中心城市才有人運用的漢語很難生存下去──在朝鮮和越南土著語言受到漢語重大影響的同時，當地漢語卻逐漸絕跡。而這種由秦朝移民帶入兩廣的漢語，也確實並非當今粵語的祖先。

進入中古時代以來，中國對嶺南的統治較為穩固。雖然偶有南漢之類的割據政權，但是嶺南地區始終被視為中國領土的一部分。

作為中國一部的嶺南距中原實在太遠，隋唐時期中原人對嶺南人的歧視幾乎不加掩飾。禪宗六祖慧能在初見五祖弘忍時，身為高僧的五祖竟然說：“汝是嶺南人，又是獦獠，若為堪作佛？”五祖作為高僧大德，本應知道佛教強調眾生平等，但是歧視嶺南人的風氣根深蒂固，以至於竟無意失言。而六祖慧能以“佛性無南北”巧妙地避免了出身問題，但後來也不得不承認自己“語音不正”。

事實上，六祖慧能雖然出生於新州（今廣東新興），但是祖籍卻是河北範陽，家在嶺南不過一兩代人，就已經語音不正遭人歧視了，可見當時嶺南與中原的差別之大。

唐朝嶺南文化發展水平還可從五代割據嶺南的南漢政權的一

次嫁女事件中窺得蛛絲馬跡。

公元 925 年，統治西南的大長和國驃信鄭仁旻派遣弟弟鄭昭淳以朱鬃白馬向南漢求婚。大長和國本是南詔權臣鄭氏家族篡位所得，得國不正，因此亟須中國公主以固國本。然而，作為西南邊民，大長和國並不十分被南漢君臣待見。因此，南漢提出要鄭昭淳和南漢群臣共同賦詩以檢驗其文化水平，結果卻讓所有人始料不及。

南詔人雖為西南烏蠻白蠻出身，但向來漢文化水平極高。大長和國繼承了南詔傳統，鄭昭淳賦詩水平竟遠為自詡中國的南漢群臣所不及，場面十分尷尬。最終南漢將增城公主和親至大長和國，可惜公主不適應高原氣候，很快病歿。

在整個北宋時期，嶺南的狀況仍然和之前沒有太多改變，雖然嶺南人口增長較快，但並無太多移民進入，這主要是土著人口迅速增長所致。

南蠻鴃舌還是中原正音

詭異的是，到了南宋時，朱熹卻說：“四方聲音多訛，卻是廣中人說得聲音尚好，蓋彼中地尚中正。自洛中脊來，只是太邊南去，故有些熱。”作為博學碩儒，朱熹顯然不會信口開河，莫名其妙地讚賞嶺南人的語音。這是因為此時嶺南語言和唐五代時相比已經發生了根本變化，由邊陲“獶獠”之語變成較標準的語音代表了。

發生這一顯著變化的原因要歸結於南宋時期大規模進入廣東的移民。廣東人向來有“珠璣巷”的祖先傳說，即自家祖上經南雄珠璣巷遷入廣東其他地區，而南宋也確實是移民蜂擁進入廣東的時代。這些移民絕大多數進入今天廣東中部的廣府地區，其中又以定居廣州及周邊各縣的為主。據可考的宋朝珠璣巷移民入粵家族資料統計，香山縣得四十九族，南海縣得四十六族，新會縣得三十一族，廣州城得十九族，番禺縣得十二族，東莞縣得十族，其餘各縣均在五族以下，今天的客家地區和潮汕地區則一族都沒有。

　　大量遷入廣東的新移民來源極其多樣：以今天江西河南為主，兼有湖南、江蘇、安徽、山東、河北等地。除了將嶺北漢語帶入，雜亂的移民來源使新入粵移民更傾向於以當時的標準語作為自己的日常語言，一種接近中原晚期中古漢語的新方言就此在廣州附近形成。

　　大批移民不但帶入了新的語言，同時也加速了嶺南的漢語化進程，在之後的幾百年內，廣東地區居民基本變成了全盤說漢語。新形成的粵語區不但佔據了廣東中西部的大片地區，而且沿著西江西溯廣西，抵達梧州、南寧、玉林、貴港等廣西重鎮。今天的粵語絕大部分特徵並沒有超出宋朝晚期的中古漢語範疇，少數存古特徵如能區分泰韻和咍韻則是受到了移民源頭的南方漢語影響，層次相當單純，和早已分化形成的南方漢語如吳語、閩語在存留中古以前漢語痕跡的程度上不可同日而語。

　　由於粵語區在兩宋成型後始終處於相對與中原地區隔絕的狀態，並未遭遇近古時期以來的各種戰亂動盪影響，粵語這種由兩宋時期漢語南下形成的方言後來的演化遠比北方的漢語慢。金元以來，北方話經歷了入聲的合併與消失，韻尾 -m 併入 -n 等諸多重大音變，不少本來押韻的詩詞由於語音的變化韻腳變得不那麼和諧。與此相比，粵語雖然也經歷了諸多音變，然而其韻尾變化遠比官話保守，至今仍保留了中古漢語的六個韻尾。韻母雖然演變幅度較大，但是很多情況下押韻情況仍然比官話保留得好得多，尤其在押入聲的詩詞中，如杜甫的名詩《佳人》韻腳字為谷、木、戮、肉、燭、玉、宿、哭、濁、屋、掬、竹，普通話有 u、ou、yü、uo 四種韻，而粵語中所有韻腳字韻母均為 uk，押韻近乎完美。如果說粵語保存了不少古漢語的語音，那也主要是兩宋時期的中古晚期漢語，和南北朝到唐中期的典型中古漢語已經有了不小的區別。

粵語是否是古漢語標本

在各種南方少數民族語言的包圍影響和自身的演變下，粵語也遠遠說不上是一尊古漢語的活化石。

粵語中保留了大量古漢語的詞彙，這是事實，但是同時粵語的不少詞彙來自侗台語。廣州話“這”說成 ni1，一般廣東人會將這個意思寫作“呢”。這個詞在其他漢語方言中幾乎找不到對應詞，但是和壯語、泰語的近指代詞卻極為相似，可確定同源。

從語音上說，當今的廣州話並非八個聲調，而是九個聲調，本來的陰入調依據元音長短分成了上陰入和下陰入。這種現象在漢語其他方言中非常罕見，但在侗台語言中則是司空見慣，以至於有的侗台語由於長短分調聲調有十三個之多。

南遷後千年的演變也讓粵語語音在很多時候並不能還原古詩的押韻情況。如家喻戶曉《鋤禾》詩中韻腳字是午、土、苦，中古漢語三字韻母都是 uo，普通話三字韻母皆變成了 u，但粵語三個字分別讀 ng、tou、fu，完全不押韻。

土在百多年前的粵語中本和普通話一樣也讀 tu，至今一些廣東鄉下和廣西的粵語發音依然如此。但是廣州話在近一百多年產生了 u>ou、i>ei、yü>eoi 的音變，由於並非所有聲母後都有這樣的音變，因此許多本來押韻的詩歌就由於這個小小的音變也就變得不押了。可以看出，通過詩詞押韻來推測一種方言是否"古老"有多麼不可靠。事實上，與清朝初年廣東韻書《分韻撮要》對照就可以發現，粵語僅在近幾百年間發生的音變就已經不少了。

作為一種在天南之地發展了一千多年的漢語分支，粵語承載了極其豐富的文化信息，也隱藏著廣府族群南遷並融入當地歷史的線索。說這樣一種語言"沒文化"純屬想當然的囈語，只是反駁此類言論時可能要注意，因為粵語恐怕也不比其他方言"有文化"多少。

16

為何
唯獨粵語
能與普通話
分庭抗禮

比起其他方言，粵語不可謂不生猛。廣東省電視台的不少頻道直接用粵語播報，節目從新聞到電視劇應有盡有，廣州的地鐵也要用普通話、粵語、英語輪番報站。與之相比，另外一座南方大城市上海，其方言就可憐多了，電視上只有少數娛樂導向的節目如《老娘舅》使用滬語，而在地鐵上加入上海話報站的提議更是多次以時間不夠等理由被拒之門外。

中國方言眾多，何以唯獨粵語能興旺發達，甚至在一定程度上和普通話分庭抗禮呢？

粵語白話文如何書寫

但凡一種語言想要上位，有書面形式至為重要。歷史上中華文化圈長期把以上古漢語為基礎的文言文作為正式書面語，雖然唐朝以後白話文開始發展，但它主要還是應用於非正式的文體，如小說、戲曲等，各類其他方言仍然處在可說不可寫的窘境中。

諸種南方方言真正進行書寫上的嘗試是到了清朝後期才開始大規模出現的。而在為數眾多的方言入文嘗試當中，粵語凸顯出一項巨大的優勢 —— 書寫容易。

粵語分佈於整個漢語區的最南端，遠離中原。但是它除了吸收過一些當地土著詞彙以外，在其他各方面都堪稱規整。

語音上，廣州話能分中古漢語的六個輔音韻尾，四聲各分陰陽，也極少有吳閩方言保留的中古早期甚至上古漢語語音的特徵，可謂是很好地繼承了中古晚期漢語的特點。宋人已痛感"四方聲音多訛"，朱熹卻贊同"卻是廣中人說得聲音尚好"，他認為粵語音正，是因為粵音從中原正音中心所在地洛陽地區的洛音繼承了許多特點。

詞彙層面上，粵語雖然在諺語俗話方面極其豐富，但絕大多數都是漢語來源，只是和北方的用法不一樣罷了。如北方人說"挑剩下的"，粵人則用"籮底橙"比喻；北方人說"叫人討厭"，粵人則說"乞人憎"，找出正字書寫完全不成問題。

西方傳教士衛三畏在《漢英韻府》中甚至說寧波話中無字可寫的土詞多過粵語十倍。彼時西方傳教士忙著創製各種方言羅馬字用以傳教 —— 當閩南白話字、閩東平話字乃至蘇州話《聖經》大行其道時，很早就和西方接觸的粵語區卻沒有流行的粵語羅馬字。就連教會的粵語教材仍舊老老實實地用漢字，試圖避免改用拉丁字母書寫容易遭遇的種種社會阻力。

粵語白話文就這樣在晚清民國時期開始發展成熟，其中粵劇的功勞不可小覷。早期粵劇使用所謂的"戲棚官話"演唱，其音略近桂林官話，劇本也以淺顯的文言寫成。但是隨著 20 世紀早期粵劇改革，唱腔中越來越多地使用粵語，與之相應，粵劇劇本也有了書寫粵語的需求，很多早期粵語白話文正是粵劇的劇本。

話雖如此，和官話白話文裏面有不少於古無據的字（如"這""什麼"）一樣，粵語中也存在一些難以書寫的詞語。

相對官話白話文來說，粵語白話文創製比較倉促，顯得有些

傳教士為了傳教熱衷於學習方言，衛三畏的《漢英韻府》算得上一本大方言讀音字典

粗糙。很多粵語字都採取"口"旁加上同音字或近音字的方法來充數，如咗、呃、嚟、喺、咁、哋等。顯然，當年粵人對於考求其本字這樣費時費工的行為沒有多少興趣，如粵語問"誰"的時候有種說法叫 mat1 seoi2，本字其實是頗為雅致的"物誰"，但通行的寫法則是"乜水"，只是借了這兩個字的音而已。

　　饒有趣味的是，粵語白話字本身就能反映其歷史不長的特點。例如"嘢"在廣州話裏說 je5，意思是東西，和野同音，但實際上這個詞在 18 世紀以前的早期廣州話裏和野並不同音，它在粵西和廣西的不少粵語裏至今仍讀 nje5，這恰恰說明了粵語白話文之"野"。

作為一種主要出現於非正式場合的文體，粵語白話文在使用上也頗為自由。當下粵港年輕人的粵語白話文中，不但 cheap 之類的英語借詞隨處可見，就連早有約定俗成寫法的"啲"都有不少人不寫，而直接以 D 來代替。

儘管粵語白話文始終有那麼點野路子，也不常在正式場合使用，但到底讓粵語有了相對成熟的書面語，提高了自己的地位。而在正式場合，機智的粵人想出了一個很巧妙的辦法 —— 用粵音

《分韻撮要》是粵語最重要的韻書之一，後來更是被傳教士用拉丁字母注音，編成《英華分韻撮要》，作者仍是衛三畏

讀國語白話文，於是我們就聽到在粵語歌曲《上海灘》中，"是"還是 si6，不是"係"；不還是 bat1，不是"唔"。這樣一來雖然地道的粵語未必能上得廳堂，但是粵音則毫無問題。

香港粵語文化是如何在內地傳播的

有了這樣良好的基礎，粵語只能說具備了成為強勢方言的可能。但具備這種可能性的方言也不只有粵語一家，成都話、上海話等或多或少也具備一些這樣的特質，甚至在某些方面更有優勢。

粵語內部的方言差距並不小，距離廣州沒多遠的東莞說的是

莞寶片粵語，東莞人和廣州人溝通起來就很費力。對於上海話而言，北到常州、南及台州的使用人群都能用其較為流暢地 "軋山河"（即侃大山），而成都話的使用人群更可以在川滇黔三省大部分地區交流無礙。其實粵語之所以能發展到如今的地位，主要還是依靠香港這個 "大殺器" 源源不斷地輸出文化產品。

香港開埠不久，港人就採納了粵語作為主要的交流語言，但是彼時一方面流行的文化產品如戲曲等很難大規模傳播，另一方面作為一個邊陲小鎮，香港並不具備輸出文化產品能力。一直到 "二戰" 以後，隨著廣播、電影、電視在中國的發展和香港自身地位的提高，香港的文化產業才開始了大規模外銷。

當時香港吸納了大量的內地移民，文化界尤甚，因此香港的傳媒產業在相當長一段時間內可謂五彩紛呈，並不只是以粵語為主。除了粵語，當年香港廣播電台還用閩南語、上海話、潮州話等方言播音。電影方面，由於國民黨時期推行閩南語，1937 年後更是嚴令禁止拍攝以粵語片為代表的方言片。因此從上海南下，並佔據香港電影產業大頭的各電影公司在很長一段時間內幾乎只拍攝國語片。

雪上加霜的是，早期粵語電影多以粵語長片的形式出現，粵劇長片尤其受到觀眾的喜愛。因為對那些鍾情粵劇又囊中羞澀的觀眾而言，看粵劇長片既可以飽覽大佬官們的風采，又比進戲院捧場看戲便宜得多。但傳統戲曲由於節奏冗長，不適應快節奏的現代生活，吸引力漸漸下滑。隨著港人對粵劇興趣的減弱，作為粵語長片頂樑柱之一的粵劇長片也慢慢走向衰落。

1968 年，由粵劇名伶任劍輝和白雪仙主演，投資 150 萬港幣，歷時四年拍攝而成的粵劇長片《李後主》上映，雖然創下了當時的票房紀錄，但終因成本巨大而虧損嚴重。20 世紀 60-70 年代之交的粵語電影一度近於銷聲匿跡，1972 年全香港甚至沒有拍過一部粵語電影，粵語節目只是在電視上尚佔有一席之地。

1967 年香港發生"六七暴動"，暴動後港英政府開始重視香港華人的文化生活，遂決定扶植以粵語為代表的市井娛樂文化，鼓勵市民多賺錢少鬧事，開開心心生活。在此期間，學校國語教育逐漸消亡，而上海話、潮州話等地方方言媒體也逐步關門大吉。進入 70 年代後，以粵語為母語的移民後代長大成人。粵語電影開始復興，更被電視反哺，擺脫了之前粵語電影或是俚俗，或是粵劇片的套路。粵語也從一門地方方言徹底完成了雅化上位的過程，製作精良的香港電視節目更是飽受歡迎。

彼時的內地電視節目宣傳味較濃，在趣味性、娛樂性上難以和香港電視節目匹敵。於是，珠江三角洲的居民紛紛藉助地理優勢架起"魚骨天線"接收香港電視台的信號。粵地"魚骨"林立的狀況起初令人頗為不安，1980 年，《羊城晚報》甚至在《"香港電視"及其他》一文中聲稱香港電視乃是"心靈的癌症"。但從 1992 年開始，廣東省電視網絡正式轉播香港電視節目，粵語電視節目就這樣名正言順地在廣東落地播出了。

香港輸出的電影、電視節目影響力非常大，幾十年間，澳門本地的香山粵語被洗成了廣州粵語，廣東省內粵語區的群眾也普遍通過電視學會了廣州腔，甚至於客家、潮汕等地不少年輕人也學會了粵語，粵語在嶺南的通達範圍大大擴張，最終成為了在中國影響力僅次於國語的語言。

不過隨著國家推廣普通話力度的不斷加強，廣州媒體已然驚呼"好多廣州細路唔識講白話"（很多廣州小孩不會說粵語），粵語的強勢地位在歷史上可能終究只是曇花一現的景象而已。

17

哪裏的廣東話最正宗

中國的方言中，廣東話影響最大。相較其他方言，廣東話能上電視，能拍電影，可播新聞，也可用來講授複雜的課程。由於廣東話的使用範圍遠遠超出家長裏短，而是藉助現代傳媒傳播甚廣，客觀上就需要有一定的標準規範來令受眾容易通曉。因此，和普通話有的"標準不標準"，"正宗不正宗"之分一樣，人們對廣東話標準正宗與否也就比其他方言更加重視。甚至還有過母語就是廣東話的明星上了選秀節目卻被評價為"廣東話有口音，不正宗"的事情。究竟什麼樣的廣東話才是正宗的廣東話呢？

香港說話最正宗？

若說當下哪座城市的廣東話最有影響力，那毫無疑問是香港。至少從 20 世紀中後期開始，香港就以一枝獨秀的影視傳媒歌曲等等執廣東話區牛耳，甚至在全國範圍內都有相當影響力。北方人學會的廣東話多數都歸功於香港的廣東話歌曲和廣東話電影電視劇。以至於有北方人在學習廣東話時極為強調一定要學習香港的廣東話，這樣才顯得更加潮更加有面子。

說當下廣東話事實的標準就是香港人說的廣東話大概確實是沒有問題的。目前香港的七百多萬市民中絕大部分以廣東話為母語。雖然近年香港的文化影響力略有下滑，但是港劇港片港曲仍然是廣東話在大眾傳媒領域最重要的傳播載體。然而香港作為廣東話正統存在一個致命傷 —— 這座城市在一百多年前還不說"廣東話"。

必須說明的是,廣東話這個名字具備一定的誤導性。廣東是個語言多樣性程度相當高的省份。粵東沿海的潮汕地區多說和福建閩南地區方言較為類似的潮汕話。粵東北的山區又主要說宋朝以來南遷進入的客家話 —— 名為"客家"當然是因為和土著方言相比客家話進入廣東時間較晚了。在這些區域中還有一些說瑤語畲語壯語的地方。廣東最北部的粵北山地還有一些人說粵北土話。多數人印象中的"廣東話"則主要分佈在珠江三角洲和粵西地區。這也是廣東省最為富饒,古時最適合農業耕種的地區。而到了廣東極西的雷州半島一帶,又是說和海南方言相對接近的雷州話。這些大方言之外,廣東境內還有軍話、舊時正話、東江土話等等方言。

廣東並不都說"廣東話",反過來說"廣東話"的分佈也不限於廣東。廣西本屬廣東的欽州北海防城港說"廣東話"不足為奇。但是兩廣分治以來一直屬廣西的梧州、南寧、玉林也是說廣東話的地方。廣西西部壯族為主的區域一些城鎮仍然是說"廣東話"的,如百色、崇左、大新等地。廣東話甚至一路西進延伸到了雲南河口。這座小小的縣城有兩種方言:雲南話和"廣話"。

不過並不是所有的"廣東話"都是我們所熟悉的廣東話。由於清朝時的移民,四川、重慶乃至陝西都有所謂的"土廣東話",這些當地人所稱的"廣東話"其實是粵東客家話的演化。

有一點可以肯定,雖然廣東省並不僅僅只有"廣東話","廣東話"也不限於廣東省。但是這種方言仍然是廣東最有代表性的方言,因此也被稱為"粵語"。

那麼香港本地的情況如何呢？

19 世紀以來，由於貿易路綫轉向鐵路和海運，中國新崛起了一批商業都會。這些城市往往經歷過爆炸性的發展。在短時間內發展為稱霸一方的大都會。因此往往有某地本是一個 "小漁村"，幾十年間就變成大城市了的說法。然而事實上，大部分 "小漁村" 在爆發時增長前本就至少是小城鎮。如深圳是寶安縣的縣城，上海在開埠時更早就是江南重鎮。在諸多 "小漁村" 中，開埠前的香港可能是最名副其實的。香港島地勢崎嶇，在農業時代不適於種田，加之珠江口海域長久以來備受海盜侵擾，香港海域的諸多海島也曾是海盜活動的據點。如位於長洲島的張保仔洞就傳說是大海盜張保仔的藏寶洞。他的夫人鄭一嫂更是著名的女海盜頭子。在海外的名聲大過國內 —— 好萊塢大片《加勒比海盜》中縱橫七海的七位海盜頭目唯一一位女性叫 Mistress Ching，其實就是 "鄭夫人"，只是有些不明就裏又不諳粵語的翻譯誤翻成了 "清夫人"。這位鄭夫人也曾經活躍在香港海域，並曾戰勝過英國人。

此時的香港大部分居民居住在今天的新界地區，相對外海諸多島嶼，新界有可以耕作的平地，也更為安全。但是這時的香港居民，幾乎沒有人說今天的香港粵語。香港和深圳都正巧位於廣東東部大片的客家話與珠三角粵語的分界線附近。香港和深圳的東部地區都有不少說客家話的村落。最靠海的海岸線和離島則有一些說閩語的居民。幾乎終身在水上活動的疍家人則說疍家話，這是一種粵語。香港和深圳西部大多數本地人則說所謂的圍頭話。圍頭話也屬粵語，但是這種粵語較為接近東莞粵語。這種接近東莞粵語的圍頭話可能可算是比較地道的香港本地話。

東莞和廣州香港雖然距離並不遠，但是當地的粵語發音卻和廣州與香港大不相同。根據地區不同，東莞粵語中有把 "開" 讀成 fui 的,"心"讀成 song 的,"慢"讀成 meng 的,"來"讀 ngoi 的,"管"讀 gwing 的。粵語相當完整地保留了古漢語的入聲,但是這一點在東莞粵語也未必成立。如"臘"在東莞一些地方就讀 laa,完全失落了入聲。

歷史上,廣州以南的東莞深圳香港大片區域都說這種粵語,今天雖然深圳和香港的圍頭話已經逐漸式微,但在本地人口更多的東莞則還不難聽到這種百多年前的"香港本地話"。

假設英國人沒有割佔香港,這樣的局面恐怕還會繼續維持很久,但是 19 世紀中葉,英國殖民者來到了珠江三角洲地區。在給當地民眾帶來巨大苦難和屈辱的同時,他們有意無意間,也改變了灣區的語言。

廣州話最正宗?

中國漫長悠久的歷史中,城市可說是興衰不定。盛極一時的洛陽開封現在都已回歸平淡。本是小村莊的石家莊卻因鐵路興起貴為河北省會。但也有少數幸運兒長盛不衰。其中廣州就是個中翹楚。自秦漢以來,廣州始終是嶺南地區最重要的中心城市,千年不衰,且一直是中國對外交通的重要商埠。

之前已經提到廣東向南的粵語分佈非常有趣,東莞話和廣州話相差甚遠,但是更靠南的香港粵語和廣州粵語差別相當細微。不熟悉粵語的外地人甚至很難聽出差別。就算是本地人也未見得就能根據口音判斷出一個人究竟是來自香港還是廣州。

依常理說,地理距離越近的地方口音也會更為接近。但是廣州東莞和香港卻出現了違背常理的現象。原因很簡單,香港粵語其實根本就是廣州粵語移植到香港的產物。

19 世紀中期香港開埠以來，大量居民湧入香港。早期的居民以廣東省籍的為主。這些來自廣東各地的移民在香港有互相交流的需求。此時選用千年省城廣州的方言則是個順理成章的事情。更何況香港早期居民中不少本就是從廣州和附近方言類似的地區移入的，這些本來就說廣州話的居民更是提供了學習和模仿的標杆。也因此，開埠之後不久，香港的華人居民就以廣州話為主。很快廣州話就取得了香港本地話的地位。此時英國人法律文書中所稱的 Punti（本地）話已指廣州話而非圍頭話客家話之類的香港本來的土著方言。

20 世紀以後，又有來自全國各地的居民遷入香港。尤其是 20 世紀 50-60 年代，香港的語言環境變得更加多樣複雜。有些社區由於移民祖籍比較集中也說其他方言，譬如香港島上的北角就曾號稱 "小上海"。同時國語片也大行其道。但是此時廣州話在香港的主流地位已經難以撼動，加之港英政府為了方便管理在華人中有意鼓勵使用廣州話，這些說著不同方言的新移民在香港的後代則也就轉用了廣州話。

所以一定程度上，討論到底是廣州的粵語正宗還是香港的粵語正宗是個偽命題。因為事實上香港的粵語本就是廣州話在香港地區發展的產物。且兩地的交流從來密切，廣州話在香港也並沒有因為長期缺乏接觸發展成為另一門方言。香港粵語和廣州粵語的差距甚至比台灣國語和大陸國語之間的差距還要細微。在天時地利人和的加持下，當今粵語傳媒事實上的標準無論是香港還是其他地方，毫無疑問都可說是以廣州為基礎的。

不過廣州作為大都會，不可能全市人民說話都一模一樣。一種常見的說法是，最標準正宗的粵語是廣州西關上下九地區的土著居民的口音。這種說法通行甚廣，究其原因卻是有些 "嫌貧愛富"的影子。

所謂西關，指的是廣州舊城西門外的一片區域。清代廣州一度是整個中國唯一的通商口岸，廣州城市發展極為繁榮。城市建成區也從城內向西門外擴張。西關居住著大量的富商家庭，因此西關人的口音也成了追捧的對象。

倘若細究起來，西關話和廣州城內話還是有小小不同。相比廣州城裏話，西關話 n、l 兩個聲母混淆的情況相對嚴重。此外西關話零聲母的字普遍添上了 ng，如"愛"在廣州城裏讀 oi，西關則讀 ngoi。一些用詞方面西關也有些許自己的特色，如表示"這"的 ni 在西關讀 ji。西關話的這些特徵原本是來自廣州城外鄉村的語音特徵，本是"鄉下音"的標誌。但隨著西關居民的財富積累和社會地位提高，竟也成為了受人追捧的富貴口音。

儘管西關口音的粵語頗具備自己的一些特點，整體而言西關音和城內音差距並不大，都可說得上是比較地道正宗的廣州話。但是一旦離開廣州，則各地粵語的變化就打起來了。

正宗的粵語在梧州？

廣州話是當今粵語事實上的標準音，然而近年又有一種說法，說粵語本來是來自廣信，也就是今天的梧州地區。這裏是嶺南地區早期的中心。從語言上來說，梧州城區話和廣州話非常接近。要說粵語是來自梧州似乎倒也說得過去，可是事實真相並不如此。

今天梧州城裏的粵語確實和廣州話甚為接近，但是梧州鄉間的粵語卻和廣州話大不相同。反倒和玉林的粵語較為接近。這並不是巧合，而是和交通路綫息息相關。

兩廣粵語區傳統上最重要的經貿要道就是西江水系。梧州城正好位於西江邊上。之前已經提及廣州和近在咫尺的東莞語音已有不小差異，和珠江口西岸的四邑地區則語音區別更加明顯。如"台山"在四邑話中讀 Hoisan。"我們""你們"、"他們"在四邑話中讀 ngoi、niek、kiek。廣西玉林、博白等地的粵語那就更加差異明顯，如"橫"在玉林話讀 waa。以至於廣州人很難聽懂玉林白話。

　　但是粵語方言之間的距離並非和距離完全正相關。雖然玉林白話廣州人很難聽懂，比玉林更靠西的南寧人說的粵語卻和廣州話差別甚小。從南寧上溯，崇左、百色、龍州、大新、寧明等地城鎮中的粵語對廣州人和香港人來說都相當好懂。這樣較接近廣州話的粵語甚至還延伸到了廣西以西的雲南河口。河口縣城不少人說"廣話"。河口"廣話"和四川等地的土廣東話實為客家話不同，是地地道道的粵語。

　　這種略顯奇特的沿西江水系分佈的狀況暗示這些粵語本都是一家，是近期才分化出來。只是和"粵語源自廣信"說略不同。這些粵語並非是從西江上游傳播到西江下游，而是從西江下游的廣州同南番順（南海番禺順德）地區溯江而上的。

　　清朝以來，珠江三角洲商業繁榮，許多南番順居民從事商業貿易活動。他們最主要的貿易路線就是沿西江而上，販運本地的貨品到西江上游各城鎮，再把西江上游的出產運回廣東。時間久了，他們中的不少人從遊商轉變為坐商，在西江上中游的城鎮開設商鋪商行以利商業操作。這些來自珠江三角洲的廣東商人往往經濟情況富裕，社會地位較高。他們從珠江三角洲帶來的粵語也就風靡當地。因此在沿江不少城鎮，接近廣州話的粵白取代了當地本來的方言。在梧州，新梧州話取代了舊有接近玉林話的土白話，南寧城則一度說官話，這種官話約在 20 世紀初期才徹底被南寧白話所取代，西江更上游則城鎮的粵語位於鄉間壯語的汪洋大海中，雖然鄉間普遍說壯語，但是許多壯族人也由於進城趁墟等原因掌握了粵語。

雖然由於政治經濟文化原因，廣州話成為了整個粵語區的代表和標準，西江流域的城鎮方言也受到了廣州話的強烈影響。但是無論是這些城鎮中的接近廣州話的粵語，還是鄉間所謂的 “土白話”，也都是地地道道的正宗粵語。從這點看，廣州話成為粵語標準更是一個政治經濟層面的選擇，而並非廣州話自身有什麼特點。

但是藉助廣東省城和華南最大城市的超然地位，在推廣普通話的浪潮之前，廣州話仍然像過去一兩百年沿西江擴張一樣繼續著自己的擴張進程。抗日戰爭時期廣東省府暫時北遷。所以韶關城區也逐漸有了說粵語的人口。而深入雷州話地區的湛江城區，也是一個粵語的方言島，湛江城區的白話和廣州話也相當接近，這和湛江城在晚清以來成為當地商貿中心密切相關。

不斷變化中的粵語

我們身處一個標準化的時代，萬事都似乎有個恆久不變的標準，以至於很多人會忽略一個問題 —— 無論我們有多努力維持 “標準語言”，語言永遠是處於變化之中的。作為南方一大方言的粵語也不例外。

我們當今對清朝以來粵語的演變仍然能夠有相當的了解。這多虧了清朝以來廣東地區的大量粵語韻書和教材。其中《分韻撮要》尤為重要。這本書總結了當時粵語的聲韻調，如 “橫” 在《分韻撮要》中聲母為"雲"，韻母歸為"第十五登等凳德"和"第三十二彭棒硬額"，也就是說這個字屬有兩個讀音，一個屬第十五韻，一個屬第三十二韻。這個讀音對應到今天的粵語，大概相當於 wang 和 waang 兩個讀音。當今粵語常用 waang 音，而 wang 本是讀書用的讀書音，在今天的廣州話中已經較為少用。《分韻撮要》質量極高，屬方言韻書中的墟本，後來更成為《英華分韻撮要》的底本。這本書則是西方人的作品，直接用拉丁字母表示粵語的讀音。

從《分韻撮要》來看，清朝粵語和今天廣州話的差別並不是很大。主要是當時的粵語仍然保留平翹區別。如當今廣州話不能區分的"捨"和"寫"在書中讀音分別為 she 和 se。這樣的區別在廣西東部一些地方的粵語中仍然得到保留。香港人名和地名的英文轉寫也多少保留了一些這樣的特徵，譬如"上"寫成 sheung，"相"寫成 seung。在當今的廣州和香港粵語中，這兩個讀音已經不再區分。此外，當時的粵語"皮"之類的字仍然讀 pi，而非像今天讀 pei。同樣，有些較為保守的廣西白話也保留了更古的讀音。

二十世紀中期以後，粵語又有了一些新的變化。與之前的變化早已為全民接受不同，這些新的變化則往往被視為"懶音"，常見的有 n l 混淆，韻尾的 -k -t 和 -ng -n 混淆，也即所謂"恒生銀行"讀為"痕身銀寒"。此外，和傳統的西關音相反，今天的懶音 ng- 聲母也脫落明顯，不但"愛"讀 oi，"我"也讀 o。這些懶音在香港年輕人中尤為明顯，並且在近年大有擴展到廣州之勢。

儘管對於很多人來說，這樣的懶音甚為刺耳，不過正如各地土白話都是正宗粵語一樣，懶音也是正宗地道的粵語。只是在長期的使用實踐中，粵語人自發形成了大體以二十世紀早期的廣州話為標杆的標準。所謂粵語 "標不標準" 的問題本也是個人觀念問題而非真的語言學問題。至於日後隨著粵語的讀音繼續演變，懶音是不是也能扶正，則仍然有待時間的驗證了。

福建話
不是
中原古漢語子遺

"你是哪兒人？""我來自一個 H 開頭的省份。""湖北？""不是。""湖南？""不是。""海南？""也不是。""那是哪兒？""是福（Hú）建啦！"

這個網絡笑話廣為流傳，甚至被搬上了春節聯歡晚會。由於演員實際上是河北人，模仿的福建腔普通話並不像真的福建人說話，小品隨後還因為涉嫌歧視南方人引起了爭議。與粵語的情況類似，有不少文化學者聲稱 h/f 不分，n/l 不分是古漢語的特點，閩人乃是古中原人的正統傳人，福建話是古漢語的寶貴子遺，難得地保留了中原古音。

這些似是而非的說法影響巨大，乍看之下也有一定道理，竟讓不少人信以為真。

福建人不是古代中原人後裔

上古時期，現今中國東南廣大地區主要是越人的天下，分佈著各式各樣的百越民族。漢人漢語尚未大規模進入。就連傳說中祖宗是來自中原的吳國也有"斷髮文身"之風，國王名稱中也頗有像闔閭、夫差之類難於用漢語解釋的名字。而由越人建立，以今浙江為中心的越國更是一度興盛，在勾踐帶領下擊敗吳國，北進中原。

彼時作為東南沿海一部分的福建自然也是越人的地盤。江浙地區的越人政權還參與了中原政治，福建當年則完全游離於中國政權範圍之外，屬於地地道道的化外之地。到了楚威王六年（公元前334年），越國被楚國攻滅後，部分越國貴族南遷福建，形成閩越政權。

　　秦朝在福建設置閩中郡，但是也未能對福建進行直接管轄，福建實際繼續由閩越首領無諸統治。秦末無諸積極參與反秦，並被漢高祖劉邦冊封為閩越王。直到漢武帝元封元年（公元前110年），朱買臣率軍滅閩越國，將閩越人遷徙到江淮之間。《史記・東越列傳》記載"將其民徙處江、淮間，東越地遂虛"，說明了彼時中央政權實質上放棄了閩地，直到西漢後期才置東冶縣，隸屬會稽郡。

　　由於閩越遭遇了人口清空的大難，導致福建現今保留的百越痕跡很多方面反而不如北邊的江浙地區。如今江浙有盱眙、無錫、姑蘇、餘杭、餘姚、諸暨等古越語地名，但福建能確定為越語的地名就相當少見。

　　蜀道難，難於上青天，其實閩道更比蜀道難。當時福建與業已漢化的江浙地區陸路交通非常不便，多山的閩地人煙稀少，其開發相當緩慢，與中原聯繫的緊密程度不但遠比不上北面的江浙地區、西面的江西，甚至連更南方的廣東都不如。代表中央政權的南侯官都尉孤懸閩江入海口，與其說是個統治中心不如說是個通過海路聯繫南方交趾的海港補給站。漢朝末年許靖為避難，從會稽南奔交趾，選道東冶，尚且"經歷東甌、閩、越之國，行經萬里，不見漢地"，他寧可逃奔遙遠的嶺南"漢地"，也不願就近避難荒僻的福建。

　　如此荒僻偏遠的地方被納入中央政權的過程相當曲折漫長。

東漢開始逐漸有南下漢人遷入福建，但是據《晉書·地理志》記載，西晉太康初年建安、晉安兩郡人口合計不過八千六百戶左右，相比而言，其他郡的人口普遍能有兩萬到三萬戶。

兩晉之交，伴隨北方移民大舉南下，遂有所謂"衣冠南渡""八姓入閩"之說，即本屬中原大族的林姓、黃姓、陳姓、鄭姓、詹姓、邱姓、何姓、胡姓避禍遷居福建。至今福州市民中陳、林二姓佔人口近三成，如加上鄭、黃，則更為可觀。所以福州有"陳林蜀（蜀，一的意思）大半，黃鄭滿街排"的說法。

過慣了舒適生活的中原貴族會否甘心遷到當時尚是窮鄉僻壤的福建，那可是個大問題。事實上所謂八姓入閩很可能和後來南方家譜普遍造偽一樣，乃是福建先民冒稱中原貴冑往自己臉上貼金。永嘉南渡時中原望族主要移居在今天的江浙地區，福建並未受到直接影響，後來的移民也多是來自長江流域的平民，並非中原望族，且數量有限。直到隋大業五年（公元 609 年）福建的居民也不過一萬兩千戶。

八姓入閩的說法在古代也並未能受到普遍認可。《開元錄》就明說："閩縣，越州地，即古東甌，今建州亦其地，皆夷種，有五姓，謂林、黃是其裔。"當時的人認為林黃兩大姓實際上是當地土著漢化的後裔。事實上，大量漢人遷入福建得等到唐朝了，八姓入閩也是唐朝以後才出現的說法。現在有相當一部分閩人將祖先追溯到陳元光、王審知率領入閩的軍士，而非東晉永嘉年間入閩的八姓。

由此可見，福建人絕對不是上古漢人在閩地的一脈單傳。台灣有些人把外人對閩南人的稱呼 Hok-lo（福佬）解作"河洛"，當成是閩人源自上古中原河洛地區的證據則更是錯上加錯了。

福建話分佈區域為何如此廣泛

　　許多中國人一聽到把"福"說成"hú"就認為對方是福建人，但在現實中，說福建話的人並不一定來自福建 —— 福建方言的分佈地區相當廣泛，不光限於福建省，還遠播海內外。

　　福建方言中，閩中、閩北話較為安穩，可謂固守山溝，福州一帶的閩東話雖然在馬來西亞詩巫、美國紐約、日本東京等地都小有氣候，但使用人口多為近現代移民。要說移民歷史久、規模大，那還當屬閩南地區。

　　清朝西方傳教士在學習中國方言的過程中發現，閩南話分佈區域遠遠不限於閩南漳州、泉州二府。杜嘉德在《廈英大辭典》中提到中國最類似閩南話的方言是廣東的潮州話，並認為閩南和潮州之間的區別大約類似西班牙與葡萄牙或者荷蘭與德國之間的區別，雙方仍能進行勉強的溝通。除了潮州以外，海南島與廣東西部雷州半島的方言和閩南地區也相當接近。

　　閩南雖然開發歷史較晚，但是人口繁衍得相當快，導致它迅速變得人多地狹。唐朝天寶元年不過有十七萬八千多人，到了北宋崇寧年間竟已暴增十倍，達到一百八十萬左右，巨大的人口壓力使得閩南從人口輸入地轉為人口輸出區。

　　潮州地區因為鄰近閩南，很早就成為閩南人的遷居地，隋唐時期即有居民從泉州遷入。與閩南本土漳州泉州地區相比，潮州平原面積大，地理條件更加優越，進入宋朝後閩南人更是大舉南下。潮州地區很快人口大量增殖，非但難以繼續接納移民，而且和閩南一樣走上了輸出人口的路子。

　　善於航海的閩南人在遷徙路線上也頗有特色，表現為沿著海岸線走，見縫插針，其中以粵瓊台最成氣候。除潮州外，粵東沿海的海陸豐、粵西茂名、湛江等地沿海地區的居民也多說閩南話的分支，如海陸豐話、雷州話等。而唐朝時近於荒地，人口不過五千戶的海南島在宋朝以後也陸續遷入了大批閩南居民。閩南人從島東北的文昌登陸，沿著海岸線向東西兩側擴散，今天海南島從澄邁到三亞的整個東海岸都講海南閩語，即閩南話在海南島上的變體。

自鄭芝龍以降，閩南人大舉遷入一海之隔的台灣島，今天台灣絕大部分漢族居民均為閩南後裔。所謂台語也就是閩南話，並且由於離開本土時間短，它和閩南原鄉語言的差別要遠遠小於粵瓊閩語和泉漳閩南話的差別。

如果說閩南人南遷和東進實質上都主要是進據荒地的話，他們還能尋得機會向北方移民就更是不簡單了。

明清時期，閩南人逐漸有北遷浙江溫州的。清廷的“遷界”禁海攤空了沿海地區的居民，更是給閩南人擴張提供了千載難逢的機會。自此閩南人奪取了浙江南部的大段海岸線地帶，不但佔據了溫州地區的平陽、蒼南，更是擴展到了台州地區的玉環、溫嶺，甚至北上舟山等地。太平天國戰亂後原本人口極其稠密的江蘇南部地區出現了暫時性的空洞，善於抓住機會的閩南人更是從溫州向宜興等地遷徙。至今宜興山區尚有少數說閩南話的村子。

此後他們竟繼續沿著海岸線北遷，有些閩南人定居在了膠東半島，部分更是隨著闖關東的浪潮遠去遼東。只是由於移民規模小，遷至北方的閩南人早已經被當地人同化，不說閩南話了。

今天，除了福建本省外，台灣、廣東、海南、廣西、浙江、江蘇、江西、四川等地以及馬來西亞、泰國、緬甸、印度尼西亞、新加坡等國都有“福建村”的存在，福建話分佈之廣泛在全國各大方言中可謂首屈一指。

福建話與中原古音並不相同

福建各地方言確實保留了一些地地道道的古漢語說法，如普遍將鍋稱作"鼎"，筷子稱作"箸"等，甚至有些閩南話表示應答還用"諾"，古雅得讓人驚詫。但是保留古詞和保留古音是兩碼事，何況所有漢語方言大部分詞彙都繼承於古漢語，頂多有量的不同，並無質的區別。

隋文帝開皇初年，陸法言與劉臻、蕭該、顏之推等八人討論音韻，二十多年後的公元 601 年，陸法言編成《切韻》。隨後《切韻》廣泛流行，成為韻書典範，其所記載的語音系統成為中古漢語的代表。這個語音系統比起現代漢語任何一種方言都要龐大得多，共有 37 個聲母、160 餘個韻母、4 個聲調。

切韻音的重要性在於現代漢語絕大部分方言中的語音對立都可以在其中找到源頭。如普通話的平翹舌之分反映切韻音中精組聲母和知莊章三組聲母的對立，廣州話的六個輔音韻尾基本完全繼承了《切韻》的輔音韻尾系統。在這個層面上看，切韻音可被認為是現代漢語各方言的共同祖先，即所謂的"中原古音"，並不神秘。

福建方言的神奇之處其實在於，其中的一些語音現象並不能在中古切韻音系裏面得到解釋，反而需要追溯到上古音系。例如熊，閩南話讀 Hîm，中古漢語及現代能分 -m、-n、-ng 韻尾的所有其他方言都收 -ng，正是反映了這個字在上古漢語中的讀法。

成書於東漢末年的《釋名》中描述過一個"風"字的同類現象："兗豫司冀橫口合唇言之，風，泛也，其氣博泛而動物也；青徐言'風'，踧口開唇推氣言之，風，放也，氣放散也。"則說明了這種變化在東漢末年從現在的山東一帶開始擴散，但中原尚且

是 -m。而到了《切韻》產生的時代，新讀法已經漸入中原，徹底取代了舊音，只有地處偏遠的福建還保留了老讀法。

雖然福建方言相對其他方言有更多上古音殘留的痕跡，但這並不代表福建方言就真是地地道道的古音。所謂 h-、f- 不分，n-、l- 不分是上古遺跡更是無稽之談。事實上，閩語在歷史上曾多次接受過中原漢語的沖刷。中原的 f- 本來自於上古到中古早期的 p-、ph-、b- 聲母，即所謂"古無輕唇音"。這點在福建方言中尚有不少遺存，如"芳"閩南話為 phang，"飯"潮州話為 pūng（汕頭腔）。唐朝以後，福建諸方言引入已經產生 f- 的中原漢語以供讀書之用，形成了所謂文讀。但是閩人發 f- 有困難。於是就用已有的聲母中和 f- 最接近的 h- 代替以蒙混過關，實際和現代福建人把福建說成 hu 建是一回事。

至於 n、l 之分，則更是古已有之，而且早期的福建話也必然是能分的。雖然現今閩南本土 n、l 完全混亂，但是早先遷出的潮州話、海南話逃過了這一劫，它們都可以在一定程度上區分這兩個聲母。福州話 n、l 混淆更是近幾十年的事，至今不少福州老人都可以完整地區分這兩個聲母。

如果認為這就是古漢語，那古漢語的"古"大概只有幾十年光景，按此邏輯，現今在世的老人恐怕都可以稱得上是活木乃伊了。

"尷尬"
讀 gāngà 才是錯的

台灣教育部門在新編的網絡辭典中給"尷尬"收了個 jiānjiè 的異讀音,消息一出,讓習慣了以 gāngà 為正音的圍觀群眾大驚失色,甚至有把問題的嚴重性提升到"文化傳承"斷絕層面上的。

jiānjiè 是否真是"秀才認字讀半邊"的產物呢?讀作 gāngà 而非 jiānjiè 是不是就更承襲了傳統,更有文化呢?

古老的"尷尬"

種種跡象顯示,"尷尬"可能是個古老的詞彙。從構詞法上看,尷、尬兩詞聲母相同,韻母相近,是上古漢語常見的"雙聲連綿構詞"。類似的詞還有輾轉、躊躇、猶豫、彷彿、氤氳、參差、淋漓、襤褸、陸離等等。如果說這其中如輾轉、猶豫之類的詞還勉強可以拆分的話,尷尬則是再典型不過的連綿詞了——單獨來看,無論是尷還是尬統統意義不明,兩個字甚至幾乎不可以單獨出現,必須成對才有意義。

但恐怕讓尷尬有些"尷尬"的是,尷尬並非這個詞最原始的寫法。尷尬兩字的形旁均為"尢"。除了字形隨著漢字發展,發生由篆書轉為隸書,再變為楷書的小變化以外,尬的寫法從古至今沒有本質區別,一直是個"從尢介聲"的形聲字。

不過尷發生的變化就不小了。收錄尷尬的字書辭典中均一致指出尷是一種俗寫，並非正字，這個字的正式寫法應該是"尲"。

"尲尬"一詞由來已久，東漢許慎的《說文解字》中就已經有尬字，對尬的解釋是"尲尬也，從尢介聲"。奇怪的是，雖然在尬的釋文中出現了尲字，但是尲字作為《說文解字》中的字頭時釋文卻無"尲尬"一詞，至於是後世誤刪還是許慎漏寫就不得而知了。無論如何，尲尬早在漢朝就已經出現了。

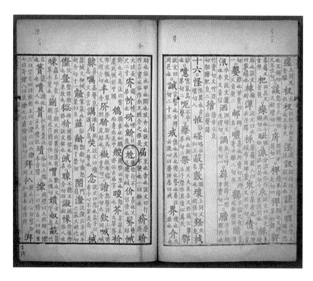

《大宋重修廣韻》中"尬"的條目顯示"尬"和聲旁"介"同音

編修於宋朝，具備官方權威性的韻書《大宋重修廣韻》並沒有收入尷字，不過這回尲自己的條目裏面有了尲尬。書中對尲的解釋為"尲尬，行不正也"，而對尬的解釋是"尲尬，行不正。尲音緘"。

通過《說文解字》和《大宋重修廣韻》的記載，可以獲知，無論對於漢朝人還是宋朝人來說，尲尬這兩個字和現代的尷尬一樣，只有拼合在一起才有意義，無法拆開使用。此外，這個字較為少見，讀音不為人所熟悉，因此《大宋重修廣韻》給尬解釋時需要另外給注音。

除了文獻證據之外，從語音特徵上來說，尲也顯然比尷更像是這個詞的原本寫法。

對一個熟悉現代漢語的人來說，聲旁是監還是兼併無太大區別 —— 普通話裏面這兩個字的讀音完全相同。但是兩個字在中古漢語中的元音並不相同。監中古漢語讀 /kɣam/，屬於銜韻，而兼中古漢語則讀 /kem/。

尲在中古漢語中屬於咸韻，讀音為 /kɣɛm/，也就是《大宋重修廣韻》中所謂的音 "緘"。而尬在中古漢語中為 "古拜切"，讀 /kɣɛi/，音同介、誡。這幾個字的讀音在上古漢語和中古漢語相差不大，將這些讀音推導至上古漢語，則尲為 kreem，尬為 kree(d)s。尲尬正好可以組成聲韻協和的連綿詞 kreem-kree(d)s。反之，以監為聲旁的字元音基本為 a。由此可見，以監作聲旁的尷是在中古漢語咸韻和銜韻，即 rem 韻和 ram 韻發生合併了以後才產生的從俗寫法。

既然古代韻書裏面明確指出尲音同緘、尬音同誡，如果自然發展下去的話，尲尬理應讀成 jiānjiè。這顯然與我們熟悉的讀音相悖。到底尲尬發生了什麼，以至於讀音演變超出常規了呢？

何時用 "尷尬"

尲尬的 "尷尬" 之處在於，雖然它才是這個詞語的正確寫法，但是人們想表達尷尬之意的時候，卻幾乎沒人會用這個詞 ——《大宋重修廣韻》已經暗示這個詞的使用頻率不高，如果翻查宋朝以前的漢語作品，就可以發現除了韻書外，尲尬在其他文獻中都幾乎沒有用例。光就書面語而言，尲尬基本屬於死詞，就如迻譯、鼗鼗一般，只在部分詞典中可以查到，但是現實生活中罕有人用。

表面上看尲尬似乎是注定要被時代淘汰了，然而天無絕人之路，進入元朝以後，尲尬改弦更張，以"尷尬"的面目又活了回來。

雖然書面中尲尬出現頻率極低，但是作為一個非常生動的形容詞，它在口語當中生命力可能要強得多。無論如何，元朝開始，隨著俗文學的興起和流行，尷尬也逐漸嶄露頭角了。

如明朝馮夢龍所編的《喻世明言》中，脫胎於元朝話本的《陳御史巧勘金釵鈿》裏面就有"我兒，禮有經權，事有緩急。如今尷尬之際，不是你親去囑咐，把夫妻之情打動他，他如何肯上緊"的用例。明朝《水滸傳》第十回裏也有"卻才有個東京來的尷尬人，在我這裏請管營、差撥吃了半日酒"的說法。

更為重要的是，曲是一種需要押韻的文體，尷尬也時有出現在韻腳。在元朝韻書《中原音韻》不收尷尬的情況下，曲中的用例為我們了解元朝人如何讀尷尬提供了難得的例證。

著名的元末南戲傳奇劇本《琵琶記》中，有這樣一段戲文："能吃酒，會嘆齋。吃得醺醺醉，便去摟新戒。講經和回向，全然尷尬。你官人若是有文才，休來看佛會。"這裏韻腳字為齋、戒、尬、才、會。可以看出，這首曲子是押的 ai 韻。尬的韻如果不是 ai 而是現代的 a 的話，則和其他字無法和諧相押。

值得一提的是，元曲中"尷尬"經常有一些出乎意料的用法，如馬致遠《風入松》"再休將風月簷兒擔，就裏尷尬。付能掙得離坑陷，又鑽入虎窟蛟潭。使不著狂心怪膽，怎卻甚飽輕諳"；呂止庵《雙調·風入松》"半生花柳稍曾耽，風月暢尷尬。付能巴到藍橋驛，不堤防煙水重淹……幾度淚濕青衫。"其中雖然表面入韻的是尬，但是仔細看其他韻腳字，卻均為 am 韻。也就是說，元朝人的口語中尷尬經常發生倒裝，說成"尬尷"。和擔、陷、潭、膽、諳、耽、淹、衫押韻的其實是尷。

現代普通話的 ie 韻不少字在近古漢語中讀 iɑi。如鞋讀 hiɑ́i、街讀 kiɑi、介讀 kiɑ̀i。這些字都是中古漢語的二等開口字，中古時期韻母為 /ɣɛi/、/ɣai/、/ɣɛ/，在北方大部分地區，中古漢語的二等介音在 k 組聲母後宋元以降

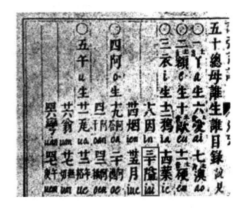

反映明朝官話的《西儒耳目資》中，iɑi 的存在清晰可見

變成了 -i-，所以中古讀 /kɣɛi/ 的尬此時在官話中讀成 kiɑ̀i。同樣道理，中古漢語讀 /kɣɛm/ 的尷也就變成了 kiɑm。ie 則是 iɑi 的自然演變——從 iɑi 到 ie 的音變發生得非常晚，北京話直到清朝中期仍然堅持 iɑi 的讀音，甚至民國時期讀書人唸書還會用 iɑi。崖字至今還有舊讀 yɑ́i，不少官話方言，以及京劇、崑曲唸白唱曲中則仍舊保留了 iɑi 這個韻母。

至此，這兩個字的讀音演變仍然在軌道上，正常發展下去的話，隨著清朝時候發生的兩個音變——聲母 k 被後面的 i 腭化，iɑi 變成 ie，"尷尬"在晚清以後讀 jiānjiè 方屬正常。但是，此時決定"尷尬"讀音的另一股力量要粉墨登場了。

吳音的影響

　　要說中國哪裏人用"尷尬"用得最勤快，那當屬江浙吳語區。而巧合的是，吳語區"尷尬"的讀音和 gāngà 也較為類似，如蘇州話 keka、常州話 kaenka、溫州話 kaka。這可不僅僅是一個巧合。

　　"尷尬"雖然是個不折不扣的古詞，但是其使用範圍並不廣泛，雖然元明時期"尷尬"一度粉墨登場，不過其流行度到底多高還得打個問號。但對清朝人來說，"尷尬"卻變成了一個地方色彩濃厚的詞語，而其流行區域正是江浙吳語區。

　　段玉裁是著名的訓詁學家，對清代小學發展有卓著貢獻。他撰寫的《說文解字注》中，對尷的解釋是："今蘇州俗語謂事乖剌者曰尷尬。從尤，兼聲。古咸切。七部。"在段玉裁心目中，"尷尬"是蘇州人表示事情乖剌的詞語。尤其值得注意的是，段玉裁是江蘇金壇人，本就是吳語區出身。但是就連他也把"尷尬"歸為蘇州俗語，可見該詞當時流行範圍比較狹窄。

　　吳語從中古到現代的音變和北方方言走了不一樣的路徑。在吳語的演變過程中，中古漢語的二等介音並沒有變成 -i-，而是直接消失，所以北方帶 -i- 的江、巷、街、櫻、間在吳語白讀（蘇州）中分別讀 kaon、ghaon、ka、an、ke，都不帶介音。而 ai 在吳語中則發生了單元音化，從 ai 變成了 a。就這樣，krem krei 在吳語中變成了 keka。只是對於初接觸這個口語詞的北方人而言，他們並沒有對讀音按照漢字來進行折換，而是直接用北方話中相近的讀音去對，所以也就有了 gāngà。

　　直接引用方言讀音的例子還有不少，如芥菜、芥藍，字典本也依照廣東音把芥標為 gài。"拆爛污"的拆也有按照上海話讀 cā

的，這幾個讀音如今因為群眾傾向於按字讀已經式微。然而現今不少北方人喜歡把搭界說成"搭尬"，他們並沒有意識到本字是"界"，也就缺乏折換讀音的意識。

最古怪的例子還是"癌"，這個字在蘇州話和上海話中讀nge，折換成北方話有多種可能，最終選擇的 ái 是個錯誤折換，然而卻流行廣泛，徹底取代了北方話中的舊讀，也就是正確折換對應的讀音 yán。原因大概是北方話中 yán 也是炎的讀音，把肺炎和肺癌鬧混了可不是開玩笑的。

因此，如果語音有正誤之分的話，尷尬真正的正音毫無疑問應該是 jiānjiè，gāngà 才是積非成是的俗音。

捲舌音
是受胡人影響產生的嗎

中國人喜歡從語音上區分一個人的來路，是南是北，是西是東。縱使對方試圖掩飾，一個人的口音也很難不出賣他的籍貫。這主要依靠的是人說話語音中的一個個鑒別性特徵：他的聲調是什麼樣的？他說話分不分 n 和 l？h 和 f 是混還是分？有沒有前後鼻音的區別？將諸如此類的種種特徵綜合考量，一個人到底是哪裏人就呼之欲出了。

而在諸多可供參考的特徵中，口音帶不帶捲舌音至關重要。大多數中國人對捲舌音的直觀印象就是北方人說話帶捲舌音，南方人不帶。北方人要想模仿南方口音，往往故意把舌頭捋直了說話。而有些發不出捲舌音的南方人則不甘示弱，他們認為捲舌音是北方受到遊牧民族語言影響，把胡人語言當中的捲舌音吸收進了漢語才產生的。然而事實未必和人們的常識性經驗符合。

南方不一定不捲，北方不一定捲

並不是所有北方人都慣於發捲舌音。在東北最大的城市瀋陽，人們就只能發出平舌音，沒有捲舌音。山西中北部從太原一直到大同的大片區域語音都是不分平捲舌的。而在遼寧部分地區，則有居民平捲舌不分，全都讀捲舌。若干年前，中央電視台科教頻道走紅欄目《百家講壇》曾經有一位東北籍的教授，每每提到三，必然要說成 shan。儘管他表面上和全讀平舌的地區口音大不一樣，實際仍屬於平捲混淆。

南方人也不都捲不了舌頭。位於江蘇南部的常熟，其居民說話就以舌頭捲聞名，西南邊陲的雲南省大部分漢語方言都能區分平捲舌。四川盆地巴中、自貢、樂山、遂寧等地都有平捲之分，安寧河谷畔的西昌亦然。湖南南部有成片的捲舌區，就連天南之地的廣東，也不是全省人民都不會發捲舌音——廣東梅州周圍的五華、興寧、大埔等縣的客家話全有捲舌音。

如果我們能夠穿越到幾百年前，就會發現當時的語音情況更加複雜。

漢字的一大特點，即它可謂是超乎時間和空間的存在，今天的繁體字和兩千年前漢朝人用的漢字大體上有著相同的結構。然而漢字這一特點卻對今人了解古人的語音形成了重大障礙，相比之下拉丁字母拼成的文字在反映語音上就比漢字強得多。現代英語 meet 和 meat、vain 和 vein、write 和 rite 語音上已經不能區分，但是拼寫差異還維持著，今天的英語學者可以很輕鬆地推導出這些詞在幾百年前英語拼寫定型時並不同音，甚至可以根據拉丁字母一般的讀音規則推導出這些詞當年的發音。

如果有用拉丁字母記錄的漢語，那麼我們就能更深入地了解歷史上的漢語語音。幸運的是，一群外國人還真為我們提供了這樣的材料。

明朝開始，來自西方的傳教士陸續進入中國傳播基督教。他們中有的出人頭地、身居要職，如利瑪竇；有的靠著在華經歷甚至成為漢學先驅或外交官，如衛三畏；更多的則無藉藉名，在中國某個角落默默完成教會分派的工作。

傳統上中國有重官話輕方言的習慣，語音上必尊崇官話，乃至前代的官話。清朝人用來指導作詩合韻的仍然是宋朝官修的

《大宋重修廣韻》，而它又是依據隋朝時期的《切韻》重修而成的，距清代已經逾一千年。

中國士大夫們將官話奉若圭臬，從西方來的傳教士就沒有這樣的心理負擔，更不需要為中國科舉考試而溫習韻書學習古代官話。

正因為傳教士學習漢語的目的是能夠口頭和他們的潛在受眾交流以方便傳教，所以在那個普通話並不普及的時代，學習當地的漢語方言就成了第一選擇。因此他們記錄的漢語可被認為反映了當時當地的原生態口語，而用當地語音拼寫的漢語教材、《聖經》等文獻，就成為現代人了解古語音的窗口。如果傳教士活躍的區域文盲較多，很多情況下，當地的中國人甚至也會學習起難度比漢字低得多的拉丁字母，並以之充當文字。

從傳教士留下的記錄來看，在他們活躍著的百多年前的晚清時期，中國可以捲著舌頭說話的人分佈的地理範圍比現在要大得多。

退縮中的捲舌音

當時居住於江蘇南部的蘇州、無錫、南京的人都有捲舌音。今天的成都人經常笑話川南的自貢人總是捲著舌頭說話，甚至有人揶揄自貢捲舌音是陝西鹽商帶來的，但 1900 年出版的《西蜀方言》（*Western Mandarin*）顯示當時成都話平捲劃然兩分。在廣東，不僅梅州當時還有捲舌音，甚至廣州話也不乏捲舌音，只是當時西人提到廣州已經 "有些人不太能分" 了。

傳教士編的漢語教材畢竟離當下一般中國人的生活太遠，但是在有些地方他們的影響依然可以通過某些途徑為人所察。今天的香港在地名、人名拼寫中仍然沿襲了當時西方人為自己方便所使用的一套拼音。在這套拼音當中，平舌捲舌的區分非常明顯，如石拼為 shek，而錫就是 sek。香港地名沙田是 Sha Tin，尖沙咀是 Tsim Sha Tsui，上水則是 Sheung Shui，這些都保留了一百多年前廣州話初入香港時的狀態。

在部分城市捲舌音的消亡甚至是一個仍在進行中的過程。無錫、南京的老人說話往往還有捲舌音，但是兩座城市中年輕人的捲舌音已經接近消失。在四川不少地方，縣城年輕人的語音已經為成都、重慶這樣不分平捲舌的大城市語音所影響而變得不分，但是鄉下人，尤其是長者仍然能保留區別。就算是在南方捲舌音的堡壘雲南，比如近年以其旖旎自然風光和璀璨人文景觀吸引了大批文藝青年的大理，其方言的平捲對立也正在模糊。

這些地方不太可能都受到了北方遊牧民族的影響。中國歷史上雖然不乏半壁江山甚至全國都被北方民族統治的時候，但是由於傳統農業地區相比遊牧漁獵所累積的巨大人口優勢，中原以南的人口中北方民族佔比一向微乎其微。不光如此，北方民族的語言相對具有極深文化積澱的漢語向來處於相對弱勢，在人口、文化均不佔優的情況下，他們沒有能力使這麼多地方長出捲舌音來。

更加重要的是中國歷史上的北方民族語言多數並不具備捲舌音，無論是突厥語、蒙古語還是滿語，都是本來沒有捲舌音的語言。當今突厥語言中少有的具備捲舌音的撒拉語，使用人口主要分佈於青海東部和甘肅西南部。撒拉語裏面帶捲舌音的詞幾乎都是從當地漢語借用的借詞，如尺子、桌子之類。而滿語為了方便記錄漢語中的捲舌音甚至特別創製了幾個字母 —— 在滿語本族詞彙裏，這幾個字母從來不會出現。

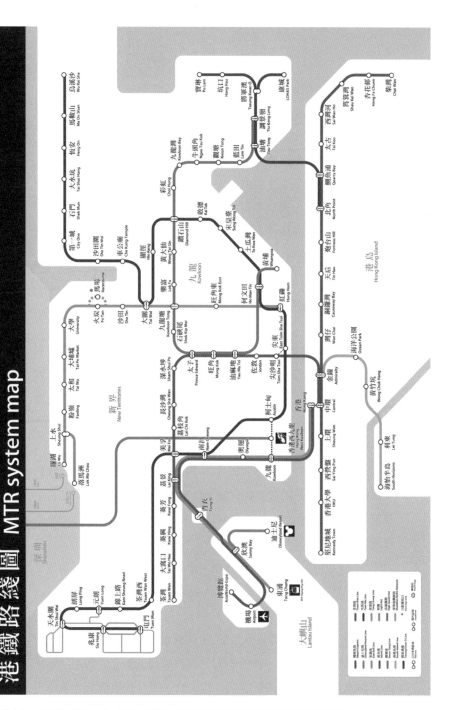

香港人名、地名拼寫體現的是一種已經滅絕的廣州話（圖片來源：香港鐵路有限公司官網）

追溯漢語中捲舌音的來源，求諸北方民族語言顯然是緣木求魚，還得在漢語自身上下功夫。

雖然漢語古代語音由於漢字表音功能不佳的特質很難復原，尤其是晚明傳教士來華以前的語音，但萬幸的是，與現代中國人碰上不認識的字要查字典的情況類似，古代中國人也會遭遇不認字的問題，他們也需要類似字典的工具書來幫忙，韻書就是他們的字典，韻書的滯後性對研究古漢語語音來說反而是不可多得的優點，其中反映的中古時期語音狀況尤其寶貴。

古已有之的捲舌音

從南北朝直到清朝，中國最重要的韻書始終是以隋朝陸法言編纂成書的《切韻》為綱的切韻系統韻書。這套以兩晉之交永嘉南渡時從洛陽遷入金陵（今南京）的士族語音為基礎的韻書主要包括《切韻》《廣韻》《集韻》，反映了南北朝後期中國上流讀書人所使用的語音。

從清朝到現在幾百年間對中古漢語語音的研究已經使得我們可以對《切韻》的語音系統有較為具體的了解。《切韻》的語音中聲母有 37 個，韻母有 160 多個，並有平上去入四個聲調。其語音規模遠遠超過當今任何一種漢語方言。通過總結，《切韻》音系中的 37 個聲母分別是：幫滂並明、端透定泥、知徹澄娘、精清從心邪、章昌禪書船、莊初崇生俟、見溪群疑、影曉匣（雲）以、來日。

平捲舌對立，大體也就是這 37 個聲母中的 "精清從心邪" 和 "知徹澄章昌禪書船莊初崇生俟日" 這些聲母的對立。普通話的平舌音和捲舌音大體就按照這個方式區分，所以多數情況下讀捲舌音的字比讀平舌音的字要多出不少。

然而現代漢語中的捲舌音只有 zh、ch、sh、r 四個。中古漢語那麼多的聲母演變成了現代的捲舌音，但是語音學上捲舌輔音數量有限，十幾個聲母當時不可能都讀捲舌音。

在那個拉丁字母還離中國人的生活非常遙遠的時代，問題的解決得靠我們西南的鄰國 —— 印度了。佛教自從東漢傳入中國以後在中土廣為流行，極為深刻地改變了中國人的思想和觀念，佛教中的不少概念中國本來並不具備。當佛法傳入中國時，中國人就必須想辦法用漢語表達這些佛教概念。

總體而言中國人仍然傾向於意譯法，輪迴、觀世音、天王、法等佛教概念均通過意譯形式進入漢語。但在不少情況下，意譯並不合適，尤其碰上人名地名，就只能以音譯為主了。

梵語中區分三種 s，在天城體字母中分別寫成 श、ष 和 स，拉丁字母轉寫為 ś、ṣ、s。梵語誦經至今在印度仍然很流行，我們也可以較為確切地知道這三種 s 的讀音，它們分別跟漢語拼音的 x、sh、s 類似，即 ś=x、ṣ=sh、s=s。

中古漢語中對梵語詞彙的 ś、ṣ、s 的對譯予以了明確區分，ś 一般用 "書" 母字對應，如佛祖尊稱 Śākyamuni（釋迦牟尼）中的 Śāk 用了 "釋" 來對；ṣ 則用 "生" 母字來對，Tuṣita 被翻譯為兜率；s 就用 "心" 母字，佛祖本名 Siddhārtha（悉達多）的 Sid 用 "悉"。而 "知徹澄泥" 為聲母的字則一般用來對應梵語中帶捲舌的 ṭ、ṭh、ḍ、ḍh、ṇ。

梵語的讀音向我們揭示了中古漢語捲舌音聲母的不同發音："知徹澄娘" 發有點大舌頭的 t、th、d、n，這在今天的漢語中已經消失，"章昌禪書船日" 的發音部位和普通話的 j、q、x 差不多，"莊初崇生俟" 則最接近今天的捲舌音 zh、ch、sh、r。

南北朝是北族首次控制中國北方地區的時期，饒是如此，他們對中國南方仍然無力控制。在這個時候南方的漢語中就有捲舌音，可見捲舌音是漢語自身演變的產物，與所謂的胡人沒有關係。

現代不同方言捲舌字不同的原因

中古以來，"知徹澄娘""章昌禪書船日""莊初崇生俟"三組聲母按照不同的方式演變，現代各地方言中捲舌音的範圍基本不出這些聲母。但是在各地方言中，到底這三組聲母下轄的哪些字讀捲舌音卻並不一致。

讀捲舌音最多的地方這三組聲母下轄幾乎所有字都讀捲舌音，這種情況以鄭州、濟南方言為代表。在這些方言中，普通話讀捲舌的字都讀捲舌。普通話讀平舌音的鄒、淄、森、所、側也讀捲舌。但是在洛陽、西安等地，讀捲舌的範圍就要小很多，西安話生讀 seng、山讀 san、茶讀 ca、市讀 si 和四同音。

到了南方的昆明話，又是另外一番景象。昆明話山、市、茶讀捲舌，和西安不同，但是生、森、鄒又讀平舌，和濟南不一樣。查閱資料可以發現，當成都和南京還分平捲舌的時候，它們的分法和今天的昆明是一樣的，西南地區其他能分平捲的方言也基本屬於這一類型。

這些方言中平捲舌的分法如此不同的原因，可以在古人留下的文獻中找尋。

元朝元曲盛行，作為一種起自市井俚俗的文學形式，元曲的語音押韻規則迥異於詩，《切韻》《廣韻》並不具備指導意義。因此，時人周德清編寫了一本《中原音韻》，反映了當時大都（今北京）的語音。《中原音韻》的平捲分法也就反映了元朝的北京人是如何分平捲舌的。

　　以具有代表性的知、支、淄、茲四個字為例，當時的北京話這四個字分別讀為 zh-i（"知衣"合音）、zhi、zhi 和 zi，共分三類。

　　經過推理可以發現，《中原音韻》式的平捲舌分法就是北方大部分方言的祖先類型，知≠支＝淄≠茲。以這個狀態作為起點，只要知和支淄發生合併，就形成了鄭州、濟南那樣的語音格局；假使支淄和茲合併了，那就是洛陽、西安的情況；而如果維持這個狀態不變，那就成了語音活化石 —— 現代膠東青島、威海、煙台等地的方言正是如此；反過來說，也有些方言變得特別快，四個字都合併了，那就成了平捲舌不分的瀋陽話。這些後來的變化發生得都很晚，也就顯得不那麼整齊 —— 鄭州和洛陽相距不到一百五十公里，兩邊的變法就不太一樣。鄭州東邊的開封分法和鄭州類似，但更靠東的徐州反倒又跟洛陽近似了。

　　然而，《中原音韻》式的分類方式並不能解釋南京、昆明、自貢等地的平捲分法。在這些地方，知＝支≠淄＝茲。由於《中原音韻》式的分法中支和淄已經合併，無論它的格局發生怎樣的變化，這兩個字都無法再變得能區分出來。南京等地的平捲分法中，支和淄的區分意味著早在元朝以前，這些方言的祖先就已經和北方官話分化了。

　　和連片分佈的北方式分法相比，南京式分法的地理分佈非常奇特 —— 在長江下游局限於南京周圍的一小片地區，無錫、蘇州的分法和南京來源不同，更南邊的長沙、廣州、梅州等地也和南京式的分法有所差異。但在西南地區，凡是能分平捲的幾乎都脫胎於南京式的分法。雲南等地自不用說，四川零散分佈的捲舌音也都和千里之外的南京有著千絲萬縷的聯繫。

明朝初年，西南地區要麼經歷了長期的戰亂，要麼尚未整合入內地的邊區，所以入明以後朝廷徵發了大批軍民移民四川，派軍平定了雲南的蒙古梁王勢力，還建立一系列衛所。這些衛所聚集的軍民大多原籍江南，明朝南京官話的影響力又相當巨大，來自不同地方的軍民在一起使用南京官話交流，就這樣，南京式的平捲舌分法跟隨南京官話一起從南京飄到了西南。

　　在北方，由於江南籍官員的影響，南京式的平捲對北京話也產生了一定影響。明朝早期的北京話平捲分派方式和濟南、鄭州較為類似，但後來卻跟從南京話將一部分字改讀了平舌，如澤、鄒、森、所。尤其有意思的是，北京話中色、擇在口語中讀 shǎi、zhái，但是書面詞彙中則受到了南京話的影響讀 sè、zé。

　　更為奇特的是，西北腹地的銀川，由於明初衛所建置的影響，平捲分佈竟然也和南京類似。儘管銀川人的生活方式已經幾近完全西北化，他們口中的捲舌音卻仍然能夠追溯回 600 年前的江南鄉音。

21

北京話
是滿人從東北帶過來的嗎

老舍青年時期在英國的一段錄音顯示他的口音與現在的京腔相差無幾,同為滿人,早已流傳的溥儀錄音也和北京話極為相似。這些音像資料似乎佐證了一個多年以來一直頗有市場的說法 —— 北京話就是滿人說的漢語,是漢語滿化的結果。

在中國各地方言中,東北方言和北京話最為接近。有著這一顯而易見的相似性,使得更多的人相信北京話就是滿人入關後從東北帶到北京的。

可是事實恐怕與此大相徑庭。清代早期,滿族上層無論公私場合都是使用滿語的 —— 直到順治年間,滿語在當時北京滿人的生活中還是佔據了主要地位。當時出版的《三國演義》,除人名、

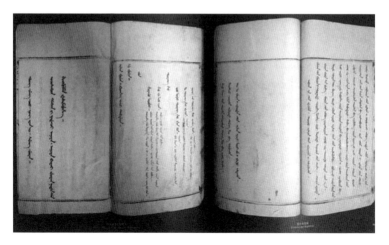

順治時期滿文本《三國演義》書影

地名外，全書無一漢字。幾乎同一時期的多爾袞像，畫上也只有滿文題字，與後來的滿漢雙語題字完全不同。

到了雍正年間，定居北京的滿人漢語水平越來越好，滿族大臣和平民在私人場合使用的語言才開始變得複雜，出現了漢化跡象。從雍正八年舞格壽平的《清文啟蒙》一書就可看出，當時有一些年輕旗人滿語說得磕磕絆絆，甚至不識滿文。另外，與順治朝的內府刻本相比，雍正時期出版的《三國演義》也變成了滿漢雙語的。

滿族人語言變化的清晰軌跡至少說明滿人入關前說的並不是東北話，北京話自然也不可能是東北話的變體，二者的相似另有原因。

實際上，東北話反過來是北京話的直系後代 —— 現代絕大部分東北地區的居民是闖關東的山東、河北移民後代，就算是東北地區的滿族也多為從北京回遷祖地的移民後代。

方言的形成和分化需要時間，新移民地區往往趨向於使用當時的標準語作為不同地區移民間互相溝通的工具。明清時期大量移民進入西南地區後，以當時南京話為基礎的南方官話是他們主要的交流工具，最終由此形成了中國範圍最大、人口最多、內部一致度也最高的方言區 —— 西南官話區。

但同樣經過幾百年的發展，西南各地的方言也在逐漸分化，一些分化甚至現在還在進行中 —— 20 世紀 60 年代前成都話的 an 讀法和重慶話基本一致，但現在的成都人往往會讀成 ae。

其他國家這種情形也很常見，前文已提及過一個最具代表性的案例。17 世紀法國殖民魁北克後不久，訪問魁北克的法國人就對當地法語大加褒揚 —— 其標準化和統一程度與當時法國本土方言蕪雜的情況形成鮮明對比。但經過漫長的分化，魁北克法語演化出諸多特徵，今天的法國人不但不會讚揚，還給帶有濃厚魁北克腔的法語起了個專門的貶稱 joual。

英國於 19 世紀中期殖民新西蘭，之後來訪的英國人同樣留下了讚揚新西蘭人說話文雅、有教養的記錄，但 20 世紀後新西蘭口音也淪為了"錯誤頻出"的"村夫話"。

東北不同地區方言接近北京話的程度反映出的只能是東北話是北京話的移植 —— 南部靠近北京的地方如遼西地區由於移民早，有足夠時間分化，當地方言就和北京話差別較大；而離北京最遠的黑龍江基本是 20 世紀才開始開發，黑龍江人說的方言就更像北京話。

北京話不具備入聲和有多數南方方言所沒有的翹舌音也是支持北京話為滿式漢語的更有迷惑性的證據，可惜這兩條證據同樣與史實不符。

早在宋朝，入聲就開始在全國大面積消亡。至遲在元朝口語中，北京所在的大河北地區入聲就算仍然存在也頂多只是微弱的緊喉，而到了明朝末年，北京話中的入聲就幾乎完全消失了。清初《天童弘覺忞禪師北遊集》一書中記載，順治帝曾專門提到過"北京說話獨遭入聲韻"。北京話入聲消失實際上早在滿人入關之前就已經發生。

滿語和入聲的消失關係不大 —— 滿語中並不缺乏類似古漢語入聲的音節，如 tob（正）、bithe（書）、cik（忽然）。

至於翹舌音，其實也並非拜滿語所賜。雖然現代南方方言很多都沒有翹舌音，但在不少地方，翹舌音消失得非常晚 —— 根據西方傳教士和中國早期方言調查的記錄，一百多年前，說官話的成都，說吳語的蘇州、無錫，說湘語的長沙，說客家話的梅縣，說粵語的廣州都有翹舌音。至今香港人名地名的拼寫仍然保留了平翹的對立如錫（sek）與石（shek）。

更重要的是，滿文實際上是相當不適合用來轉寫漢語的翹舌音的——由於用原有字母轉寫翹舌音有困難，滿文甚至專門製造了字母專門用來轉譯漢語的 zhi 和 chi。

不過，生活在北京的河北人都會發現，與周圍的河北方言比起來，北京話確實相對特殊，這些不同有沒有可能是受了滿語的影響？

恰恰相反，北京話的特殊主要是受到南方影響。宋元以後，中國官話分為南北兩支。南支以當時的南京地區口音為基準，而北支則脫胎於河北地區的方言，這兩支官話最主要的區別在於對某些入聲韻和翹舌音的分派上。

河北地區的方言把不少收 -k 的入聲字讀成複元音，如客韻母為 iai，黑韻母為 ei，剝韻母為 ao，削的韻母是 iao。而南方地區的官話則保留入聲，並且韻母為單元音，如以上幾個字在南系官話中讀 eh、eh、oh、ioh，與現今的南京話類似。

南北的官話都具有翹舌音，但是分派規則不盡相同。總體而言，有些北支官話讀翹舌音的字在南支中往往讀平舌，如色、生、初、擇、責、森、所、曬、鄒等字，北支官話為翹舌，南支為平舌。

雖然北京話語音總體仍符合河北地區的北支官話，但有些字的讀音又類似南支，而且越是書面用字就越容易體現南方特徵。

甚至某些字在北京話中還有兩個讀法，在口語中是北支讀音，書面語則使用南支讀音，如已經提過的典型例子，色子中的色北京說 shǎi，但是在顏色這樣的書面詞中就是 sè。擇菜裏的擇是 zhái，選擇的擇就是 zé。最有意思的是剝削，剝和削單用作動詞分別是 bāo、xiāo，組合到一起變成書面詞就成了 bō xuē。

以上來自南支的讀法，在大河北其他地區使用得都不如北京頻繁，如河北樂亭本地樂讀 lào，並沒有北京話中來自南方的 lo>le 的讀法。河北有些地方甚至還會把郭讀成 guao。

　　北京作為大河北地區的中心城市，方言中存有這麼多南方語音自有其歷史原因，這主要是受到前文屢次強調過的讀書人的影響所致 —— 北京雖地處華北平原北端，但明清以來，北京人和大河北其他地區的交流反而有限，引領語言風尚的主要是通過運河北上的南方士人，尤以江南人為主。江南地區流行的官話屬於南系，這些來自江南的讀書人在教學、交流中把大量南方的讀音輸入北京官話的讀書音中，並且自然而然地滲入到口語裏。大河北其他地區受到江南士人的影響較弱，南方讀音自然就少很多。

　　這種影響的痕跡今天也並不鮮見，如老北京人把麻雀叫作家雀，雀讀 qiǎo。客在來客當中尚有 qiè（來自早期 kiɑi）的讀法。但今天這些大河北地區本來的舊讀使用範圍已經越來越窄，逐漸被南方來的 qué（來自早期 cio）和 kè 所代替。南方音最終競爭失敗的也有，主要出現在常用的口語詞中，如白的讀書音 bó（來自早期 bé）就逐漸消亡了。

　　南方士人的影響是如此強大，以至於明清以來北京本地讀書人甚至反而強調讀書時需要恢復口語中已不存在的入聲。民國早期北京人王璞所著的《國音京音對照表》中明確記載了北京讀書應該有入聲，出身北京書香世家的葉嘉瑩吟詩時也強調要讀出入聲。

　　清朝滿族人學習漢語時，理論上的標準也正是這種讀書音。清代滿漢對音的書籍有不少，再加上滿文是拼音文字，用字母拼寫，所以從一些書籍、滿文奏摺上漢語名字的拼寫讀音以及北京故宮等地的部分匾額，可以推知當時官話讀書音的大致發音。

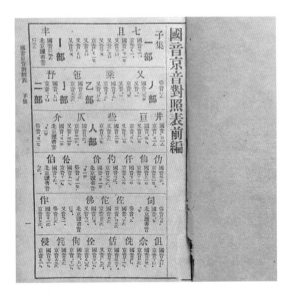

《國音京音對照表前編》

　　比如“交泰殿”匾額上的滿文即為漢字音譯，讀音類似 giao tai dian；根據《御製增訂清文鑑》中滿文字母對漢字的標音，略字讀 luo，鞋字讀 hiai；根據奏摺以及宗譜，可知廢太子胤礽二字的滿文記音類似於 yin cheng，等等。這與當代的北京音以及東北話都有一定差別，是更接近傳統的北京讀書音。

　　實際上，即便滿人不入關，北京話也不會與現在的版本有太大區別。明萬曆三十四年（1606 年），北京人徐孝編寫過專門描寫當時北京話的韻表《重訂司馬溫公等韻圖經》，詳細反映了明朝後期北京話的特點。根據這本書反映出的語音，明後期的北京話和今天已相當接近。其系統性的區別只在於當時的北京話尚能分尖團（精 zing、京 ging），能分 iɑi 韻（蟹、鞋、客）和 ie 韻（寫、謝、邪），e、o 的對立尚且完整（即能分學／穴、核／合），而南方讀音當時也早已侵入北京。

北京話其實是受到南方官話深度影響的北方官話，經常抱怨滿人改變北京話的南方人，才是北京方言島真正的"殖民者"。

皇帝如何與不同方言區的官員對話

清朝皇帝普遍會學習多種語言，原則上來說，對蒙古王公說蒙語，對滿人，至少清早中期說滿語，對漢人則一般說官話。其實這並不是清代獨有的現象。

目前所能看到的資料中對夏商朝堂之上的語言環境都缺乏描述，最早的記錄出現在周朝。周朝的最高統治者是周天子，嚴格來說不算"皇帝"。

周人有自己的一套標準語，被稱作雅言，是為知識階層普遍掌握的，《荀子·榮辱篇》有"越人安越，楚人安楚，君子安雅"的記載，《論語·述而第七》也描述道"子所雅言，《詩》、《書》、執禮，皆雅言也"。綜合來看，就是說越人有越人的語言，楚人有楚人的語言，像孔子這樣的君子在正式場合使用雅言。

根據鄭張尚芳等學者分析，雅言應該以當時中原一帶的方言為基礎，尤其是東周都城洛邑的地方語言在雅言形成過程中起到了關鍵性作用。而《荀子》中單拎出越人和楚人來說未必沒有原因——中原華夏諸國的方言跟雅言相差較小。南方的越國和楚國則差異較大，甚至根本不說漢語，《左傳》中有"楚言而出"，《維甲令》《越人歌》等所顯示的越人語言和今天的壯語泰語近似。

然而這些國家的上層人士對雅言仍具有一定的掌握程度。所謂"吳越同風"，吳國口語和越國類似，但是吳國的延陵季子卻是春秋晚期著名的外交家——難以想象他若不會雅言，則如何可以遊走於中原各國。

　　南方諸國的情況可能屬於語言學上的雙言現象，即一個語言社區根據場合不同選擇兩種不同的語言進行交流。對南方諸國來說，雅言是所謂的高層次變體，用於對外交流或書寫等正式場合，土話則是低層次變體，用來進行日常內部交流，這和普通話普及以來的不少當代南方方言區的情況頗有類似之處。

　　以一種相對統一的標準語作為跨地域文化人的交流工具就此成為中國長期的傳統。作為通常的權威代表，皇帝一般可以指望不同方言區的大臣們用這種語言和自己進行交流。只是這種語言所植根的方言和最終的形態在歷史演變中會有很多變化。

22

古詩
怎麼讀才科學

詩歌應該怎麼讀才科學？伴隨著近年來的"國學熱"，本已沉寂許久的吟誦又進入了人們的視線。據吟誦的傳承者們說，他們吟誦的調子反映的是唐朝乃至更早的古人是如何讀詩的，屬於文化活化石。吟誦更成為了各路"國學大師"的基本功，無論文懷沙、葉嘉瑩還是周有光，皆被許為"吟誦大家"。

官方的文化機構顯然也對他們提供了強大而有力的支持——中國多種地方吟誦已經被評為非物質文化遺產，其中佼佼者如常州吟誦更是榮膺國家級非物質文化遺產，成為重點保護對象。但是，神秘的詩詞吟誦在古代是否真有如此高的地位？吟誦的歷史究竟有多長呢？

輔助記憶的手段

但凡背誦過課文的人都會有這種感覺——散文不如詩詞容易記住，而詩詞又遠不如流行歌曲容易記住。

人類對聲音的記憶受聲音本身特性的影響，作為聲音的一種表現形式，語言也不例外。相對於漫無規律的聲音，人類大腦更容易記住有規律的聲音，因此規律的韻文，如詩詞歌賦更容易被人記住，反之，散文背誦的難度則要大得多。

在人類社會發展早期，書寫的重要性相對較弱，文學作品的傳播更加依賴口語，所以傳承下來的口頭文學往往是韻文。為了方便記憶，不同文化會根據語言自身特點，增強聲音的規律性。

如英語是分輕讀重讀的語言，所以英詩講究音步（foot），靠重讀音節和非重讀音節的排列組合實現輕重抑揚變化。同時，英語詞尾音節結構複雜，故而傳統的英國詩歌也講究押尾韻。而英國的鄰居法國的詩歌則大不一樣，法語音節輕重之分並不明顯，因此法語詩歌並不講究音步，而是只重視押韻。法語的祖宗拉丁語則詞尾變化很少，押尾韻意義不大，所以只靠音步；又由於拉丁語詞較長，音節數量多，如英語般的強弱交替很難做到，因此拉丁語的音步節奏更加複雜多變。

柯爾克孜族的長篇史詩《瑪納斯》中則有所謂押頭韻的做法，即上下兩句用同一輔音開頭，此種手段在古英語詩歌《貝奧武甫》中也有應用。壯詩的有些句子則在句中押韻，以利於演唱山歌時停頓。

用較為單調重複的音樂加以伴奏也是輔助記憶的常用手法。語言與音樂配合能極大地提高記憶效率，在某些情況下甚至可引發"耳蟲效應"，讓人不得不記住。前面已經提到壯詩有山歌調伴隨，而在如《瑪納斯》之類的超長篇史詩的傳承過程中，音樂的功用更不可忽視。

韻樂同存

中國傳統的韻文則因為漢語的特點而有很大不同。

漢語是單音節語言，同漢藏語系其他語種相比，漢語較早地丟失了複輔音，形成了特有的聲母—韻母體系，一個字佔一個音節，各音節長度除入聲外大致相等。這一特點使漢語音節較其他語言更整齊劃一。而中古以後的漢語一直是有聲調的語言，至遲自中古時代始，中國人就開始自覺挖掘漢語聲調因素的審美價值。近體詩、長短句、南北曲甚至小說、彈詞、地方戲曲中的韻文，無不受四聲體系的制約。

因此，漢語韻文除了講究押韻、平仄外，也素有文樂一體的傳統，文學除了書於竹帛，還要被之歌詠。

五胡亂華，中原大亂，南渡士族中流行的"洛生詠"，就是洛下書生的吟誦聲調。謝安面對要殺他的桓溫作洛生詠，吟誦嵇康"浩浩洪流"詩句，桓溫被其曠遠的氣度折服，於是放棄了殺他的念頭。顧愷之卻把洛生詠說成"老婢聲"，覺得其音色低沉重濁，像老太太說話。

明初死於朱元璋屠刀下的詩人高啟曾寫過一首詩，叫《夜聞謝太史誦李杜詩》："前歌《蜀道難》，後歌《逼仄行》。商聲激烈

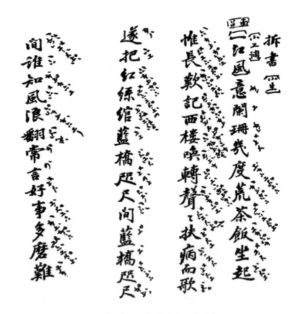

工尺譜是近古以來，漢語音樂文學常用的記譜形式

出破屋，林鳥夜起鄰人驚。我愁寂寞正欲眠，聽此起坐心茫然。高歌隔舍如相和，雙淚迸落青燈前。……”把一位謝太史深更半夜吟詩的意象，寫得很驚人。

這樣的歌唱傳統就是所謂的吟誦，簡而言之就是拉起嗓子來把古代詩文的字句都唱出來，而不用日常說話的語調。五四時期，舊式文人反對白話詩的一個理由就是白話詩不能吟，所以不能叫詩。

不難看出，吟誦本是輔助記憶的手段，沒什麼神秘可言，不是用來表演的藝術形式，更不應該是所謂 “非物質文化遺產”。本質上甚至可以說，吟誦的作用機理和近年在以 Bilibili 為代表的網站上流行的 “鬼畜” 視頻有異曲同工之妙，都是通過不斷重複的語音和樂段配合，達到讓人印象深刻的目的。

不古的古風

雖然吟誦發端於保存記憶之用，但畢竟古已有之，它是否保存了古人的讀音，也保存了古代的音樂？遺憾的是，現今各路吟誦的調子和古代音樂幾乎都毫無關係。

中國最早的韻文合集是《詩經》，《詩經》305 篇，按道理是篇篇有樂曲與之配套的，但今天可以追溯到最早的《詩經》樂譜是南宋人 “復原” 的。在朱熹的《儀禮經傳通解》中，載有南宋趙彥肅所傳的《風雅十二詩譜》，音樂史家楊蔭瀏譯過這個譜子，譯完不忘加一句：“這是不折不扣的假古董。”

《楚辭》和《詩經》一樣，原本也是可以和樂歌唱的，可惜曲調早佚。史書裏記載過兩位會唱楚辭的人，漢宣帝時候有個 “九江被公”，隋文帝時有個 “釋道騫”，看起來都是神秘人物，與今

《風雅十二詩譜》中的《關雎》曲

天裝神弄鬼神神秘秘的 "國學大師" 應屬同道中人。

莫說《詩》《騷》，其實甚至連中古時代的譜子也幾乎沒有傳世的 —— 中古中國受到波斯、中亞音樂的影響形成的燕樂，成為當時的流行音樂。唐代律詩、絕句都可入樂，但其樂譜均已失傳了，詞譜也幾乎全部失傳，唯一存世的就是一本《白石道人歌曲》。

既然如此，現今各種吟誦調又是從何而來呢？

當詞樂失傳後，明清時代的人們喜歡用其他音樂形式的曲調（主要是南北曲）來唱詞。崑曲在明清盛行二百年，被公認為正聲雅音，受到知識階層的普遍青睞，古詩詞吟誦調受到崑曲的影響也就是很自然的事情了。編撰於清朝乾隆年間的《九宮大成南北詞宮譜》和編撰於道光年間的《碎金詞譜》，收錄了大量明清人用崑曲重新譜寫的唐宋詞。毛澤東晚年專門錄製了一批，每首曲子都反覆聽，有時興之所至，還要改動幾句詞，讓錄製組重錄。

除了崑曲，佛教音樂也進入到各種吟誦調中，胡適曾說過："大概誦經之法，要唸出音調節奏來，是中國古代所沒有的。這法子自西域傳進來，後來傳遍中國，不但和尚唸經有調子，小孩唸書，秀才讀八股文章，都哼出調子來，都是印度的影響。"和尚唸經叫"唄"，即梵文 Pathaka，就是讚頌、歌詠的意思，誦讀佛經其實採用的也是歌唱的方式，並往往用樂器伴奏。

甚至民間流行的某種曲調，也會成為該地區流行的吟誦調子。楊蔭瀏採集了蘇南地區對於同一句《千家詩》幾種不同的吟誦法，認為其中一種就是無錫舊時民間流行的宣卷聲調。家庭婦女們晚間聚在燈下誦讀唱本小說的時候，用的也是這種音調，後來由灘簧而來的滬劇中"過關調"也用這個調子。

毛澤東聽《賀新郎·送胡邦衡待制赴新州》時，曾將末句"舉大白，聽《金縷》"改為"君且去，休回顧"

當然，作為輔助記憶的手段，吟誦的調子講究程度其實相當低。不用說因地方的不同而曲調不同，就是同一個人唸兩次，旋律也可能不一樣。至於吟誦調旋律是否好聽，因為和輔助記憶並無關係，也就不需要吟者關心，但為了追求規律，吟誦調的單調性是確定的。學會用一種腔調吟詩其實並不是件難事，只要學會了一首平起式的和一首仄起式的，其餘的不學自會，因為同一格式的詩用同一種調子吟起來是差不多的。

精於常州吟誦的趙元任就說過："無論是'滿插瓶花'，或是'折戟沉沙'，或是'少小離家'，或是'月落烏啼'，只要是'仄仄平平仄仄平'，就總是那麼吟法，就是音高略有上下，總是大同小異，在音樂上看起來，可以算是同一個調的各種花樣（variations）。"

而用方言吟誦更是清朝以來才形成的"傳統"，根據明朝在中國的傳教士的記載，明朝上流社會的讀書人都是說官話的，只有不識字的販夫走卒才使用方言。

但是今天各地的吟誦卻普遍使用當地方言。仍以趙元任為例，他的回憶再清楚不過地說明了這種情況："我出生在天津，說的是官話，但不會用官話讀文言文。我的家鄉在吳方言區西部邊界的常州，它靠近官話方言區的南界。以前我會說常州話，但不會用常州話讀文言文。九、十歲上回到家鄉，開始讀書、唸文言文。我的老師是常州人，他怎樣教，我就怎樣讀。所以，我雖然會說官話，卻只會用常州話讀文言文和吟詩。"

但即便是這樣的吟誦，在當下也已屬難能可貴。由於吟誦被神秘化和高雅化，不少本不會吟誦的"大師"對其趨之若鶩，於是各種新創吟誦層出不窮：如文懷沙的"嘯叫式吟誦"竟被不少人追捧，公開宣稱不會常州話的周有光也成了常州吟誦的代表人物，甚至有"文化學者"以子虛烏有的"國子監官韻"吟詩。

然而吟誦詩詞畢竟是"國學大師"的事，而對絕大多數新一代中國年輕人來說，每天登錄 Bilibili 視頻網站，觀看各式各樣的"鬼畜"視頻可能才是他們覺得更加重要的事情吧。

羊年
是山羊年
還是綿羊年：
十二生肖是怎麼來的

很多英語世界的編輯都對中國的生肖有點煩 —— 比如羊年到底應該是 Year of Goat（山羊年）還是 Year of Sheep（綿羊年）？於中國人而言，羊是山羊還是綿羊在文字上沒有區別，但英文可就不同了，甚至連 Ram（公羊）也能冒出來添亂，以至於講求政治正確的《紐約日報》不得不用最保險也最笨的 Year of Any Ruminant Horned Animal（任何有角反芻動物年）這等奇招了。

南傳山羊派

生肖在中國曆法系統中和地支關係緊密。眾所周知，十二生肖與十二地支存在對應關係，子丑寅卯辰巳午未申酉戌亥與鼠牛虎兔龍蛇馬羊猴雞狗豬一一對應。

傳統認為生肖和地支的對應關係建立於東漢時期，和北族的影響有關，如清朝學者趙翼在《陔餘叢考》中說："蓋北俗初無所謂子丑寅卯之十二辰，但以鼠牛虎兔之類分紀歲時，浸尋流傳於中國，遂相沿不廢耳。"

但 1975 年湖北雲夢縣出土的墓葬秦簡中出現了新的線索 —— 出土秦簡《日書》中有題為《盜者》的一章書簡，主體內容為對盜者形貌的卜辭："子，鼠也，盜者兌口希鬚⋯⋯丑，牛也，盜者大鼻長頸⋯⋯午，鹿也，盜者長頸小胻，其身不全。

未，馬也，盜長鬚耳……戌，老羊也，盜者赤色……"

生肖在中國史料中的初次露面如此詭異，竟是用來占卜盜墓，這說明當年的生肖形象應該好不到哪裏去，至少和現在的吉祥象徵相去甚遠。此外，秦簡中"午"對應鹿，"未"對應馬，"戌"對應羊，和現今的午馬、未羊、戌狗不盡相同。但是這份珍貴的資料說明至遲在秦朝，生肖的雛形已經閃亮登場了。

只是雲夢秦簡其實也未必反映出了中國生肖最早的源頭。事實上，地支本身就可能是一種早期的動物紀年形式。

地支起源非常早，商朝的甲骨文中即有用例，如"乙亥卜""壬寅卜"等等，不過主要用於紀日。由於年代久遠，地支的含義已經難以追溯，鄭張尚芳認為地支乃是表示一日中太陽運行的規律，歐美學者羅傑瑞和 Michel Ferlus 則發現部分地支可以和東南亞的南亞語系中的動物聯繫起來。

所謂南亞語系，主要包括柬埔寨的高棉語，緬甸和泰國的孟人語以及越南語。史前南亞語系分佈於長江以南的廣大地區，後來隨著漢人、緬人、泰人乃至一定程度上漢化了的越南人等的不斷擠壓，南亞語系的地盤越來越小，現在已經龜縮於中南半島一隅了。

學者發現上古漢語丑（nruʔ）、午（m.qʰˤaʔ）、未（mət-s）的讀音和古南亞語水牛（c.luː）、馬（m.ŋɔːʔ）、山羊（m-ɓɛːʔ）相當接近，因此推測地支可能本就是用來表示動物，經由上古時期分佈在長江流域的南亞人借入漢語，後來由於中國人忘記了其詞源才又附會上了對應的動物。

目前中南半島各主要族群的生肖多在歷史時期受到過中國生肖的影響，甚至有整套生肖名稱都是借來的，但是這些語言中對應羊年的仍然多是山羊，如越南語 Mùi（未）年的代表動物是 Dê

（山羊），泰國和柬埔寨生肖中未年的代表動物也都是山羊。東南亞氣候濕熱，樹木茂密，確實更加適合山羊生存。如果生肖真是起源於東南亞的話，那麼 Year of Goat 派似乎能穩操勝券了？

北傳綿羊派

不過山羊派如果想就此慶祝勝利，可能有點早。把羊年論證為山羊年過程複雜使人如墜霧裏，邏輯鏈條也並不算十分嚴密。何況現代中南半島各國使用的生肖往往有後來引進或模仿中國生肖／地支的元素，就算源頭真是在南亞語言，經過幾番倒手，也未必還是原裝貨了。

況且支持羊年應該是綿羊年的證據也為數不少。在深受漢文化影響的日語和朝鮮語中，羊年的代表動物分別是ひつじ和양。日語和朝鮮語同英語類似，並沒有像漢語一樣統攝"羊"的詞，都是對山羊和綿羊加以區分，日語山羊為ヤギ，綿羊為ひつじ；朝鮮語山羊為염소，綿羊為양。由此看來，日本人和朝鮮人／韓國人都毫不含糊地支持綿羊派。

只是日本和朝鮮的生肖也幾乎可以肯定是中國的舶來品，拿來充數未免顯得說服力有些薄弱，要想找到山羊年還是綿羊年的答案，最好還得看其他所用生肖並非中國生肖直系後代的民族。

前文提到早在清朝，就有人認為生肖其實乃是北族產物。中國歷史上的北族主要有匈奴、鮮卑、突厥、回鶻、契丹、女真、蒙古等等，而北族中使用生肖紀年的情況相當普遍。

關於匈奴的資料相當稀少，但鮮卑人則已經可以確定採用了生肖紀年。《周書·晉蕩公護傳》中記載宇文護的母親曾給他寫信，提到了"昔在武川鎮，生汝兄弟，大者（宇文什肥）屬鼠，次者（宇文導）屬兔，汝身屬蛇”。

史料中留下了更多關於突厥和回鶻使用生肖的記錄。《新唐書・黠戛斯傳》中記載黠戛斯人“謂歲首為茂師哀，以三哀為一時，以十二物紀年。如歲在寅，則曰虎年”。黠戛斯就是吉爾吉斯 / 柯爾克孜（Qïrɣïz）的古譯，自是廣義突厥民族的一支，據法國學者沙畹考證，“茂師”就是 muz（冰），“哀”就是 ay（月），說明黠戛斯確實是突厥語民族。

除了漢籍中隻言片語的記錄，突厥碑文更提供了突厥人使用生肖的直接證據。例如，刻寫於 8 世紀的《毗伽可汗碑》上便有羊年、猴年、豬年、兔年。《磨延啜碑》中更是有“我於雞年讓粟特人、漢人在色㰖格河流域建設了富貴城”的記載。根據碑文復原，古代突厥的十二生肖分別為 küski、ud、bars、tawïšqan、luu、yïlan、yont、qoñ、bičin、taɣïqu、ït、tonɣuz，整體上和中國的十二生肖一一對應，只是十二生肖中唯一的一種虛幻動物龍採用了漢語借音 luu，西部的突厥語則借用梵語詞 नाग/nāgá（那伽）表示。這套突厥生肖生命力相當頑強，至今不少突厥民族仍有極為相近的生肖系統，如哈薩克生肖與之幾乎完全相同，只是把其中的龍替換成蝸牛而已。

關於突厥十二生肖的起源，喀什葛里所撰《突厥語大辭典》中是這樣記載的：“可汗計算某次戰爭發生的年代出錯，因此提議設置紀年法，獲得部眾支持。他們遂驅趕動物下伊犁河，其中有十二種動物游過了河，因此以十二種動物渡河的先後順序確定了十二生肖。”

但這個故事和漢族中流傳的生肖賽跑故事同質性非常高，有可能只是生肖賽跑故事的翻版而已，加上對漢語“龍”的借用，突厥生肖恐怕仍然受到了中國生肖的不小影響。

不過突厥生肖對山羊綿羊的區分仍有獨特價值，作為遊牧民族，突厥語對牲畜的劃分相當細緻，自然不會像慣於農耕的漢族那樣對山羊、綿羊稀裏糊塗地分不清楚。而古突厥語羊年用 qoñ 則明確說明他們概念中羊年是綿羊年，而非山羊年，如果是山羊的話，那可就得用 äčkü 了。

至於北族中的後起之秀蒙古，在生肖上則延續了北族一貫的傳統，並沒有太大的更動。在蒙古語中，羊年是 qoni，仍然為綿羊，和山羊 imaɣa 沒有關係。

中國人站在哪邊

目前看來，南傳山羊派和北傳綿羊派似乎戰至勢均力敵，難分高下，釐清 sheep 還是 goat 還需要更多的證據。理論上最好的方法是直接探尋十二生肖最老最老的老祖宗，看看原版十二生肖是什麼樣。

可惜十二生肖的來源眾說紛紜，撲朔迷離。東南亞起源說證據稍顯薄弱，至於北族似乎更像十二生肖的傳播者而非創始者。有人聲言十二生肖源自印度，隨佛教一起傳入中國，根據是古印度神話《阿婆縛紗》記載十二生肖原是十二神祇座下的十二神獸："招杜羅神將駕鼠，毗羯羅神將駕牛……直達羅神將駕豬。"而更有如郭沫若等人直稱十二生肖的始創者為記數系統為十二進制的古巴比倫人。

人們將探尋的目光投向四面八方後才發現十二生肖分佈範圍竟從東南亞、東亞一直延伸到中亞乃至東歐，要找出確切的源頭可能相當困難。此路不通的情況下，漢語和它的近親語言們透露出的信息就顯得彌足珍貴了。

印度	地支	漢	藏	突厥—回鶻
mantilya	子	鼠	byi-ba	sïčɣan
govrsa	丑	牛	glang	ud
vyaghra	寅	虎	stag	bars
sasa	卯	兔	yos	tawïšyan
naga	辰	龍	'brug	luu
jantunah	巳	蛇	sbrul	yïlan
asva	午	馬	rta	yont
pasu	未	羊	lug	qoyn
markata	申	猴	spre'u	bičin
kukkuta	酉	雞	bya	toqïɣu
svana	戌	狗	khyi	it
sukara	亥	豬	phag	tonguz

　　漢語屬於漢藏語系，而藏族也用十二生肖，其中羊年以 ལུག（lug）表示，這個詞在藏語中的意思就是綿羊，有學者認為可以和漢字羚對應。同屬漢藏系統的涼山彝族也是明確用表示綿羊的ꑳ（yo）指代羊年的。

　　更為重要的是比起山羊，上古的中國人似乎對綿羊更加熟悉。甲骨文中"羊"字的角是彎曲的，金文中更是有相當誇張的捲角形狀，著名的青銅器四羊方尊、三羊尊中的羊也顯然是綿羊的造型。從語言的角度上看，漢語羊在漢藏語系中的對應同源詞也

金文"羊"，帶著大大的捲角，毫無疑問是綿羊

主要是綿羊而非山羊。

由此看來羊最早更可能指綿羊，但在現代語境中，羊年到底是 Year of Goat 還是 Year of Sheep，恐怕要看使用者是支持南派的山羊還是北派的綿羊了。

24

沐猴而冠

的只能是矮小的

母猴

"馬騮"是什麼東西

看馬戲是中國人熱衷的娛樂活動,不過雖說是"馬戲",但馬戲團很少有以"馬"作為主角的,相反,猴子才是所有馬戲團必不可少的配置。相對馬而言,猴子雖然調皮,但是領悟力高、佔用空間少、餵養成本還低,不少耍猴人甚至可以以個體經營的方式耍猴。

很不公平的是,厥功甚偉的猴子竟然被馬搶了風頭,"猴戲"被叫成了"馬戲",不過猴子們也不必過於沮喪。

今天大多數中國人稱之為"猴"的這種的哺乳動物,江浙地區也將其稱為"猢猻"(或其變音"活猻")。但在遙遠的嶺南,猴子還有另外一個名字 ——"馬騮",猴子們大可把馬戲歪解為"馬騮戲",這麼一來主角就還是自己。可是馬騮這個怪名的由來卻不免讓人疑惑。

現在的廣東在歷史上居住著大量講侗台語的壯人、俚人,因此粵語中不乏來自壯語的詞彙。北方說的荸薺在廣州被稱作"馬蹄"。近年隨著廣式甜品飲料涼茶在全國範圍內風行,馬蹄之名也為很多兩廣之外的人所熟知。

關於馬蹄的得名,有說法是因為荸薺形似馬蹄,這純屬無稽之談,凡是見過荸薺的人都應該覺得要把這東西和馬蹄聯想在一起需要非同一般的想象力。在福建的閩南地區,荸薺實際上被稱作"馬薺",這更說明形似馬蹄說不可信。

這種稱法和或許與百越先民有莫大的關係。今天的壯語把"果"稱作 maak，而壯語普遍把修飾成分放在中心語後，於是李子就是 maak man，桃子是 maak taau，梨是 maak lai，龍眼是 maak ngaan，葡萄是 maak it，橘子是 maak kaam。

所以廣東福建的馬蹄和馬薺相當有可能是某種果的意思，馬蹄的蹄可能是地的意思，薺則像漢語自己的詞語，馬蹄為"地果"。這種命名法頗似上海的"地梨"，雖然兩地現在都說漢語，不過先民的語言仍然在其中留下了痕跡。

可惜馬騮的情況與此不同，因為馬騮不似馬蹄馬薺有較為可信的壯語來源。更為重要的是，歷史上馬騮這個詞的分佈並不限於南方，而是一個通行大江南北的詞彙。

宋朝趙彥衛在《雲麓漫鈔》中寫道"北人諺語曰胡孫為馬流"，所謂"馬流"，自然跟馬騮是一個詞的兩種寫法。同樣，"胡孫"自然也就是猢猻。可是饒有趣味的是，在趙彥衛看來，馬流非但不是嶺南的特色詞彙，反而是"北人諺語"。《西遊記》中馬流也有出場——除了潑猴之外，第十五回孫悟空還被菩薩娘娘大罵為："我把你這個大膽的馬流，村愚的赤尻！"自然，馬流和赤尻都是猴子的意思。另外，從《西遊記》文本的語言特徵來看，無論作者是不是吳承恩，他都不會是嶺南人。

猴也是個外來詞？

上古典籍中的猴並不常見，單獨出現的情況更是難覓蹤影。《詩經》裏面曾提到猴子，但是出現的字為"猱"，見於《詩經·小雅·角弓》第六章"毋教猱升木，如塗塗附。君子有微猷，小人與屬"中，陸璣《毛詩草木鳥獸蟲魚疏》中的注解為："猱，獼猴也，楚人謂之沐猴，老者為玃，長臂者為猿，猿之白腰者為獑胡，獑胡猿駿捷於獼猴，其鳴噭噭而悲。"

對現今的中國人來說，猱已經是個不折不扣的生僻字，比猴罕見得多，中古以降，猴一直是該種動物較常用的名字。但奇怪的是，漢語親屬語言中能和猴對上的很少，反倒是猱有大把的"親戚"。

猱在中古和現代漢語聲母都是 n，但是它的聲旁卻是"矛"，因此上古漢語中這個字讀音為 ml'uu。這個詞歷史極為悠久，在商朝甲骨文中即出現了"夒"，形狀近似猴子的側面。此外，"獶"也是猱的另一種上古寫法，《禮記》中有"獶雜子女"。

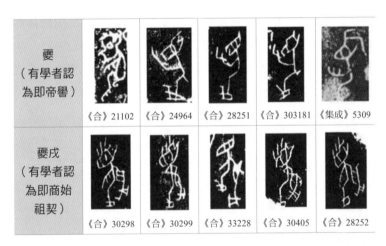

夒 （有學者認 為即帝嚳）				
	《合》21102	《合》24964	《合》28251	《合》303181	《集成》5309
夒戌 （有學者認 為即商始 祖契）				
	《合》30298	《合》30299	《合》33228	《合》30405	《合》28252

甲骨文中部分"夒"字字形，後為《甲骨文合集》或《甲骨文獻集成》著錄相關卜辭的編號

緬文中猴為 myauk，彝語則是 a nyu，西夏語用摩來對音，都說明了這個詞是古老的漢藏語系同源詞，而"馬騮"則不過是這個詞的一種緩讀形式而已。上古以後猱本身漸漸退出口語，但留

下了 "馬" 這個殘跡。不明就裏的後人有 "猴可御馬，故稱馬留" 等說法，其實和馬蹄一樣，都屬望文生義。

有意思的是，後來馬流的意思還擴大了，東晉時人俞益期說："馬文淵立兩桐柱於林邑岸北，有遺兵十餘家不反。居壽泠岸南而對桐柱。悉姓馬，自婚姻，今有二百戶。交州以其流寓，號曰馬流。" 言語飲食、尚多華同。儘管名義上是因流寓又姓馬才被叫作馬流，實則大抵和東南亞人的綽號 "馬來猴子" 差不多性質。

沐猴而冠的都是母猴

上古時期猴不太單獨出現，這並不意味著上古時期沒有猴這個字，只是猴一般要和其他字結伴出現。

《說文解字》中，多有以母猴來解其他表示猴子的字的做法，玃、夒、禺等字都被解作母猴。《韓非子》中，燕王被一個衛人以 "能以棘刺之端為母猴" 的神技欺騙，而《呂氏春秋》中則有如下總結："狗似玃，玃似母猴，母猴似人。"

猴子當然不可能都是母的，在荊棘末端雕隻猴子更不必強調非要是母的，因為母猴並不比公猴更加像人，所以這裏母猴並不是指母的猴子，而是指這個物種本身。

母猴又有獮猴、沐猴的寫法。這些寫法的出現都很早，《楚辭·招隱士》中就有 "獮猴兮熊羆，慕類兮以悲。攀援桂枝兮聊淹留，虎豹鬥兮熊羆咆"，《史記·項羽本紀》更是有著名的 "沐猴而冠" 的故事。

綜合來看，不管是母、獮、沐，應該都是一個沒有實際意義的詞頭。只是後來語言發生了進一步的演化，詞頭終於被丟掉，

"猴"也就粉墨登場了。

另有一個表示猴子的詞"禺"則是從母猴分化出的不同變體。上古漢語中猴為 goo，禺則是 ngo，差別並不大，而且後者很可能是受到 m 詞頭的作用，聲母鼻音化了。

值得注意的是，唐宋時期通語中的猴子為"胡孫"，馬流是作為和通用的胡孫相對的方言詞彙出現的。胡孫實際就是猴孫，有時也作"王孫"。唐朝大文人柳宗元還曾經專門作《憎王孫文》歷數猴子品行之惡劣，甚至發出"然則物之甚可憎，莫王孫若也"的感慨。

猿和猴是什麼關係

漢語中有犬、狗之分，一般認為其區別在於，犬大狗小。從上古漢語的語音來看，狗為 koo'，犬為 khween，表示小馬的"駒"則是 ko，韻母也為 o，同屬所謂上古漢語的侯部。

很巧的是，"猴"也是一個這樣的詞，以 g 為聲母，oo 為韻母，不得不讓人生疑這是不是也是一個指小的詞彙。

假使"猴"真的指小猴的話，那大猴要怎麼說呢？湊巧的是，漢語中還真有一個和猴語音結構較為相似，又指大型動物的詞 ——"猿"。

猿在漢語親屬語言中出現頻率遠不如猴，但也並非全然不見，景頗語中猴為 woi/we，西夏語中則有 wji，皆似漢語的猿。

而在漢語自身當中，猿出現得也相當早。《山海經》裏就有"發爽之山，無草木，多水，多白猿"，《呂氏春秋》中則有著名的神射手養由基射白猿的故事。此外，猿有時也以"蝯""猨"的字形出現。

現代生物學裏猿和猴分得相當清楚，類人猿包括長臂猿、紅猩猩、倭黑猩猩、黑猩猩和大猩猩。相比猴子，猿跟人在進化上更加接近，而且都沒有尾巴，古人對此則主要靠大小來區分。《玉篇》對猿的定義是“似獼猴而大，能嘯”。中國歷史上的猿主要是長臂猿，相對大猩猩黑猩猩之流也確實更像獼猴。

只是猿比猴要幸運得多，在中國人細數猴各種頑劣品行的同時，猿作為長壽靈獸則多被嘉許，猿的叫聲也被認為是“哀鳴清絕”。三峽猿鳴更是詩詞謳歌的對象，如“巴東三峽巫峽長，猿鳴三聲淚沾裳”。猿往往會被賦予人性，如《搜神記》《世說新語》各有一則小猿被抓，母猿哀號許久，最後肝腸寸斷而死的故事。當然作為靈獸，故事中害死了猿的人下場也不會好，《搜神記》中的惡人“未半年，其家疫病，滅門”，《世說新語》裏當事人也因此事被罷黜。

可惜的是，中古以後通人性的猿由於對居住環境要求較高，導致其分佈越來越窄，三峽猿鳴已成過往，猿也已經不為人所熟悉，和猴更是被混淆。明朝《三才圖會》中猿甚至長了尾巴，充分說明猿在當時就已經近乎一種傳說中的動物了。

25

為什麼 南方多江，北方多河

打開中國地圖，我們會發現一個有趣的現象：北方的大型河流都被稱為某"河"，如黃河、海河、遼河、淮河、渭河等，而南方大河則通名是"江"，如長江、珠江、閩江、錢塘江等。

為什麼會有南江北河之分呢？這個問題眾說紛紜，如江大河小，江清河濁。然而這些說法都經不起推敲 —— 黃河顯然比餘姚江大得多；海南島的萬泉河水質清澈，遠勝錢塘江。

上古時期，中國人的祖先把流淌在華夏大地上的河流都命名為"某水"。《詩經》中的名篇《蒹葭》提到"所謂伊人，在水一方"，就下句"溯洄從之，道阻且長"來看，顯然此處的水指一條流動的河流而非靜水。

與渭、淮、濟、洛、伊、澗、漢等上古就有的水名一樣，江與河並非河流的通名，而是南北兩條大河的專名，即現在的長江與黃河。這兩條大河與淮、濟並為上古人心目中最重要的四條大河，合稱"四瀆"。可見並非隨便什麼河流都可享有江、河的名稱。

如上所述，雖然現代中國人對把河流命名為江或者河早已司空見慣，但是這顯然並非中國"自古以來"的傳統。既然如此，南江北河的格局又是如何形成的呢？

江：一個非漢語的外來詞

河這個字的詞源雖然難以考證並仍存爭論，但一般認為這是漢語固有詞彙，而江則並非漢語本身就有的詞，是個外來戶，地地道道起源於南方。

漢語的諸多近親語言並不用江來表示河流。如同屬漢藏語系的彝語用 zhi mo，zhi 即相當於漢語中的水，mo 則表示大，這種命名法與上古漢語非常類似。藏文和緬文對水道雖分別有 klung、khlong 的說法，但其實這兩個詞本來都指山谷。

但在位於東南亞的南亞語言中，江的分佈則要廣泛得多。如緬甸原先的居民孟人的語言中江是 krung，越南中部土著占語則為 kraung，而越南語中河流的發音 song 也來自古越南語的 krong，均與上古漢語江的發音極其相似。

語言	河流語音形式
越南語	song
塞當語	krong
巴拿語	krong
卡多語	karung
布魯語	klong
噶爾語	rong
科霍語	rong
拉斐語	dak hom
比特語	n'hong
荷人語	khroang
古孟語	krung

東南亞語族 —— 孟高棉語中各種河流語音形式

不過現在操這些語言的族群分佈區域都離長江很遠，如果按照現代的民族和語言分佈，自然會得出古代華夏人跑到東南亞借了"江"回來的咄咄怪論，這當然是極度違反常識的。

　　當今長江流域，尤其是中下游除了鄂西、湘西等少數地方基本為純漢族地區，但是在上古時期，長江流域的民族分佈和當今大不相同。

　　上古時期中國人的祖先居住於黃河流域，對長江流域並不了解。大約在商王武丁時期，不斷向南擴張的中原商人才第一次在長江流域及其以南地區站穩了腳跟。甲骨文中甚至沒有江這個字。

　　華夏人群所抵達的長江其實是長江中游，其原本居民為百濮的荊蠻、三苗等族群。關於這些人群到底說什麼語言，至今尚有爭議，南亞語、苗瑤語、南島—侗台語均有主張。但有一點可以肯定，他們並不說漢語。

　　一直到春秋戰國時期，長江中游仍然是漢越雜處，楚國鄂君子皙曾在遊湖時聽越人舟子唱歌，即著名的《越人歌》，傳世歌詞為："今夕何夕兮，搴洲中流。今日何日兮，得與王子同舟。蒙羞被好兮，不訾詬恥。心幾煩而不絕兮，得知王子。山有木兮木有枝，心說君兮君不知。"但根據劉向《說苑》的記載，其真正的原始歌詞為"濫兮抃草濫，予昌枑澤、予昌州州鍖。州焉乎、秦胥胥。縵予乎、昭澶秦踰。滲惿隨河湖。"

　　楚國的語言也相當有特色，如楚國著名令尹子文名為鬬穀於菟，據《左傳》，"於菟"為楚言虎，"穀"則為乳，"鬬穀於菟"正是被老虎哺乳之義。

　　因此，上古時代華夏人並不需要跑去東南亞借入江字。當時長江流域就有諸多現代東南亞族群的先民，只是後來隨著華夏人和侗台人的擴張，這些先民才逐漸南縮至東南亞地區。

不過既然南亞語系諸語言中 krong 大都是河流的通名，華夏人又為何把長江而非其他河流稱作江呢？

　　一種語言中的通名借入其他語言中成為專名其實頗常見。這主要是因為借入方並不熟悉外語的構詞法所致。美國最大河流密西西比河英文名為 Mississippi River，在當地印第安語言中，ziibi 其實就是河的意思，但是說英語的人並不清楚，以為 ziibi 是這條河名稱的一部分。更有甚者，英國有條 Avon River，Avon 在不列顛島古代居民的語言中即為河流的意思，Avon River 相當於"河河"。

　　中文中此類例子也屢見不鮮。流經曼谷的泰國大河在中文中稱作湄南河，其實泰語中"湄南"即為河的意思，"湄南河"也是河河之意，而這條河真正的泰語專名"昭拍耶"在中文世界中反倒少有人知。

　　當上古南下的華夏人遇到了這些說南亞語的人群時，只知道這些人把面前的大河稱作 krong，他們並不知道 krong 在這些人所說的語言裏表示河，而是認為 krong 即為面前的南方大河的專名，江就由此得名。

　　由於 krong 本質上是個通名，當華夏人繼續南下，他們碰到了更多的 krong，一條條的江終於迫使漢語在一定程度上接受了江作為南方河流的通名。唐朝孔穎達在《尚書・禹貢》"九江孔殷"條的注疏中就提到："然則江以南水無大小，俗人皆呼為江。"而在北方地區，江就缺乏南方那樣廣泛的群眾基礎，因此"江"始終難以"北上"。

河：語言與自然環境的關係

"江"在南方成為通名的同時，"河"在北方也逐漸開始擴張，開始挑戰"水"的地位。

上古河本是黃河的專名，其性質只是一個單音字的專有名詞。但在現實中，"河"並不老實。

黃河中游兩側有黃土高原和呂梁山脈的挾持，河道穩定，水流湍急。一過三門峽，特別是衝出嵩山山地後，黃河就進入了廣闊的平原區，河道彎曲，水流緩慢。在上古時期，黃河中上游植被條件尚好，泥沙含量較少，下游地區尚能保持比較穩定的河道。但日積月累，河道自然沉積仍然會導致地上懸河，河流決口進而改道。

據黃河水利委員會統計，公元前 602 年至公元 1938 年的 2540 年間，黃河下游決口 1590 次，改道 26 次，重大改道 7 次，最北曾"奪海（河）入海"，最南則"奪淮入海"。在華北平原和黃淮平原間有大量與黃河下游平行的河道，包括滹沱水、漳水、濟水、漯水、汶水、泗水、淮水等。黃河下游河道在淮、海之間滾來滾去時，這些河流幾乎無一幸免，都曾作為"河水"的河道，這無疑嚴重影響了黃河下游平原居民的生活和語言。

黃河有文字記載的第一次大決口在周定王五年（公元前 602 年），此前黃河自大禹治水後一直安穩地流淌在"禹河故道"中。這次決口河水侵奪漯水、漳水河道，注入渤海。漢武帝元光三年（公元前 132 年），黃河決口，向南擺動經泗水入淮水。王莽始建國三年（公元 11 年），黃河決口，再度東侵漯水。永平十二年（公元 69 年）黃河決口，漢明帝召見王景，王景提出黃汴分流，漕運無患。於是漢朝撥十萬人，花費百億修築黃河大堤，此後 800

年，黃河無重大改道。唐昭宗景福二年（公元 893 年），黃河河口段決口，侵無棣水入海。

此後至宋初，黃河下游頻繁決口，河道分流不斷。直到宋仁宗慶曆八年（公元 1048 年），黃河大改道，北侵御河（今南運河）、界河（今海河）入海。十二年後又東出西漢故道侵篤馬河入海，是為北、東二流。此後宋神宗熙寧年間又東流奪泗入淮，北流合濟入海。

黃河可謂汪洋恣肆，於是華北平原地區的民眾經常會遇到一條河道既是本來的"某水"又是"河水"的情況，這時用原先的水名去稱呼河水的某一段自然方便。而且早在戰國時人們就曾將河水分段稱為"南河""北河""西河"，那麼氾濫時"漳河""漯河"也就能夠標明這一段水道的歸屬。

黃河在華北地區頻繁改道對水道更名的影響顯而易見，因為河的名字正是從河北開始流行的。顏師古注《漢書》時寫道："南方無河也，冀州凡水大小皆曰河。"到了黃河氾濫的宋仁宗年間，史學家宋祁也提到"南方之人謂水皆曰江，北方之人謂水皆曰河"，由此"南江北河"的情勢奠定下來。

除了黃河氾濫，中原王朝的統治集團變更也起到了推動作用。河字的使用在宋朝迎來了一個大範圍擴張的時期，這與主導的統治集團有密切關係。北宋時期，來自河北地區的統治者第一次成為全國的領導，取代了隋唐時的關隴集團、山東集團。趙匡胤雖為洛陽人，但祖籍河北涿州，隨其開國的潛邸親信多是河北人，包括文官如趙普（幽州薊人）、呂餘定（幽州安次人），武將如曹彬（河北真定人）、潘美（河北大名人）等。

而河北由於長期受黃河改道的影響，河取代水的進程尤其迅速而劇烈。當河北人在中國居於統治地位後，"河"開始走出河北，在北方其他地區迅速取代"水"。而北宋初年兩位皇帝接連在河北用兵伐遼，並派重兵鎮守北境，這些來自北方各地的平民長期駐紮後逐漸習得當地方言，再回到家中後，"河"自然就如黃河水一樣在北方氾濫開來。

南北通名之爭，河是如何勝過江的

不過，雖然唐朝人說北方為河南方為江，但是統計當今河流的通名，河多達 27000 多條，江只有 800 餘條。而且其分佈遠遠不如孔穎達所謂"江之南"——現今江的名稱主要分佈於浙江南部、福建、廣東等東南沿海地區，比例尤以珠江流域為高。而更多屬於江之南的地方如太湖平原、兩湖地區和西南地區，"水無以大小皆稱江"的情況則已經是過去式了。

從唐末宋初到現在的一千多年裏，河是如何在全國範圍內擴張，取代江的地盤呢？這或許主要與宋以後的大規模移民潮有關。

兩宋之交的北人南下，明朝雲貴大移民，清朝湖廣填四川等大規模移民以及隨之相伴的人口重建，從根本上改變了南方很多地方的人口和文化構成。而南方不同地區受北方影響程度不同，也導致了南方各地河流名稱不同。

觀察河作為通名佔優勢的流域，可以發現基本和官話區相重合。這正是由於南方說官話的地方，其人口來源多為較為晚近的移民，發生於"河"在北方已經佔據優勢以後。

西南四川等地本是溪為主的地區，但是遷入的移民並不習慣用"溪"，對於他們來說，溪遠遠不如通用的河來得熟悉。因此正如當年南亞人作為通名的 krong 被當作專名，在四川很多地方，古老的溪被當作河流專名的一部分，形成了"某溪河"的名字，如重慶大足縣發源的沱江支流就叫瀨溪河。只是在下川東地區，溪仍然維持了一定的勢力。

但是在南方其他地方，"河"的優勢則遠沒有那麼明顯。以地處江南的太湖平原吳語文化區為例，太湖平原位於長江南岸，與北方距離較近，自然條件也較為優越，向來是北方移民南下的首選地區。

但作為南方開發最早的地區之一，太湖平原人口稠密，土族力量強大。早在東晉永嘉南渡時，江南本土勢力已經頗成氣候。在南渡北人鄙視南人的同時，江南人對北人也並不待見，甚至專門用"傖父"這個詞來譏諷北人粗鄙。而在北方地位崇高，為太學所使用的語音洛生詠因聲音低沉在江南竟被戲稱為"老婢聲"。

中古之後，太湖平原繼續吸納大批北方移民，江浙北部地區文化發展至鼎盛，甚至超過了北方，因此太湖平原本土文化和移民文化都沒能佔據壓倒性優勢。加之太湖平原開發程度極高，河道人工化嚴重，太湖平原也就成了中國河道名稱多樣化最高的地區之一。

據統計，在太湖平原上河道名稱常見的有 19 種之多，例如港、塘、涇、浜、浦、溪、運河、蕩、漾、灣、渠、潭、洋、漕、渠道、澗、口、瀝、門等河流通名都在不同程度上與人類活動有關。

與之不同的是，閩語區的福建山多地少，雖然在唐朝以前作為人口輸入區接收了大批北方移民，但經過有唐一朝的發展，福建人口迅速增加，超過了土地的承載力。經過唐朝一朝的人口繁衍，福建已無餘力吸收外來移民，相反，宋朝以後的福建，尤其是南部的閩南地區不斷對外輸出移民，甚至佔領了東南沿海大片地區。在其所及之處，河流的通名往往以"溪"為主，與早年四川的情況相同，如濁水溪、鳳溪、梅溪、吳丹溪等。

最特殊的則是粵語區的廣東。廣東雖然地處中國南端，但是其文化直接受晚期南下的北方漢人影響。與江南和福建不同，廣東雖早早被納入中國版圖，廣州更是早在唐朝就成為重要港口，但整個廣東移民開發則是在宋朝才達到高峰。大批南下的北人對廣東文化有著更迭式的影響。以至於在很長時間內廣東人都被視為"比中原人更中原"。朱熹曾說"四方聲音多訛，卻是廣中人說得聲音尚好。蓋彼中地尚中正。自洛中脊來，只是太邊南去，故有些熱。若閩浙則皆邊東角矣，閩浙聲音尤不正"，精闢總結了當時廣東接收了大批中原移民後被視作中原正統分支，與閩浙不同的情況。

　　因此，雖然珠江流域表面上"江"在河道中佔比全國最高，但是其實這只是一個出現於書面語的假象。

　　在口語中，廣府地區對河流的稱呼以河、沖／涌為主，後者多指小型河流。江用得相當少，甚至對於一些知名大江，口語中也並不稱江，如廣州人把珠江稱作珠江河，東江稱為東江河。同屬廣府地區的中山人則把岐江稱作岐江河。廣州人稱珠江南岸地區為"河南"，更說明了在廣州人的概念裏面，珠江仍然是一條河而非江，這點和把長江北岸稱作"江北"形成了鮮明的對比。

　　因此，廣府地區江佔比高只不過是書面語中留下的早期遺跡。雖然不斷南下的北方人將河帶入了南方口語。許多小型河流就此改"江"為"河"。但南方大河的名字卻不是那麼好改的。因此不獨廣東，南方地區如漢江、嘉陵江、岷江、珠江、閩江、潮江之類的大河名稱不管當地口語怎麼稱呼，在正式名稱中仍然叫江。

　　而"水"這個從上古漢語乃至原始漢藏語就開始有的河流通名，在現今的中國，已經漸漸被人遺忘了。

26

為何
南方人嗜甜，
北方人嗜鹹

中國北方和南方的飲食口味差異頗大，因而有"南甜北鹹、東辣西酸"的說法，特別是南方食物的甜膩最為深入人心。

江南菜到底有多甜？在以甜著稱的無錫，飯館裏的炒青菜和豆腐乾按北方標準都稱得上甜倒牙，小籠饅頭的湯汁裏更是會有一小塊沒有化開的糖。附近蘇州、上海系菜餚雖然甜度不及無錫，但也以甜出名，就算是常州菜，雖然以"不甜"而聞名於江南，但在北方人嚐起來也帶著明顯的甜味。

不過，如果時光倒退一千多年，我們會發現"甜黨""鹹黨"的分佈和今天有天淵之別。北宋文人沈括的《夢溪筆談》中將中國當時的口味分佈概括為"大抵南人嗜鹹，北人嗜甘"，與今天的甜鹹地圖完全相反。

為什麼當年最喜歡鹹口的地區現在會如此嗜甜？什麼樣的地區最容易風行甜食？

人們喜歡吃糖只是因為他們有閒錢

和其他的口味偏好主要來自幼年的培養不同，嗜食甜食是人的生物學本能，幾乎所有人類從出生起都表現出了對甜味的強烈興趣。與之相比，對其他味道的接受則需要經歷後天培養的過程。

早期人類社會獲取糖分主要依靠自然界存在的甜味物質，其中蜂蜜因其甜度高，相對容易加工和使用而備受歡迎。

在中國，蜂蜜曾一度是貴重的舶來品。上古漢語中蜜讀 mid，和諸多印歐語言中彼此詞源關係明確地對蜜的稱呼頗為類似，如英語稱蜜酒為 mead，古希臘語為 μέθυ（méthu），梵語為 mádhu，這說明，中國食用蜂蜜的傳統很可能來自上古時期和古代印歐人的接觸。

中國本土產品中，有用大麥或米熬製成的糖稀，稱為"飴"。飴的甜度比蜂蜜低得多，只是聊勝於無，便成為了甜味的主要來源。因為耗費糧食，飴的成本也不低。當今世界上生產糖主要依靠幾種特定的糖料作物，其中以甘蔗最為重要。相對用糧食製造糖稀或採集蜂蜜，糖料作物的產糖效率要高得多。一畝土地種甘蔗可以產出 4 至 5 噸甘蔗，榨出 500 公斤左右的糖，效率遠高於用一畝地種植出的大米或者大麥製糖。在當代中國，最重要的糖分來源毫無疑問是甘蔗。

糖分的攝入和生活水平息息相關，只要生活條件允許，幾乎所有人群都會偏愛攝入大量糖分。以典型的發達國家美國為例，1822 年時美國人平均每天攝取 9 克糖——這已經比他們 1700 年時的祖先多了不少。今天的美國人平均每天竟攝入 126 克糖，糖分提供的熱量超過 20%。

現今美國人的人日均糖分攝入量已遠遠超過身體所需，甚至已對美國人的健康造成嚴重損害——位居世界前列的肥胖率讓美國衛生系統頭疼不已。美國政府已經採取多種措施試圖降低居民的糖攝入量，如標明食品營養成分含量，進行公共健康教育等，只可惜嗜糖乃天性，這些減糖措施效果不彰。

不單是美國，當今世界幾乎所有西方發達國家人日均糖分攝入量都相當高：德國 103 克、澳大利亞 96 克、法國 69 克。亞洲的發達國家如日本情況稍好，日均攝入量為 57 克，然而考慮到傳統的日本飲食糖分含量極低，現今的數字已經相當驚人。與之相比，中國人的日均糖攝入量僅為 16 克，與印尼、以色列相當，在亞洲的主要國家中只有印度的 5 克水平遠低於中國。

南方人是怎麼變得愛吃甜食的

就算在今天，江南也有嗜鹹的地方，同樣屬於江南地區，錢塘江以南的浙東寧波台州等地盛產海產。浙東地區和太湖平原同為吳語區，多數風俗習慣類似，但是寧波人嗜好的各種鹹魚和蝦醬，卻因味道奇鹹在太湖平原很難被人接受。位於錢塘江以南的紹興也同樣吃口較鹹，如扣肉在蘇錫常是著名的甜味菜，在紹興加入黴乾菜後就成了鹹味食品。

由此可見，沈括並未說錯，在他生活的時代江南確實可能是嗜鹹的，而當時的北方人根據沈括記載則愛好蜜蟹、糖蟹這類今人聽起來都會覺得喉嚨發齁的食物。

宋朝的文學作品中，也留下了北方人嗜甜的證據。如開封人蘇舜欽即為糖蟹的愛好者，留有“霜柑糖蟹新醅美，醉覺人生萬事非”的詩句。

為什麼當時的北方人這麼嗜甜？這是因為糖雖然幾乎人人皆愛，但是獲取糖分卻不是一件容易的事，在中國尤其困難。對渴望吃糖的古代中國人來說，不但蜂蜜十分貴重，就連甘蔗也是稀缺而難於普及的進口貨。

甘蔗作為一種植物起源於印度次大陸，在中國始現於漢朝。漢朝的甘蔗種植多以園圃小規模種植為主，產地限於南方，其食用方法近似今天的果蔗，要麼直接嚼食，要麼榨取蔗汁飲用。

到了唐朝，甘蔗製成的蔗糖才在中國廣泛生產，此時蔗糖又稱作石蜜。不少史料都顯示製作蔗糖的技術來自西域或者印度，如《新唐書》裏記載了唐太宗曾經派遣使者到位於印度的摩揭陀國求取熬糖的方法。在引入熬糖法以後，中國改進了生產技術，糖的品質才超過西域。

雖然唐朝時熬糖法已傳入中國，但宋元時期砂糖仍然是較為珍稀的材料，經常需要從大食等國貿易進口。正因為糖在古代價格較為高昂，所以一度相當貴重，高質量的糖霜更可以當作禮物，如黃庭堅就曾經收到四川梓州友人寄來的糖霜並專門作詩答謝。

由於吃糖需要相當的經濟基礎支撐，經濟發達且有首都物資之利的開封周邊居民嗜甜也就不稀奇了。不但文獻中有富裕階層

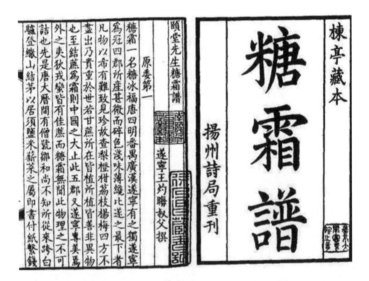

王灼《糖霜譜》中提到，黃庭堅在戎州時，曾作《頌答梓州雍熙光長老寄糖霜》：“遠寄蔗霜知有味，勝於崔浩水晶鹽。正宗掃地從誰說，我舌猶能及鼻尖。”

嗜糖如命的記載，北宋開封州橋夜市這樣的場所也有大量甜品糖水販賣，平民百姓也可一享甜食之快。

兩宋之交，中原被金國攻陷，大批中原人跟隨宋朝王室移居江南地區。他們不但把自己習慣的甜味帶到江南，更讓江南地區的經濟突飛猛進。富裕起來的江南人也學著北方移民吃起甜食，其中受到北方移民影響最大的太湖平原更是得風氣之先。

自此江南地區甜味菜餚便層出不窮，不少人認為江浙地區菜餚較為清淡，但事實上蘇南、上海、浙北地區的菜餚口味相當厚膩，所謂的“濃油赤醬”即指此而言，紅燒肉、松鼠鱖魚、櫻桃肉等菜餚烹飪過程中都要使用大量糖調味。

在江南變甜的同時，長期戰亂的北方正在經歷內捲化和貧困化的浪潮，人口也有激增。在這些因素的影響下，吃糖在北方越來越變成一種奢侈的事情，相比而言，食鹽生產並不佔用耕地，用鹽調味即成為了次優的替代選項。

滷煮以前竟然是甜的

但在北方人口味轉鹹的浪潮中，部分北方大城市因各種原因一定程度上仍保留了嗜甜傳統，華北各大城市中表現明顯的當屬北京。作為元明清三代的政治中心，北京向來有大批外來人口居住，明清時期，北京上層外來人口中有大批原籍江南太湖流域的京官，其他南方地區也有眾多人口遷徙而來。

這些人在北京生活時往往產生蒓鱸之思，因此相比人口結構更單一的其他北方城市，北京一直以來都能供應一些南方人愛吃的食物，以滿足外來人口的需求。比如所謂的“南味食物”，就是指其製作技藝和口味來源於江南一帶的食物。

1895 年創建的北京傳統糕點店"稻香村"即是南味進京的產物，不但創始人郭玉生是南京人，而且當時店鋪名字就是"稻香村南貨店"。和重油重糖的蘇式糕點相似，稻香村糕點喜用棗泥之類的甜料，糕點皮也多為蘇式糕點的甜酥皮。除此之外，北京還有杏仁豆腐、藕粉、桂花、芡實、雲片糕、綠豆糕等南味色彩濃重的甜品。

更能說明問題的則是滷煮。滷煮可算是北京最具代表性的食品之一，以北京本地以及河北地區喜歡的鹹味為主，但滷煮的源頭是蘇造肉。根據溥儀弟弟溥傑的日本妻子嵯峨浩在《食在宮廷》中的記載，蘇造肘子的配料中需要用冰糖 20 克，此外還有陳皮、甘草等帶甜味的配料。

不過蘇造肉在進入下層百姓食譜，變身為滷煮後，不但用料從豬肉演變為豬下水，冰糖等甜味調料也被省去，其口味也搖身一變，改為了大河北地區流行的鹹鮮。

北方甜味菜的另一大來源是清真菜。相對東亞地區，伊斯蘭教發源地的近東地區居民明顯更為嗜糖。中國人斷然無法接受在茶水中加入大量糖調味的做法，在近東卻是標配。

土耳其流行的巴拉瓦餅（Baklava）由乾果製作，略似新疆的切糕，但味道要重得多。由於近東、中東地區氣候乾燥，夏季炎熱，所以將水果製成乾果的風氣相當流行。氣候乾燥、溫差大本就利於植物積累大量糖分，通過製作果脯，水分蒸發後濃縮的果乾糖分含量更為驚人。

中國北方諸多城市中，有較多甜味點心菜餡的除了受南方影響巨大的北京外，還有西安、蘭州、西寧等地。這些位於西北的城市都曾受過伊斯蘭文化的巨大影響，西安的甑糕，蘭州和西寧的甜胚子都跟清真菜脫不開干係。

在北京，甜食的流行也不僅僅是受到南方的影響。像果脯、奶酪、豌豆黃、驢打滾、他似蜜、甜麵茶等北京本地甜食，一般都是由清真食品店經營。這些食品在中東地區一般都能找到原型，像"他似蜜"這樣的食品，光看名字就知道不可能是中原原產。

近幾十年來北京已經再次成為了中國最富庶的地區之一，不知以後人們是否也會放任自己嗜甜的本能，製造出能甜掉無錫人大牙的正宗老北京蘇造滷煮。

27

招商銀行和雲南人的怪姓祖先

招商銀行在各大銀行中一向以服務優良出名,除此之外,招行的招牌也相當引人矚目。"招商銀行"四字的字體非常特殊,介於隸書和楷書之間,粗壯中有種笨拙的可愛。這種字體在別處很少能見到,其根源是歷史上雲南東部曲靖附近兩塊碑上面的字,即所謂的 "爨體"。

怪姓貴族

公元 405 年,一位住在今天雲南曲靖附近的年輕貴族去世了,他死時年僅 23 歲,生前也並沒有在史書上留下哪怕丁點兒的蛛絲馬跡。在他去世一千多年後的 1778 年,記載其生平事跡的一塊石碑於曲靖出土,這位本已消失在歷史長河中的年輕貴族這才重新為世人所知。他有個極為獨特的姓 —— 爨,全名爨寶子。

爨寶子在曲靖周圍有一個親戚,時代比他稍晚一些,逝世於 446 年,享年 61 歲。他名叫爨龍顏,史書中同樣也找不到他。爨龍顏死後 12 年,他的兒子們為他立了一塊大碑,並由同宗爨道慶撰寫碑文,這也是他曾經在世上生活過的唯一證據。

今天的中國已經幾乎見不到 "爨" 姓,只有在部分偏遠的山西村莊才有爨姓人士聚居,其他地方爨姓人口極少。這個極為繁雜的姓多數中國人別說寫,恐怕連讀都不會讀。但在東漢末年的雲南,爨家人可是一支不容小覷的力量,而且他們也有著極其顯赫的先祖世系。

有關於爨氏家族世系的絕大部分一手材料都來源於這兩塊碑。根據《爨龍顏碑》和《爨寶子碑》中關於爨氏家族的記述，他們家祖先是楚國人，出身高貴，乃是楚令尹子文的後代。祖宗班朗繼承了祖宗事業，後來先後前往河東（山西）、中原發展，衍生出有名的史學世家班氏家族，班彪、班固等人即其後代。漢末因采邑在爨，以爨為氏。後來在魏時族人爨肅官任尚書僕射、河南尹，他的後代又進入南中地區。

這個稍顯複雜的家世前半段和班氏家族的記載差不多，但是後面卻有些奇怪。這個漢末的爨在哪裏、誰被封到了爨等等統統語焉不詳，而史書中對爨氏家族的記載，卻和爨碑上的記錄又有牴牾之處。東漢班家顯赫一時，但是史書上並沒有對於班固後代的記錄，傳下後代的是他的弟弟班超。班超的孫子班始因殺害公主被腰斬，兄弟棄市，班氏家族自此銷聲匿跡。雖然無法排除班氏家族的旁支被封於"爨"地的可能，但是整個譜系存在著難以迴避的缺環。早在戰國時期，魏國即有大將爨襄，因功被魏惠王賜田十萬。當時魏國首都正在河東安邑。如果按照《爨龍顏碑》說法，爨氏當時離漢末得姓還有好幾百年，爨襄與他們實應並無關聯。更離譜的是，在爨肅之前，南中地區已經有了爨氏，漢末爨習已經是建伶令，而且已為"方士大姓"。爨肅後代遷入雲南要想取代當地爨氏就算不是完全不可能，也屬小概率事件。

種種跡象表明，爨氏家族遷入南中並做大的歷史相當久長，這也與他們身為"南中大姓"一員的身份相吻合。《孟孝琚碑》中所謂"南中大姓"，指的是從漢末開始在南中地區嶄露頭角，自稱為中原南下漢人後代的幾個家族。根據《華陽國志》的記載，成員主要包括"四姓五子"，即焦、雍、婁、爨、孟、董、毛、李，最主要的聚居地是建寧，也就是今天的曲靖和滇東一帶。

曲靖地處四川雲南早期交通路線的要衝，直到唐朝，從四川入雲南的主要通道仍是經過今天四川宜賓一帶，即由雲南最東北的豆沙關進入昭通，再沿著山谷南下進入建寧。與開發較早甚至為當地政權所在的滇池、洱海周圍相比，曲靖位置更靠東北，離中原地區較近，土著勢力也相對較小，因而南中大姓很快取得了當地的統治地位。三國時期，被諸葛亮擊敗的永昌太守雍闓即是南中大姓之一，而傳說中被諸葛亮七擒七縱的人物孟獲，其人物原型也很有可能是南中大姓孟氏的一員，當時叫作朱提縣的昭通也是南中大姓活躍的地方。清朝到現在，昭通陸續出土了孟孝琚碑、霍承嗣畫像磚墓等南中大姓遺跡。

南中大姓都聲稱自己祖先來自中原，但是他們在南中時日久遠，受到當地影響極為嚴重，加之譜系不明，無法排除土著冒姓的可能性。

獨步南中，卓爾不群

早在爨寶子生活的時代之前，南中大族之間的競爭就已經由更早的四姓五子變成了爨、霍、孟三家爭霸。公元 339 年，南中地區發生了歷史性的霍孟火併。孟彥縛霍彪降晉，接著孟彥又被李雄所殺，引發霍、孟兩家的大規模武裝衝突，經過慘烈的戰爭，霍孟兩家同歸於盡。南中地處偏遠，東晉無暇顧及，就封了剩下的爨氏首領爨琛為寧州刺史 —— 實際上就是南中的土皇帝。爨寶子生活的時代，南中爨氏獨霸的格局已經基本塵埃落定，到了幾十年後爨龍顏的時代，《爨龍顏碑》裏面更直說爨氏是"獨步南中，卓爾不群"，怪姓爨氏自此世代掌控南中地區的統治大權，並且勢力向著南中腹地發展，一舉囊括滇池、洱海附近，直到唐朝天寶年間爨氏政權被新興的南詔取代為止。

19 世紀開始，法國試圖從越南向雲南擴張。雲南東北重鎮曲靖也是法國人活動的領域，這座被法國人稱作 Kutsing 的神秘城市如今還散發著詭異的氣息，大街小巷的招牌近年竟都改成了爨體字。爨寶子碑在曲靖市區的一中校園內，爨龍顏碑在城外陸良縣，兩碑保存狀況均相當不錯，只是碑文有不少教人費解之處。

《爨寶子碑》的第一句話就是"君諱寶子字寶子"。眾所周知，中國人的名和字是兩套獨立的命名系統，出生的時候由父母起名，而成年時則另行命字，用字的主要目的是避名諱。然而爨寶子的名和字居然完全相同，雖然在歷史上也有少數中原人採用這種方式，如唐朝的郭虛已字虛已，但是一般來說，往往只有有少數民族背景的人會出現名字相同的情況。

《爨寶子碑》年號落款是晉太亨四年，可是東晉並沒有太亨四年的年號。南中到底地處偏遠，東晉安帝司馬德宗改元大亨未滿一年，該年號就被廢止了，但是爨寶子去世時仍以為年號是大

《爨寶子碑》開頭

《爨寶子碑》最後部分

亨。該年是乙巳年，《爨寶子碑》上是"一巳"，一乙竟也混淆，想來是書者或者勒者一時糊塗了。《爨龍顏碑》上則有一首頌：

巍巍靈山，峻高迢遰。或躍在淵，龍飛紫闥。

遶遶君侯，天姿英哲。縉紳踵門，揚名四外。

束帛戔戔，禮聘交會。優遊南境，恩沾華裔。

撫伺方嶽，勝殘去煞。悠哉明後，德重道融。

綢繆七經，騫騫匪躬。鳳翔京邑，曾閔比蹤。

如何不弔，遇此繁霜。良木摧枯，光輝潛藏。

在三感慕，孝友哀傷。銘邇玄石，千載垂功。

韻腳為遰、闥、哲、外、會、裔、煞，融、躬、蹤、霜、藏、傷、功，雖然立碑時已經是南北朝時代，但是押韻習慣仍然和中原東漢時期相似，可見其保守。

爨字難到了就算和這個字打過了那麼多交道的筆者手書都很困難，因為實在太不方便，所以雲南現在沒什麼人姓這個姓了，他們已經很聰明地把自己的姓寫成了寸。現今麗江城裏到處能看到寸氏銀匠鋪，即為爨姓後代，他們多來自臨近的鶴慶縣。

28

西域嗩吶
是怎麼被定性為
中國傳統民族樂器的

電影《百鳥朝鳳》讓嗩吶這種與絕大多數都市人群無緣的樂器意外成為了熱門話題。但是牽動觀眾情懷的,或許不是嗩吶本身,而是民族傳統文化能否傳承的話題。

嗩吶的歷史,一般資料介紹都較為標準統一:嗩吶來自波斯,3 世紀即傳入中國。它在中國最早的存在證據,是新疆拜城克孜爾石窟第 38 窟中伎樂壁畫裏歌伎吹奏嗩吶的圖像。這其實是一連串誤讀、錯訛以令人啼笑皆非的方式混合演化出來的產物。

在 20 世紀 80 代以前的一般出版物中,嗩吶多被描述為中國土產的傳統樂器,很少被說成西來樂器,而且有關專家學者一直在尋找最古老的本土嗩吶文物證據。

中國境內最早且可靠性較高的嗩吶形象是一尊唐朝的騎馬吹嗩吶俑 —— 當時的中東地區嗩吶早已風行,以唐朝和西域交往的頻密,這反倒成了嗩吶西來的旁證。更重要的是,儘管唐朝已有了類嗩吶,但它與明代文獻正式記載的嗩吶之間沒有傳承的痕跡。

嗩吶為中原漢地原產雖無望坐實,但如果能把它說成中國某個少數民族的傳統樂器,自然也算中國本土的民族樂器。轉機出現在新疆拜城縣,古代這裏屬於龜茲國。龜茲在西域諸國中向來以音樂發達聞名,極大影響了唐以後的中原音樂。如果中國哪裏能發明出嗩吶,那一定是龜茲。

功夫不負有心人 —— 龜茲不但是音樂之邦,也是著名佛國,

3 世紀開始開鑿的克孜爾石窟中有大量龜茲舞樂壁畫，而第 38 窟中果然有伎樂吹奏嗩吶的壁畫，該洞窟約開鑿於 4 世紀，正是中國的東晉時期。

若東晉時期中國就有了嗩吶，當然也可算是一種本土起源。周菁葆的《嗩吶考》中甚至因此認為 "嗩吶" 一詞起源應該是突厥語，是 "古代維吾爾人" 的偉大發明，嗩吶成為中國的民族樂器順理成章。雖然 4 世紀的龜茲國尚未有安西都護府之類的機構，但此說自 20 世紀 80 年代後為官方採信成為顯說。

可是，新疆地區的突厥化始於公元 9 世紀回鶻汗國西遷，在此四五百年前的龜茲國，人們使用的其實是龜茲語，屬印歐語系，跟突厥語沒有任何關係，把龜茲壁畫歸結於 "古代維吾爾人" 是個重大的時代錯亂。

更要命的是作為證據本身的那幅壁畫。龜茲國有一種管樂被稱為篳篥，形狀類似沒有喇叭口的嗩吶，後曾隨龜茲樂一道傳入中原。克孜爾石窟中伎樂畫像多次有演奏篳篥者出現，只有第 38 窟的畫像有疑似嗩吶，巧的是，那個唯一的 "嗩吶"，喇叭口還偏偏和管身顏色不一致。

1906 年和 1913 年，普魯士皇家吐魯番科考隊兩次造訪克孜

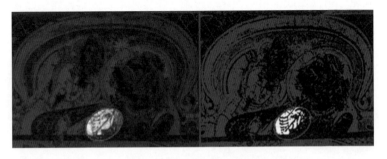

克孜爾石窟 38 窟壁畫對比（左圖為現狀，右圖為劉勇《中國嗩吶歷史考索》中的老照片）

爾石窟，他們盜走了不少壁畫並拍攝了大量照片 —— 在德國人更早的照片上，38 窟的 "嗩吶" 是一件沒有喇叭口的篳篥，那個喇叭口無疑是後來被畫上去的。

新疆龜茲石窟研究所的霍旭初曾撰專文談及這個問題："據了解，60 年代，有數批北京、河北、敦煌、新疆等地的美術工作者和美術院校的學生先後到克孜爾石窟臨摹壁畫。克孜爾石窟的人曾反映說有的美術院校師生不遵守臨摹壁畫的規矩，有破壞壁畫的現象，但是說不出具體的人來。"

這種因低級錯誤造成的文物破壞並非孤例，更具爭議的例子是故宮珍藏的《清明上河圖》局部畫卷。在 1973 年修裱原畫時，故宮專家認為畫中的一頭 "尖耳立牛" 不合畫意，在無任何摹本佐證的情況下徑行刪除。但有研究者認為這頭 "尖耳立牛" 應當是一頭發情的母驢，恰好與街對面嘶叫的公驢對應。

嗩吶不像鐘、鼓、笛、簫、琴等中國古代樂器有一個單字的古名，也不似黑管、雙簧管、小提琴、手風琴等近代西洋舶來樂器那般頂著描述性的稱呼，這兩個字在漢語中完全是無意義的組合。

除嗩吶之外，這種樂器尚有鎖哪、瑣嗦、蘇爾奈等名稱，這些名字同樣也無意義可言。不過，嗩吶並不孤單，它還有一種 "民族樂器" 做伴：琵琶。

琵琶也有多個名字。成書於東漢的《說文解字》中尚沒有琵琶二字，當時常見的寫法是 "枇杷"。無論琵琶還是枇杷，都沒人說得清楚這兩個字到底什麼意思。

漢朝人為此費盡腦筋，劉熙在《釋名·釋樂器》中的解釋是 "推手前曰枇，引手卻曰杷"，意即琵琶彈奏動作包括向前推弦和向後引弦，分別稱為 "枇" 和 "杷"。

如果劉熙懂波斯語，就不會弄出如此牽強的解釋：劉熙明確提到"枇杷，本出自胡中，馬上所鼓也"，而今天波斯語把琵琶稱作 Barbat，和琵琶的古漢語讀音仍然相當接近。

　　嗩吶一詞是波斯語 Surnāy 的音譯，其意一說"慶典管"，一說"號角管"，在中國流行的歷史並不長 —— 明朝人對嗩吶的外來血統記憶非常清晰，徐渭《南詞敘錄》中說："至於喇叭、嗩吶之流，並其器皆金、元遺物矣。"

　　琵琶傳入中國後本土化，就此融入中國傳統音樂體系中，而嗩吶可沒有那麼好的運氣。直到清朝，嗩吶在官方記錄中主要以回部樂的身份出現，其形制也和波斯嗩吶較為接近，並不被視作中國傳統樂器。

　　嗩吶通常也僅僅作為軍樂和儀仗樂器使用。嗩吶的構造特點使演奏者很容易吹出極響的聲音，但控制音高則不容易，也較難有複雜的旋律，這一特徵正適合通報、鼓舞士氣、預警等軍事用途。

　　嗩吶自波斯地區誕生後，也向西方傳播，在西方的變體即是英語中稱為 Shawm（蕭姆管）的那種樂器。十字軍東征時，阿拉伯軍隊經常在戰前用蕭姆管樂隊吹奏，以極大的響聲恫嚇敵人，鼓舞自己。西方人很快將這種讓人心驚膽裂的樂器帶回了歐洲，用於演奏戶外音樂。

　　在中國，最早的嗩吶出現在騎馬俑上。明朝的記錄也充分顯示嗩吶的軍事性質。戚繼光《紀效新書》有"凡掌號角，即是吹嗩吶"，王圻《三才圖會》則說嗩吶"當是軍中之樂也，今民間多用之"。

　　明朝廟宇、藩王和官員墓中都有嗩吶的身影，繪於嘉靖年間的山西汾陽后土聖母廟壁畫中就有嗩吶的圖像。江西的明朝藩王墓和重慶的明官員墓都發現有嗩吶俑,他們無一例外,都作儀仗之用。

繼承了明朝戲曲傳統的崑曲中,伴奏的主奏樂器是笛子,僅僅是在神仙、武將出現時的引子,或行軍、儀式場面的鑼鼓曲牌中,才用嗩吶伴奏,而且基本限於北曲。嗩吶作為禮儀性樂器的功能體現得再明顯不過了。

清朝中葉後,嗩吶這門"傳統樂器"才真正迎來了春天。在民間,這種舶來樂器因其熱鬧喜慶的特質,侵佔了不少演奏難度較高,聲音不夠響的傳統樂器的地盤,一掃此前嗩吶僅能作胡樂、軍樂、儀仗樂樂器的刻板印象。

但是,嗩吶脫離廟堂進入民間後,雖然在以北方為主的地區迅速擴展,進而成為民間樂器的一部分,但可以說與此同時也已早早奠定了電影《百鳥朝鳳》中描述的傳承悲劇宿命。

嗩吶是一種音色極為嘹亮高亢的吹管樂器,它的音色天生不適合與其他樂器合奏,因為通常合奏樂器必須各音色融合度較高。嗩吶注定只適合獨奏,與它最相配的樂器是作為打擊節奏的鼓,但漢族絕大多數地方的音樂都沒有鼓的位置。

即使在嗩吶最流行的地區,它也只是次要樂器,除非我們不用音樂的標準來衡量 —— 無論是它的演奏曲

河北農村草崑代表,北方崑弋老藝人侯永奎的《單刀會》,即以嗩吶伴奏

目還是演奏技巧，都強烈地體現著這一特徵。在任同祥先生為嗩吶創作《百鳥朝鳳》前，甚至都沒有值得一提的嗩吶曲目，這種尷尬的情況幾乎在中國任何一種可被稱為"傳統民間"的樂器上都不曾出現，足見其邊緣地位。

由於嗩吶從沒像二胡、琵琶、笛子等傳統民間樂器那樣，出現過需要考驗演奏者複雜精妙的演繹和理解力的曲目，於是出現了一些完全不同於任何其他樂器的嗩吶演奏技巧，比如用鼻孔吹嗩吶，一個人同時吹九個嗩吶等。

畢竟鋼琴從來沒有出現過嚴肅的用腳彈鋼琴的表演技巧（除非在現代音樂選秀節目中），二胡也從來沒有出現反過身來在背上鋸琴弦的表演，如果有一天郎朗表演用腳彈鋼琴，我們一定會認為這是雜耍，不幸的是，嗩吶恰會給人這種印象。

所以，嗩吶這種原本由於聲音高亢嘹亮，所以在中國主要只能用於為喜事、喪事助長熱鬧的樂器慘遭鄉村擴音喇叭的狙擊而不幸滅絕，最多只說得上一種傳統民俗文化的損失，而不是什麼傳統音樂的損失。

29

沒有 X，
中國古人是
怎麼解方程式的

關於 X 射線的命名，有種以訛傳訛的說法流傳甚廣，甚至有人在微博上公然如是說：

【X 光線的由來】第一位諾貝爾物理學獎獲得者、德國科學家倫琴，當他發現射線後，並沒有以自己的名字去命名，而是根據《聖經》希伯來書第四章第十二節的內容，取希臘文 "基督" 的第一個字母 "X" 為名，稱為 X 射線，或稱為 X 光，即基督耶穌之光。

純粹的假話非常容易被看穿，因此有經驗的謊言製造者往往會製造七分真三分假的假話。這種假話表面上非常合理可信，實則屬於謊言。

真實的 χριστός

眾所周知，古典時代的希臘人並不信仰基督教，而是信奉以宙斯為首的奧林匹斯諸神，希臘基督教化是羅馬時代東方影響的結果。因此雖然希臘是後來西方基督教文化的重要源頭，希臘語也為西方基督教很多概念提供了詞彙，如英語中的 bible（聖經）、church（教堂）皆來自希臘語，但是希臘人自己對宗教概念的表述其實受到東方語言的影響甚深。

希臘語中把耶穌基督稱為 Χριστός，這個詞實際上是受膏者之義，是希臘人對希伯來語 מָשִׁיחַ 的翻譯，相當於耶穌的一個頭銜。故而說希臘語中基督的第一個字母是 X 是正確的，只是這個 X 在使用拉丁字母的語言中，並不常用 X 來轉寫，而往往採用 Ch。因此拉丁語中耶穌基督是 Christus，並不是 Xristus，英語的 Christ 拼寫來自拉丁語，自然也是繼承了拉丁語的寫法。

　　拉丁字母源自希臘字母，絕大多數拉丁字母都可以和希臘字母建立一一對應的關係。希臘的 A（alpha）、B（beta）、Γ（gamma）、Δ（delta）和拉丁字母 ABCD 的對應關係可謂一目了然，但 X（chi）偏偏是個例外。

Euboean Greek	Model Etruscan	Archaic Etruscan	Late Etruscan	Latin	Phonetic Value
ΑΑ	A	A	A	A	[a]
B	⅃			B	[b]
＜C	𐌂	)	Ɔ	C G	[k]
Ⅾ	ⅆ		D	[d]
ⅎE	Ⅎ	Ⅎ	Ⅎ	E	[e]
Ⅎ	𐌅	𐌅	𐌅	F	[w]
Ⅰ	Ⅰ	Ⅰ	𐌆	(Z)	[z]
ΘΗ	𐌇	𐌇	ΒΘ	H	[h]
⊕⊗⊙	⊗	⊗⊙	⊙⊙		[tʰ]
Ⅰ	Ⅰ	Ⅰ	Ⅰ	I	[i]
K	Ⅹ	Ⅹ		K	[k]
Ⅼ	⅃	⅃	⅃	L	[l]
ᛙΜ	Ⅿ	Ⅿ	𐌌	M	[m]
ᛁΝ	Ⴗ	Ⴗ	𐌍	N	[n]
𐌎	⊞				[s]
O	O	O		O	[o]
Γ	𐌓	↑	↑	P	[p]
Ⅿ	Ⅿ	Ⅿ	Ⅿ		[š]
𐌒	𐌒	𐌒		Q	[q]
Ⅾ	�Ⅎ	ⅆ	ⅆ	R	[r]
Ƨ	Ƨ	Ƨ	Ƨ	S	[s]
Τ	Τ	Τ	↑Ⲅ	T	[t]
ⱴⅤⅯ	Υ	Υ	Ⅴ	V	[u]
Χ	Χ	Χ			[ks]
ΦΦ	Φ	Φ	Φ		[pʰ]
Ψⱴ	Ψ	Ψ	Ψ		[kʰ]
		(𐌚8)	8		[f]

拉丁字母脫胎於希臘字母的西部變體，和後來通行的
東部變體有所差異

著名的拜占庭帝國雙頭鷹軍旗。符號☧出現在雙頭鷹的中心位置

拉丁字母來自伊特魯斯坎字母，後者脫胎於古希臘字母的西部變體，因此和通行的希臘字母東部變體有一定差別。其中一項就是 X 在西部用來表示 ks，而在東部用來表示 kh。在羅馬人和希臘世界建立密切聯繫後，用表示 ks 的 X 來代表希臘語字母 X（chi）顯然並不合適，於是羅馬人就採用 ch 的拼寫予以對應。

因此，雖然拉丁字母 X 在採用拉丁字母表的語言中普遍讀 ex，但是在 X 作為希臘字母出現的時候一般讀作 chi。比較常見的一種 Χριστός 的縮寫是把首兩字母疊加在一起寫為☧，這種符號一般用在羅馬軍團的拉布蘭旗上，不過這個符號卻是按照希臘字母的讀法讀作 Chi Rho。隨著時代的演進，英語進一步簡化 Chi Rho，用 Xmas Xian 代表 Christmas Christian，現在也有人把這種縮寫中的 X 按照一般的拉丁字母讀法來讀，只是這種讀法並不正式。

因此，假如 X 光真的是來自希臘語 "耶穌基督" 的話，那麼它的讀法大概更有可能按照希臘字母的習慣讀為 Chi 光，而不是現在的 Ex 光。

未知的 X

德國物理學家倫琴於 1895 年發現了 X 射線。他是第一個系統研究 X 射線的人，也正是倫琴將這項劃時代的新發現命名為 X 射線。而他用 X 表示這種新發現，其實只是因為 X 被普遍用來表示未知的事物。

在 X 射線剛發現的時代，雖然倫琴觀察到了這些射線造成的影響，但是他尚未弄明白這些射線究竟由什麼構成。作為一個具有良好數學基礎的物理學家，引用數學中未知數 x 的概念用以表示這個新發現的事物也是很順理成章的。

現代數學上用 x 表示未知數的習慣其來有自，可追溯到 17 世紀的歐洲。當時的歐洲用來表示未知數的符號極其混亂，一種常見的方法是用 N 表示未知數，而用 Q 表示未知數的平方，C 表示未知數的立方。但是同時還存在很多其他的表示法，如用 l 表示未知數，而用 q、c、qq、qc 等表示未知數的更高次方。

將 x 確立為表示未知數的標準形式的，是法國數學家笛卡爾。作為解析幾何的奠基人，笛卡爾在《幾何學》(*La Géométrie*) 這部作品中用 a、b、c 表示已知數，用 x、y、z 表示未知數。至於笛卡爾為什麼選擇了字母表中最後三個字母來代表未知數，他並沒有給出明確的解釋，而且他本人的用法也頗為搖擺不定 —— 他曾經用過 A、B、C 表示未知數。甚至在 1640 年，《幾何學》發表三年後，笛卡爾寫給友人的書信當中尚有 $1C-6N=40$ 的算式，用現代寫法寫則為 $x^3-6x=40$。

不過自此之後，用 x 表示未知數的方法漸漸流行起來，並最終成為數學界共同遵循的規範。

未知數在中國

現代中國使用全世界通用的數學符號，但在跟西方接觸之前，中國人自有一套表達數學概念的語言。學過方程的人都知道一元一次方程、二元一次方程、一元二次方程等術語。稍加推想就可知道其中的"元"即為現代數學中的未知數。

中國把未知數叫作元，實際上來自宋元時期的天元術。天元術在中國古代主要用以建立二次以上的高次方程，金代數學家李冶在《測圓海鏡》《益古演段》等著作中都大量使用了天元術。天元術的得名，正是因為未知數被稱作天元。

在天元術中，李冶用中國傳統的算籌方式表示數字。例如《益古演段》第三十六問為：

今有圓田一段，中有直池水佔之，外計地六千步。只云從內池四角斜至四楞各一十七步半。其內池長闊共相和得八十五步。問三事各多少？

答曰外田徑一百步，池長六十步，闊二十五步。

在回答這道題的過程中，李冶把中間直池

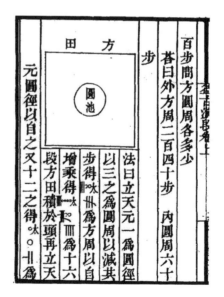

李冶《益古演段》中有關天元術的記載

對角線的長度列為天元，並因此得出圓的直徑為天元加三十五步（一十七步半的兩倍）。而圓形直徑的平方乘以三（李冶所取的圓周率數值）就可得出圓面積的四倍，再用圓面積的四倍減去土地面積（六千步）的四倍即可得到直池面積的四倍。

　　如果用現代代數表示李冶的推導過程，則可以表示為 $3x^2+210x+3675$。又因為直池長闊之和已知，所以可以計算出這個和（八十五步）的平方即為七千二百二十五。而 7725 則可推導為直池面積的四倍加上一段較（池長闊之差）冪（設池長為 y，寬為 z，則 $(y+z)^2=4yz+(y-z)^2$，而 $y+z=85$，$4yz$ 即為直池面積四倍，即 $4yz+(y-z)^2=7225$）。

　　而兩段池的面積（$2yz$）加上一段較冪則可理解為長的平方加闊的平方，即 $2yz+(y-z)^2=y^2+z^2$，由於勾股定理，長的平方加闊的平方即為對角線的冪 x^2，即 $2yz+(y-z)^2=x^2$。用上述四池積加較冪減去下面的二池積加較冪就可以得到二段池積，即 $2yz=7225-x^2$。

　　然後這個二段池積乘以二就可以得四段池積 $4yz=14450-2x^2$，與之前的四池積組合就可得到最終算式 $5x^2+210x-34775$。

　　雖然比起現代代數，這種表示法多有不便，但是在當時已經是頗了不起的成就。後來在元朝的《四元玉鑒》中，朱世傑為解多元高次方程問題，又引入了地元、人元、物元等另外三元的概念。

　　到了清朝，李善蘭和偉烈亞力翻譯了英國數學家德摩根的《代數學》，他們取材古代術語，創用了"多元一次方程"之類的術語。元作為漢語中表示未知數的字的地位愈發鞏固，但西風東漸以後，卻終究抵擋不住 x 的入侵了。

30

衰微中的
常州吟誦：
悼念常州吟誦代表傳承人周有光先生

人瑞周有光老先生於112歲生日次日（2017年1月14日）辭世。他漫長的一生經歷了清朝、民國、中華人民共和國，涉足的領域涵蓋經濟學、政治學、語言學，人生的豐富程度和貢獻世所罕見。

絕大多數人了解周有光老先生主要是因為他是"漢語拼音之父"。的確，漢語拼音對現代中國的重要性毋庸置疑，它終結了晚清到民國漢字拉丁化"萬馬奔騰"的亂象，並從根本上改變了漢語教學的方法。然而，周有光老先生還有另外一個較鮮為人知的身份，即國家非物質文化遺產"常州吟誦"的代表傳承人。

周有光老先生於1906年出生於江蘇常州。明清以來，江南一直以經濟繁榮、文化發達著稱全國。常州雖然始終處於引領全國風尚的近鄰蘇州陰影之下，但也屬文教發達之地。明清常州府城及附郭縣武進和陽湖共出進士515人，狀元5人，在全國處於領先水平。

進士狀元多，背後則是讀書人多。明朝朝鮮人崔溥遭遇海難，流落浙江，獲救後一路沿運河北上歸國。他回朝鮮後對江南讀書人多、識字率高印象深刻。作為朝鮮兩班大夫的一員，崔溥漢文修養相當好，漢語口語則未必靈光，一路與中國人交流主要依靠筆談。在江南地區，崔溥交流順暢，有"且江南人以讀書為業，雖里閈童稚及津夫、水夫皆識文字。臣至其地寫以問之，則凡山川古跡、土地沿革，皆曉解詳告之"的評價。常州府城更是獲得了"府即延陵郡吳季子采邑，湖山之美，亭台之設，自古稱道"的極高讚譽。

對於讀書人而言，誦讀詩文是生活中必不可少的一部分，常州吟誦的產生正仰賴當地興盛的讀書風氣。當代中國人不管是讀現代白話文還是古代詩文，一般採取直接朗讀的方式。但是，這完全不是中國一以貫之的傳統。相反，中國古代的韻文一般均要配樂，以近乎演唱的方式讀出來。

唐朝以前的韻文到底如何演唱已經了無蹤跡，無從了解。我們唯一可以知道的是，唐朝詩人們雅集吟詩作賦時是會將作品按照一定規律唱出來的。

對於詞曲而言，它們作為音樂文學的地位則更加清晰。宋詞和元曲都有所謂詞牌和曲牌，所謂牌就是一套相對固定的樂譜。在有樂譜的前提下，填詞作曲的文人則需要按照樂譜的旋律，選擇聲調適當的字填入譜中，以取得聲樂和諧的演唱效果。

由於年代久遠，現今我們對於殘存的詞曲譜的認識較為有限，復原嘗試的可靠度尚存疑問。但是作為中國音樂文學傳統的繼承者，肇始於明代的崑曲卻為我們了解當年的詞曲音樂提供了難得的機會。

崑曲中，所有的曲牌都以工尺譜的形式標定曲譜。其中不少曲牌和宋詞詞牌、元曲曲牌一致，如《菩薩蠻》《粉蝶兒》等宋詞中常見的詞牌，均在崑曲中有使用。雖然崑曲曲牌的音樂旋律未必和比它更早上幾百年的唐宋時代完全一致，卻是我們這個年代聆聽、了解古人音樂文學最靠譜的方法。

儘管中國音樂文學傳統源遠流長，吟誦的產生也和音樂文學傳統息息相關，但是常州吟誦的出現卻並非用來抒發感情。如果給一個當代的中國人播放傳統常州吟誦的錄音，多半會覺得旋律單調不堪，極其乏味。倘使說崑曲的旋律雖然緩慢，卻富於變化，常州吟誦的調式則較為有限。這和常州吟誦的目的有關係——吟誦是背誦古詩文時，用較為簡單重複的旋律以幫助記憶文字之用，而非用以欣賞音樂。

作為常州府和武進陽湖兩縣全體讀書人普遍掌握的技能，常州吟誦不用來表演，而是輔助記憶的手段。因此，和當今許多新出現的吟誦或詩朗誦流派相比，傳統的常州吟誦相比之下相當樸實無華，也遠談不上動聽。就使用的範圍來說，常州吟誦也遠不僅是用來吟誦韻文，也可以用來吟誦各種散文。如《左傳》的開篇故事《鄭伯克段於鄢》就是當年常州稚童開蒙學習吟誦時最常用的文本之一，一向被當作"小學生讀書腔"。

不過，雖然吟誦不比唱歌，自由度相當高，有些最基本的規矩還是需要遵守的。傳統的常州吟誦旋律和字調大體貼合，基本符合平聲較長，上去入三個仄聲較短的規律。尤其是入聲，在吟誦的旋律中，一定是極短的。就不同文體而言，常州吟誦古詩和古文整個調子較低，節奏較快，拍子簡單，異乎其他地方的吟誦，這應是常州本地發展起來的旋律。而吟誦律詩時，則節拍舒緩，拍子複雜，和其他地方流行的吟誦較為接近，可能確有歷史傳承關係。而在常州內部，各人的吟誦大同小異，差別主要在一些小腔上，算是個人的創新，大的旋律則相對統一。

常州地處長江下游的江南吳語地區，雖然離明清官話的起源地南京不過 150 公里，語音卻大不一樣，明清以來當地方言和通行的官話相差極大。

由於缺乏有效的錄音介質，我們已經無法得知明朝常州吟誦的原貌。然而，根據明朝傳教士利瑪竇等人對明朝語言使用情況的記錄，當時南方各省的讀書人和上流社會在正式場合統統使用

趙元任對常州吟誦的記譜，出自他 1961 年的論文《常州吟詩的樂調 17 例》

官話。以此推斷，使用場景較為莊重的常州吟誦當時也很有可能採用官話。

　　但到了清朝，南方用官話的風氣卻在很大程度上消退。極南的閩粵地區當地人完全不曉官話，以至於雍正皇帝要設立正音書院。就算是離開南京不遠，且和北方官場交往密切的江南地區，官話的普及程度也大大降低。因此，在常州讀書人的圈子裏，常州方言的地位逐漸升高，並且慢慢侵蝕官話的使用領域，就算是極嚴肅的吟誦，也改為以常州方言進行。

　　清朝光緒年間著名的小說《兒女英雄傳》裏有個叫程師爺的角色，正來自常州。這位師爺顯然是飽學之士，說話談吐極盡文縐縐之能事，各種成語典故幾乎是順手拈來。平時說話也能打點京腔。但一拽起文來，家鄉口音就立刻冒了出來，語音佶屈聱牙，書裏以北方人為主的諸多主角時有聽不明白的情況出現。如書中第 37 卷中程師爺就說道：

> 顧（這）叫胙（作）"良弓滋（之）子，必鴨（學）為箕；良雅（冶）滋（之）子，必雅（學）為裘"。顧（這）都四（是）老先桑（生）格（的）頂（庭）訓，雍（兄）弟哦（何）功滋（之）有？傘（斬）快（愧），傘（慚）快（愧）！嫂夫納銀（二字切音合讀，蓋 "人" 字也）。

這些描寫和當下的常州方言近乎一致，書中除了經常和程師爺打交道的安老爺，無人能聽懂。《兒女英雄傳》的作者文康本是滿洲鑲紅旗人，卻能對江南人的語言習慣有如此精到的觀察，可見應是遇到的江南人多數如此，見怪不怪了。

幼年所處時代和《兒女英雄傳》描述時期相差不遠的常州籍大學者趙元任回憶起小時候，隨在北方當官的祖父居住北方的經歷時，也提到趙家人平時言談普遍可用官話，但是凡讀起書來則只能用常州方言了。趙元任小時候家裏請來的河北先生因把入聲字 "毓" 教成了去聲字 "逾"（兩字常州方言不同音），立刻就丟了飯碗。

無論如何，在已有留聲技術的時代，我們能聽到的常州吟誦已是全用常州方言。當然，雖說是用常州方言，但是吟誦畢竟是讀書人唸書之用，根子上仍然受到官話傳統的影響。吳語方言往往有比較明顯的文白異讀現象，即同一個字在口語中讀一個音，書面語中讀另一個較為接近官話的讀音，像 "人" 字常州方言口語音同寧（nin），書面語中音同神（zen）；上面程師爺引用的 "良弓之子，必學為箕；良冶之子，必學為裘" 中的學也採用了同鑰的文讀音（yah），而不用同涸的白讀音（ghoh）。常州吟誦中，就原則而言，所有有文白異讀的字字音悉用文讀音，不用白讀音。

周有光老先生曾經在採訪中說到常州方言不好聽，也不怎麼會說了。老先生如何在不說常州方言的情況下傳承常州吟誦，不得而知。

儘管常州吟誦既不算好聽，也談不上多有傳統，卻是很多常州遊子對家鄉最為深刻的記憶。趙元任自1939

崑曲清唱幾乎完整保存了明朝人的音樂文學傳統，其源頭更可上溯宋元以來的南戲和北曲

年以後長期居住美國，卻發表了多篇關於常州吟誦的論文，並灌錄吟誦唱片。他於1982年病逝美國，據家人記述，去世前老先生始終低吟詩文，縈迴的吟誦聲至死方休。

由於私塾教育的結束，20世紀30年代以後出生的常州人少有能會常州吟誦的，曾經全縣讀書人的基本功已經成為極少數"非遺傳承人"薪火相傳的"文化遺產"，周有光老先生的去世讓本已衰微的常州吟誦更加前途渺茫。然而，作為一種已經失去了時代和環境基礎的文化現象，讓它安靜而有尊嚴地走完剩下的路，或許比被強行"傳承"後以荒腔走板的形式再次粉墨登場要更好一些。

消失在
走廊兩側
的世界

位於安寧河谷的西昌和它旁邊的涼山地區直線距離很近，像西南多數多民族聚集區一樣，這裏的民族分佈也和海拔密切相關：安寧河谷適於耕作的小塊平原地區居民以漢族為主體，而河谷兩旁高聳的山地則是彝族的天下。

西昌郊外是平整的河谷地帶：水色赤紅的安寧河兩旁依偎著密集的果樹，遠郊則是植被不豐的山峰，平整的稻田被斜坡上不規整的玉米、土豆地塊替代，山坡上偶爾露出岩石，時不時有成群的山羊悠閒地啃著草。這是典型的涼山州彝族人聚集區的地貌，海拔明顯較西昌要高，陰濕的空氣略帶涼意。

歷史上，安寧河谷是溝通成都平原與雲南的交通要道。走廊北面的中原王朝，從東漢時代起就先後在今天的西昌一帶設置邛都、越嶲郡、嶲州、建昌，管轄河谷地區；走廊南面的平原、丘陵地區，則是長期獨立於中原王朝的南詔國和大理國統治區。

而彝族人並非一開始就定居在與世隔絕不宜耕作的涼山腹地。涼山彝族多屬自稱"諾蘇"的北部彝族，諾蘇即"黑者"，是古代所謂烏蠻的後代。自南詔大理時期以來，諾蘇從今天雲南東北部的昭通和貴州西部等地進入涼山地區。

他們從安寧河谷上游不斷向下游擴散，並逐漸佔據全部河谷低地的漢族居住區，沿著山頭擴張，很快同化了涼山腹地的原居民，佔領了涼山東部。元明以來，諾蘇再度向涼山西部和南部發展，今天涼山州的民族分佈格局由此形成 —— 漢族居住在安寧河谷中，而彝族則主要在河谷兩側的涼山內部。

這些遷入涼山地區的彝族先祖，是中古稱之為"蠻"的族群。現代彝族、納西族、白族都脫胎於此。

雖然漢語中的蠻往往被認為是漢人對其他民族的侮辱性他稱，但它最早卻可能源於族群自稱。緬甸的緬文拼寫為Mranmar，其中 Mran 和上古漢語的蠻幾乎一樣。

蠻在中古時期一般指屬於漢藏民族下的藏緬系民族。早在東漢永明年間，一支被稱為"白狼人"的族群就曾在漢朝朝堂之上唱出頌歌三首，史稱《白狼歌》。白狼歌的漢字記音是現有史料中藏緬語言最早的記錄，和緬文時代的緬語非常相似。

上古時期，這些人的分佈範圍遠比今天要大得多，遠及大別山北麓。隨著中原王權國家的興起，各支藏緬族群在其擠壓下順著各條河谷南下，整合了今天雲南北部和貴州西部的侗台人群，雲貴高原成為蠻人分佈的中心。

三國時代，諸葛亮征討南蠻，傳說中曾七擒孟獲。當時人稱雲南為南中，有數個本地大家族，孟氏正是其中之一。南中大姓氏族具有相當的漢文化水準，雲南出土的孟孝琚碑、爨寶子碑、爨龍顏碑均為明證。爨氏更是自稱班固後代，然而他們對祖先歷史的記述往往有不合情理之處，實際上更可能是蠻人土著首領。

到了唐代，中原人把蠻人分成烏蠻、白蠻兩支。這可能反映出彝支和羌支民族正在分化。當時烏蠻白蠻分佈相當駁雜，曲靖一帶為東爨烏蠻，滇池一帶為西爨白蠻，洱海附近則烏蠻白蠻皆有。今天北部彝族、怒族、納西族、摩梭人普遍自稱黑者 / 黑人，而白族、普米族、爾蘇人則自稱白者 / 白人，一定程度上反映了烏白之別。

開元天寶年間，發源於今大理巍山一帶的蒙舍詔在唐朝支持下一統六詔，建立了以烏蠻為統治層的漢化政權。唐朝《蠻書》對諸蠻的評價是："言語音，白蠻最正，蒙舍蠻次之，諸部落不如也。"

南詔國期間，大量白蠻被遷徙到洱海地區居住，雖然烏蠻、白蠻都有自己的語言，南詔官方書面語仍用漢文，這一傳統被延續到了白蠻主導的大理國時期。南詔於唐朝吐蕃的夾縫中生存壯大，領土擴張到今天四川的涼山地區，甚至一度攻佔了成都。

取南詔代之的大理國核心區域仍然位於洱海附近。大理國時期洱海周邊居民的漢化程度繼續加深，遷入洱海附近的漢人和蠻人逐漸融合，他們的後裔在明代將開始成為所謂"民家人"，即現代白族的前身。

與此同時，滇東黔西則仍然以烏蠻為主，大理段氏與烏蠻各部在滇東會盟，留下了《段氏與三十七部會盟碑》。這些烏蠻有一部分陸續進入受南詔大理控制的涼山，成為今天涼山彝族的祖先。

唐代史料中的磨些蠻則是納西人和摩梭人的前身（磨些即為摩梭）。磨些蠻帶有彝羌混合的特徵。大理國時期，納西先民已經居住在今天的麗江一帶。

元明兩代中原王朝征服雲南後，大批漢民進入雲南，漢人由此成為雲南地區的主體民族。這些漢人不少以衛所戍守將士身份入滇，在大理一帶被稱作軍家，與當地人的民家相對。

雖然中原王朝勢力深入西南各處，但被包圍的涼山腹地卻因為山高路遠，始終維持了較高的獨立性。

涼山彝族分五個種姓，最高的是茲莫（土司），然後是黑彝，第三是白彝，再然後就是奴隸，也叫娃子。娃子又分兩種：一種是安家娃子，可以結婚，生下來的孩子也是娃子；另一種是鍋莊娃子，不能結婚。至今種姓之間通婚仍要面對強大的社會壓力。

涼山州的彝族人與山外世界阻隔甚深，今天通曉漢文且能融入漢族社會的，往往出自地位較高的家族。歷史上的彝族不光有自己的民族語言，也有彝文作為民族文字。彝文造字原理略類似於漢字，可能和早期漢文有一定關係，但有人由此認為彝文和西安半坡遺址出土圖畫符號有關，這就純屬無稽之談了。

作為緬彝系統的民族，涼山彝族最盛大的節日之一是火把節。火把節其實只是當地漢語的俗稱，這個從烏蠻時代乃至更早傳承至今的節日，曾有個美麗的漢名"星回節"。南詔國君臣熱愛在星回節對詩，南詔驃信的《星回節遊避風台與清平官賦》與清平官趙叔達的《星回節避風台驃信命賦》甚至被收入《全唐詩》：

> 避風善闡台，極目見藤越。
> 悲哉古與今，依然煙與月。
> 自我居震旦，翊衛類夔契。
> 伊昔頸皇運，艱難仰忠烈。
> 不覺歲雲暮，感極星回節。
> 元昶同一心，子孫堪貽厥。
> 法駕避星回，波羅毗勇猜。
> 河潤冰難合，地暖梅先開。
> 下令俚柔洽，獻睬弄棟來。
> 願將不才質，千載侍遊台。

趙叔達巧妙地將南詔語的"波羅毗勇猜"融入一首唐詩之中，烏蠻先民和早期漢人的交融程度由此可見一斑。不過在遷入涼山地區後，涼山彝族和漢文化長期處於基本隔絕的狀態，加之融合了遷入前涼山地區原本的居民和文化，涼山彝族最終發展出了獨特的文化體系。

歷史上涼山地區的中心在昭覺縣城。昭覺曾為沙馬土司衙門所在地，彝族人口佔絕對優勢，1979 年以前，昭覺縣城是涼山州州府，它是山上下來的彝族人進入現代都市緩衝適應期的跳板和基地。1979 年為強化城市的輻射帶動作用，涼山州與西昌合併，州府遷至西昌。

昭覺喪失其州府治所地位後，已經城市化的彝族精英隨之被抽到了西昌，又被漢人的汪洋大海稀釋，被抽乾的昭覺喪失了對山上年輕人的吸引力，於是他們直接奔向在彝語中被稱作"俄卓"的西昌。但漢語水平低且不適應過度城市化的彝族青年經由這座籠罩著神秘光環的大都市融入漢地的難度可想而知。

同樣是緬彝民族佔據主導地位，麗江壩則是另外一番景象。西南地區把平地稱作壩子，滇西的大理、麗江兩座古城也都位於平壩。比起安寧河谷，麗江壩要明顯狹窄一些，兩側聳峙的高山也比安寧河谷恢宏得多。麗江壩海拔更高達 2400 米以上，因為氣候所限，主要農作物是玉米。

麗江壩的主要居民是納西人。納西人的村落散落在麗江壩各處，人口僅三十餘萬，較低的人口密度使得整個壩子看上去相當空曠，甚至還有大量土地拋荒。麗江地界的傳統民居，明顯更像是漢地民居 —— 納西民居受明代漢地風格影響極深。

作為一個彝羌混合的民族，納西人的祖先可追溯到古代活躍於青海一帶的羌人。但是納西這個名字和諾蘇一樣，同樣是黑者的意思。木氏土司統治麗江前，納西人並沒有在歷史上留下太多筆墨。但納西人的命運在明朝被木氏土司永遠地改變了。

元末明初，麗江的納西頭人一統滇西北，並向明朝稱臣。朱元璋高興之餘，將朱姓去掉兩筆，賜麗江土司木姓。木氏家族由此開始了對麗江數百年的統治，直到雍正年間改土歸流為止。

麗江壩為古代交通要道，木氏土司因此巨富，所以才有了明末木府土司木增的種種壯舉——先後捐銀數萬支持抗清、千金重修鶴慶文廟、刻寫藏傳佛教經書《甘珠爾》、捐銀萬餘建造雞足山悉檀寺、購置千多畝田地予雞足山使用、請徐霞客編寫《雞足山志》等等。

木王府為今天麗江古城旅遊者的必去之地，而徐霞客當年旅行到此，雖被木氏引為座上賓，卻被拒絕參觀木府。這是因為當年修建木府時嚴重逾制，徐霞客只得在遠處眺望，感慨"宮室之麗，擬於王者"。

木氏土司非常熱衷文化事業，尤其以木增為代表的六位被合稱"木氏六公"的土司，均善於吟詩作賦，詩文水平相當高。一些人甚至把漢人"製造"家譜的習慣也學了過去：《木氏宦譜》中聲稱木氏土司祖上有蒙古來源。

明朝開始，大批漢人進入麗江地區，成為衛戍士兵和匠人。納西人雖保有其獨特的東巴文化，但漢人對納西文化的影響在在皆是。而納西人對漢族移民同樣影響甚深：麗江本地漢語是中國唯一完全喪失了鼻音尾的漢語方言，和帶有納西口音的漢語極為相似。由於麗江的納西人普遍精通漢語，光聽口音很難分辨一個麗江人是納西人還是漢人。

生活在平壩地區的納西族和白族，很早就由半耕半牧轉向農業生產，尤其海拔較低的白族地區，農業作物和漢地農村並無二致，因而經濟水平更高；而生活在高山上的涼山彝族，牧業在經濟中始終佔據一定比重。

與進入西昌的涼山彝族需要艱難適應城市生活不同，麗江地區的納西人是幸運的——麗江城附近有大量的納西族城鎮人口，他們進城務工的便利程度並不輸給內地進城打工的漢族農民。

而涼山州的彝族社會在進入今天的所謂“現代性危機”之前，更嚴重的問題是幾百年來從未走出的內捲化困境。涼山腹地自然條件極其惡劣，海拔高，氣候寒冷，土壤肥力低。農業種植傳統上採取輪耕制，即每隔數年更換新地，靜待原來的土地休耕恢復肥力，因此不少居民年均收入不足千元。

內捲化的夢魘自明朝以來幾乎席捲整個中國，山脈重疊、自然條件惡劣的西南高山地區內捲化的程度更加可怕。惡劣的交通狀況甚至讓涼山的彝族土司們難以控制大片土地，清朝有所謂“四大土司，一百土目”的說法，實際上四大土司直轄領地佔涼山面積並不多，涼山腹地被分割為一個個獨立的黑彝貴族控制下的莊園。

與漢地一樣，明清時期涼山彝族人口實現了大規模增長。從美洲引進的玉米和土豆適合在高山坡地生長，產量比傳統作物蕎麥要高得多。但涼山土地貧瘠，要養活眾多人口，只能不斷分散，在更多的山坡上種玉米、土豆，這使得涼山州腹地的彝族聚落規模逐漸縮小。社會的碎片化，使得工匠無處施展才能，全社會儲備的各種技術水平反而不斷退化。

今天涼山彝族人口二百多萬，周邊被西昌、樂山、昭通、攀枝花所環繞。中國再也沒有哪處地方四面都是漢地，卻居住著數量如此巨大的文化迥異於主流漢文化的人群了。

當交通設施的進步和禁止人口流動的計劃體制終結，人口嚴重過剩、困居數百年的涼山彝族人終於可以走下深山時，除了他們無法有效融入山下的現代都市外，先於此發生的深刻社會結構改變無疑更加重了他們的悲劇性。

傳統涼山社會的貴族統治制度在 1949 年後迅速瓦解，涼山彝族轉變為幾近全民自耕農的社會結構，雖然彝族社會接近漢地宗族社會的"家支"依然存在，但原本制約行為規範的長老管理習慣法早已消亡。那些下山闖世界的年輕人，很容易走向以不法活動謀生的道路。

原本，居住在平壩的納西人和白族人，因為本地經濟發展落後於內地，必然要有一番過剩農業人口向內地經濟更發達地區大規模轉移的過程，但諸種巧合無意中促使了他們不必走內地漢族民工的遷徙之路。

以麗江為例，小小的麗江一年之所以能吸引三千餘萬遊客（2015年數據），主要還不是因為異族風情，而是因為麗江古城這種完整成片的、內地極為罕見的明清古建築群落。當地民風仍然保守，亦不似內地——它恰好與今天現代都市青年追求安逸舒適體驗式旅遊的需求高度吻合。

經濟和文化發展水平略領先於麗江的大理，古城的完整性不如麗江，但他們有更高的漢化水平——按麗江納西人的說法，"他們太精明了"。雖然大理有更深厚的歷史，城市規模更是大得多，但旅遊吸引力卻一度略遜於麗江。

或許是麗江、大理巨大旅遊成就的刺激，涼山州在拓展旅遊業上，無論政府還是民間，顯然都有較高的熱情——麗江城當地百姓雖受旅遊之惠甚多，但巨量的遊客和都市新移民的鵲巢鳩佔，會使他們偶爾產生不堪其擾之意。

他們的誠意確實收效甚顯，涼山州吸引的旅遊者人數如今已與麗江相當，但旅遊業收入則不足其一半——人們在體驗式旅遊時，往往會花費更多時間耗費更多金錢，不幸的是涼山州最吸引遊客的地方主要在西昌周邊和人跡罕至的景區。

肆

怎麼從生辰八字
算出不同的命

李王張劉陳
為什麼稱霸
中國姓氏

姓名與稱謂

怎樣避免起一個
爛大街的名字

為什麼
uncle 和 cousin
就可以把七大姑八大姨
通通代表了

如何起個
與時俱進的
英文名

中國姓氏勢力
分佈地圖

32

為什麼 uncle 和 cousin 就可以把 七大姑八大姨 通通代表了

中國孩子在學說話時，要正確掌握七大姑八大姨之類親屬的不同稱謂，恐怕是個極難過的檻兒。中國親屬稱呼之複雜舉世罕見，僅與父親同輩的男性有伯父、叔父、姑父、舅父、姨父五種稱謂。雖然各地親屬稱呼有所不同，但任何一個漢族社會都不會像英語世界那樣把與父親同輩的男性親屬用一個 uncle 就打發了。更能體現漢語稱呼複雜的還是同輩人，英語中用 cousin 大而化之的概念在漢語中則必須根據具體的親屬關係選用堂兄、堂弟、堂姐、堂妹、表兄、表弟、表姐、表妹這八個中的一個指代。

對親屬的稱謂一般被劃分為類分法和敘稱法兩種類型。

類分法是將同等、同類的親屬用同一種名稱表示，不管該親屬與自己的具體關係。英語中的 cousin 就是典型，只要是自己的同輩，不管是伯父、叔父還是舅舅、姨媽家的孩子，都是 cousin。敘稱法則正好相反，一個敘稱法的稱謂明確表示了該親屬與自身的關係，如漢語中的堂弟一定是父親兄弟的兒子，而且比自己年紀小。

顯然，一個社會類分法使用得越多，其親屬稱謂系統就越簡單，而敘稱法用得越多，則其親屬稱謂系統就越複雜。

世界上每種文化都有其獨特的親屬稱謂系統。19 世紀，人類學家摩根就將全世界的親屬稱呼分為六個大類，分別以對應的五個印第安部落和南蘇丹土著命名。今天，世界上絕大部分社會的親屬稱呼都可歸結為當中一類。

在摩根的分類系統中，最簡單的親屬稱謂系統為夏威夷系統，該系統差不多把類分法用到了極致，只區分性別和輩分：如家族中跟母親同輩的女性都叫 makuahine，跟父親同輩的男性都叫 makuakane，和自己同輩的女性則都是 kaikuahine，男性則是 kaikua'ana。

最複雜的親屬稱謂系統則為蘇丹系統，蘇丹系統中大量採取敘稱法，一個親屬稱謂對應的親屬關係非常少。該系統的特點是對直系和旁系的親屬都採用敘稱。

中國的親屬稱謂即屬於蘇丹系統。

處於蘇丹系統和夏威夷系統之間的其他四種系統，並不太容易對其系統的簡單或複雜程度做出精確排序。英語中的親屬系統為愛斯基摩系統，主要特點是對直系親屬採用敘稱，但對旁系的親屬如姑舅堂表兄弟之類大而化之，並不多加區別。

為什麼不同的社會的親屬稱謂差別會如此之大？早期有觀點認為，親屬系統的演變往往和社會的演進程度相關：如果使用夏威夷系統，則說明這種社會相當原始，並且推論人與人之間完全沒有性方面的禁忌，兩個男女之間可以隨意發生性關係，因此不需要複雜的親屬系統以規避亂倫風險。隨著時間演進，社會倫理逐漸建立，對區分親疏的要求越來越高，因此稱謂發展得越來越細。

這個解釋雖然貌似有力，實則簡單粗暴且不符合事實 —— 夏威夷人雖然親屬稱呼極其簡單，但卻並非亂倫狂人，而且有證據顯示，夏威夷社會的親屬稱謂系統曾經更加複雜，是後來逐漸簡化成今天這樣的。

親屬稱謂系統由複雜演化為簡單的，其實並不只是夏威夷。譬如現今採用愛斯基摩系統的英語社會，歷史上其稱謂系統就曾經是更加複雜的蘇丹系統。

英國人的祖先是來自今天德國北部的盎格魯—撒克遜人，盎格魯—撒克遜人的親屬稱呼相比他們的現代後代要複雜得多。現有資料顯示，盎格魯—撒克遜人稱呼姨母為 Modrige，姑母為 Fathu，舅父為 Eam，叔父／伯父為 Faedera，顯然比現代英語 "uncle" "aunt" 兩個詞包打天下要複雜。而現在叫 cousin 的，在當時則要根據具體關係，有 Faederan sunu（叔伯之子）和 Modrigan sunu（姨之子）等區別。

現代英語這種相對簡單的愛斯基摩稱謂系統，是由入侵的諾曼人從法國帶來的。當時法國的親屬稱謂已經相當簡單，不過，法國簡單的親屬系統也並非其原生態，同樣經歷過一個不斷簡化的演進過程。

法語源自古羅馬時期的拉丁語。拉丁語中親屬稱謂相當複雜，舅父為 avunculus，姨母為 matertera，叔父／伯父為 patruus，姑母為 amita。同樣，拉丁語對表兄弟姐妹的稱呼也相當詳細，某些方面複雜程度超過漢語。

譬如漢語中的表兄弟和堂兄弟，在拉丁語中還有更精細的劃分：舅父的兒子叫 consobrinus，姨母的兒子叫 matruelis，叔父的兒子叫 patruelis，姑母的兒子叫 amitinus。在直系親屬上，拉丁語也相當複雜精確，如拉丁語中祖父為 avus，曾祖父為 abavus，高祖父為 atavus，均可區分。

與英語社會和法語社會的稱謂演進方式不同，中國整體上走的是一條逐漸複雜化的路徑。如上古時期父親和父親的兄弟，子和姪的區別並不明顯，《漢書·疏廣傳》就有 "廣徙為太傅，廣兄子受……為少傅。……父子並為師傅，朝廷以為榮" 的複雜稱法，以今天中國的親屬稱謂體系來看，這兩位當然是叔姪關係而非父子關係。《禮記‧檀弓上》更有"兄弟之子猶子也……不為之別立名號"的記載。

姪，本來是女子對兄弟子女的稱呼，男子稱呼自己兄弟子女為姪的風氣要到晉朝才開始流行。伯父叔父和父親並不太區分的習俗，更是至今仍然在中國部分地區存在，如西安地區對伯父、父親和叔父都可以用"大""爸"稱呼，"大大"既可以是叔伯也可以是父親。

同樣，上古時期同輩親屬中，對兄弟和姊妹的區別也不明晰，常見到以兄弟代替姊妹的用法，對弟弟和妹妹的分別也比較模糊，《史記》中"女弟"的用例非常多見。此外，當時"妹"限於男子稱呼自己的妹妹，女子稱呼自己妹妹則使用顯然和弟同源的"娣"。

而母系親屬則更為簡單，上古時期母系各親屬中只有舅的稱呼比較獨立，而且和叔父伯父等父系稱呼不同，舅當時不稱舅父。母親的姐妹則幾近沒有專門的稱呼，硬要區分，只有從母這樣的說法。而姨當時則是指妻子的姐妹，隨後轉為母親的姐妹，則是子隨父稱。

親屬稱謂既可以朝簡單化，也可以朝複雜化演變，這些演變難道是完全隨機，無方向可循嗎？

親屬稱謂的演變雖然有著一定的隨機性，但其實和社會結構息息相關，越精密複雜的親屬稱謂系統一般情況下會對應著更加複雜、階層更加分明的社會結構。作為親屬稱謂體系最複雜的一類，蘇丹系統的親屬稱謂和大家族以及階層分明的社會結構緊密相連。除中國外，波斯和土耳其的親屬稱謂也是蘇丹系統。反之，當複雜的社會結構解體時，紛繁的親屬稱謂體系就變成了記憶上的額外負擔，會遭人拋棄。

如法語的 cousin 詞根來自 consobrinus，本來在羅馬社會中僅指舅舅家的兒子。但羅馬帝國後期經歷了蠻族入侵後，複雜的社會結構被破壞，親屬稱呼隨之被劇烈簡化。在新的社會結構中，弄清一個大家族中人與人之間的關係變得相當不重要。除了屬於核心家庭的幾個近親之外，其他親屬只需要知道和自己有一點血緣關係即可，所以這個詞就囫圇用來指代各種各樣的堂、表兄弟了。英語的稱謂簡化也同樣發生在諾曼入侵打亂了舊有社會秩序的時代。

但中世紀以後英國貴族階層逐漸確立，血統的劃分在貴族中變得非常重要，於是英語中的 cousin 也發展出了各種各樣讓關係更明確的說法。如表兄弟的子女互相之間是 second cousin，而表兄弟與表兄弟的子女之間的關係則為 first cousin once removed（removed 用作親屬關係限定最早的記錄在 1548 年）。

這些變動終於讓英國的新貴家族有了追根溯源的儀式感，不過由於絕大部分人對這些區分並不在意，所以在一般口語中並不常用。

中國現代的親屬稱謂系統定型於魏晉南北朝時期，當時戰亂頻仍，單憑小家庭很難在此環境中自保，家族的重要性空前提高。隋唐時期著名的崔、盧、鄭、王等家族，就是在這一時期崛起的。

這些以父系血緣為核心的家族在歷史舞台上的崛起，為中國稱謂系統的不平衡演進提供了助力——中國複雜的親屬稱謂的一大特點，就是父系母系親屬稱謂的複雜程度並不平衡：父親的哥哥和弟弟能夠區分，但母親的兄弟則被歸為一類。在堂親、表親方面的差別也相當明顯，只有父親兄弟的子女算作堂親，而父親的姐妹和母親的兄弟姐妹的子女統統算作表親——這種父系比母系複雜的情況正是父權社會的特徵。

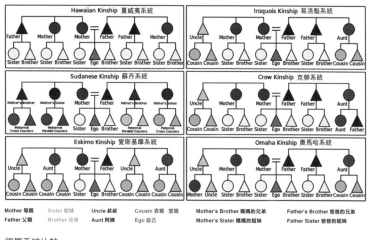

| Mother 母親 | Sister 姐妹 | Uncle 叔叔 | Cousin 表親 堂親 | Mother's Brother 媽媽的兄弟 | Father's Brother 爸爸的兄弟 |
| Father 父親 | Brother 兄弟 | Aunt 阿姨 | Ego 自己 | Mother's Sister 媽媽的姐妹 | Father Sister 爸爸的姐妹 |

親屬系統比較

　　碰巧的是，中國的另一項傳統也使得稱謂系統進一步複雜化。中國人一般會避免對親屬直呼其名，認為這是一種不禮貌的表現，交談過程中如果涉及某個特定親屬，則往往得依靠其他方式精確定位。因此中國的親屬稱謂不但要分叔父、伯父、姑父、舅父，而且往往還要在前面加上大、二、三、小等表示排行的字，以便在不提及姓名的情況下能準確指稱某一個特定親屬。有了排行的助陣，中國親屬稱謂系統的規模在大家族中呈指數級上升，比一般的蘇丹系統更勝一籌。

　　計劃生育帶來的家庭規模縮減、工業化城市化引發的個體原子化，對中國親屬稱謂系統的延續構成重大挑戰 —— 中國社會結構已嚴重偏離典型蘇丹式稱謂系統的特徵。譬如，由於親戚在日常人際關係中地位不斷降低等緣故，很多中國人已經不知道怎麼正確稱呼自己的七大姑八大姨，不過，這並不重要，因為下一代中國人很可能就沒有七大姑八大姨之類的各種親戚了。

<table>
<tr><td rowspan="8">血親關係</td><td rowspan="2">1</td><td>漢</td><td>丈夫</td><td>妻子</td><td>父親</td><td>母親</td><td>兒子</td><td>女兒</td><td>哥哥</td><td>弟弟</td><td>姐姐</td><td>妹妹</td></tr>
<tr><td>英</td><td>husband</td><td>wife</td><td>father</td><td>mother</td><td>son</td><td>daughter</td><td colspan="2">brother</td><td colspan="2">sister</td></tr>
<tr><td rowspan="2">2</td><td>漢</td><td>祖父</td><td>外祖父</td><td>祖母</td><td>外祖母</td><td>孫子</td><td>外孫</td><td colspan="2">孫女</td><td colspan="2">外孫女</td></tr>
<tr><td>英</td><td colspan="2">grandfather</td><td colspan="2">grandmother</td><td colspan="2">grandson</td><td colspan="4">granddaughter</td></tr>
<tr><td rowspan="4">3</td><td>漢</td><td>伯父</td><td>叔父</td><td>舅舅</td><td>姑父</td><td colspan="2">姨父</td><td colspan="2">姪子</td><td colspan="2">外甥</td></tr>
<tr><td>英</td><td colspan="6">uncle</td><td colspan="4">nephew</td></tr>
<tr><td>漢</td><td>伯母</td><td>嬸母</td><td>舅母</td><td>姑母</td><td colspan="2">姨母</td><td colspan="2">姪女</td><td colspan="2">外甥女</td></tr>
<tr><td>英</td><td colspan="6">aunt</td><td colspan="4">niece</td></tr>
<tr><td></td><td rowspan="2">4</td><td>漢</td><td>堂兄</td><td>堂弟</td><td>表哥</td><td>表弟</td><td>堂姐</td><td>堂妹</td><td colspan="2">表姐</td><td colspan="2">表妹</td></tr>
<tr><td></td><td>英</td><td colspan="10">cousin</td></tr>
<tr><td rowspan="6">姻親關係</td><td rowspan="2">1</td><td>漢</td><td>公公</td><td>岳父</td><td>婆婆</td><td>岳母</td><td colspan="2">女婿</td><td colspan="4">兒媳</td></tr>
<tr><td>英</td><td colspan="2">father-in-law</td><td colspan="2">mother-in-law</td><td colspan="2">son-in-law</td><td colspan="4">daughter-in-law</td></tr>
<tr><td rowspan="2">2</td><td>漢</td><td>大伯</td><td>小叔</td><td>內兄</td><td>內弟</td><td colspan="2">姐夫</td><td colspan="4">妹夫</td></tr>
<tr><td>英</td><td colspan="10">brother-in-law</td></tr>
<tr><td rowspan="2">3</td><td>漢</td><td>大姑</td><td>小姑</td><td>大姨</td><td>小姨</td><td colspan="2">嫂子</td><td colspan="4">弟媳婦</td></tr>
<tr><td>英</td><td colspan="10">sister-in-law</td></tr>
</table>

33

中國姓氏
勢力分佈地圖

中國人的姓裏往往蘊藏著豐富的信息，有時能從中猜出他的籍貫。比如見到一個姓林的中國人，很多人會猜測他是福建人；黃姓者很可能是廣東 / 廣西人。這樣的猜測有著統計數據支撐 —— 中國林姓人口中 57% 分佈於福建、廣東、台灣三省。這三省中又以福建的林姓佔比最高。

福建有句俗話："陳林半天下，黃鄭排滿街" —— 都 "排滿街" 了，可見這些姓有多麼常見。福建省會福州，林姓為福州第一大姓，戶籍人口中共有 970138 人姓林，佔總人口的 16.08%，而陳姓也不甘落後，以 15.78% 排名第二。兩姓相加即已佔到福州近三分之一人口，如果加上黃鄭以及第五大姓王，可佔總人口的 46.06%。

中國的不同地區佔優勢的姓氏也不同，總體而言，以中原地區較為多樣，相對統一，各邊緣省區，則各有優勢明顯的特色大姓。回到福建的例子，"陳林黃鄭" 中，只有陳、黃屬全國性的大姓。但陳姓全國排名也不過第 5 位，約佔總人口 5% 不到，黃姓位列全國第 8 位，林姓則不過是第 16 大姓，鄭姓更是排位在 20 名以後。

中國姓氏地圖

和福建一樣，不少地區的優勢大姓，在全國範圍內並不佔優，尤其是南方地區。而全國範圍內最主要的姓氏，也存在地區分佈的不平衡。

以王、黃為例，眾所周知，王姓是全國數一數二的大姓，北方範圍內，王姓毫無爭議佔優，它是華北和東北 16 個省區的第一大姓。在東北的吉林（11.0％）和遼寧（10.7％），王姓更是能佔到十分之一以上的人口。王姓在北方的巨大優勢，保證了它在全國統計中的地位。到了南方，王姓的勢力明顯衰落。與之相比，在華北和東北明顯落後的黃姓開始佔優。

黃姓貴為廣西第一大姓，佔人口總數的 7.62%，在廣東也有 6.94%，是廣東第二大姓。在這些地方，黃姓的勢力均遠遠超過王姓。廣東人口基數龐大，廣東黃姓人口佔全國的 21.65%。粵桂閩湘川贛六省區的黃姓佔全國的 60.75%，這些南方省份共同發力，將黃姓擠入全國十大姓。

為什麼姓氏的分佈有如此明顯的區域差別？這些當地大姓是如何在各地嶄露頭角，攻城略地的？

這當然和姓氏的起源地區不同相關。每個姓氏都有祖先的傳說，至今，姓氏總數尚無精確統計，其數量有說是 4000 多的，也有說是 5730 的，甚至有認為超過 10000 個的。一個個考證其起源發展的傳說、歷史難以操作，也並不能解釋總體現象。

中國姓氏中的絕大多數為罕見姓氏，大姓數量非常有限且高度集中。它們能獲得優勢地位，其實和人口遷徙過程、社會地位等等因素的關聯最為密切。

何為奠基者效應

除了入贅、改姓等特殊情況外，中國姓總體而言由父系傳承，因此，姓氏的傳遞也遵循基因傳遞的一些規律。

由於概率關係，在不受干擾的情況下，一個地區的姓氏在代際傳遞時會逐漸減少 —— 在婦女生育兩個孩子的情況下，最終會有大約五分之一的姓氏逃過絕嗣的命運而保留下來，因為其他姓氏的衰亡，剩下的姓氏就自然成為當地大姓。傳統中國社會跨地區人員流動較小，不同地區最終發展壯大的姓氏略有不同，由此形成了初步的姓氏勢力地圖。

然而，現實畢竟不能簡化為純粹的概率事件，不少其他因素也左右了一個地區姓氏競爭的狀況，如"奠基者效應"。這是基因傳遞的一條重要規律，即當一個種群中的部分個體由於種種原因和原來的種群隔離形成新種群時，其內部的基因多樣性往往會降低。

舉例來說，假如原始種群內有五個不相關個體甲乙丙丁戊的話，其中的兩位丙和丁離開原有種群，到新的地方發展新種群，則這個新種群中就只有丙丁的基因，而缺乏另外三個個體的，其多樣性自然會降低。反映到姓氏上，就往往會出現少數幾種姓氏獨大的現象。

最經典的奠基者效應莫過於法國殖民魁北克。在 1608–1760 年長達 150 多年的殖民史中，只有 8500 名左右法國殖民者遷居魁北克並結婚生育。1760 年，英國佔領魁北克，法國移民幾乎停止，但是由於魁北克居民的高生育率，魁北克的法裔人口迅速膨脹，現今魁北克 800 萬居民有 600 萬母語是法語，其中絕大多數是法裔。

所以魁北克的姓氏分佈和法國大相徑庭，且相當集中。其第一大姓 Tremblay 在法國本是排行 1000 名以後的小姓，在魁北克能佔 1% 以上人口，第二大姓 Gagnon 和第三大姓 Roy 分別也佔人口 0.79% 和 0.75%。相比而言，法國本土最大的姓 Martin 佔總人口比例連 0.5% 都不到，第二大姓 Bernard 和第三大姓 Dubois 則連人口 0.2% 都沒有。

中國沒有像魁北克這樣和本土隔離了數百年的殖民地，但福建林姓的發展壯大，一定程度上也是奠基者效應的體現。

福建的林氏自稱源自中原，他們一般認為自己源出春秋時期周平王姬宜臼的小兒子姬開。西晉末年，中原漢人大舉南下，是為"衣冠南渡"。林姓跟隨眾多中原移民進入福建，當時入閩的主要姓氏有林、陳、黃、鄭、詹、丘、何、胡，史稱"八姓入閩"。

八姓入閩的真實性尚存疑問，但無論如何，八姓在福建產生了明顯的奠基者效應，八姓中前四姓林、陳、黃、鄭，在福建這塊相對封閉的環境中取得優勢，導致福州地區的姓氏驚人地集中。

不過奠基者效應不能套用於中國其他地區。如黑龍江省十大姓，王、張、李、劉、趙、孫、楊、陳、于、徐與其主要移民山東省十大姓王、張、李、劉、孫、趙、楊、陳、徐、馬相比，基本重合，排序也幾乎一致。

為什麼會出現這樣截然相反的情況呢？

一方面，山東向黑龍江的移民時間短，分化還不明顯，另一方面，"闖關東"的人數非常多——僅在 1927-1929 年，官方統計山東流入東北的移民就分別有 716621、603870、567809——如此巨量的移民，奠基者效應比起福建自是弱得多了。只是山東的部分地方性罕見姓氏，如亶、昃等可能在黑龍江比較少見，甚或消失。

江浙地區則是另外一種情況。和福建一樣，江浙自古就是接收北方移民的重要地區。不同的是，江浙距離中原距離更近，交通更加便利，經濟也更為發達，因此來自各地的移民持續不斷進入，移民時間、地域跨度更大，這導致江浙 —— 尤其是江浙北部 —— 奠基者效應遠遠沒有福建明顯。

杭州排行前五的大姓分別是王、陳、張、徐、李，基本都是全國大姓。杭州的姓氏集中度也相當低，第一大姓王不過佔人口的 4.8%，其他大姓如陳姓 4.5%、張姓 3.2%、徐姓 2.9%、李姓 2.6%，五大姓相加還不到五分之一，與福州五個大姓佔去一半的情況截然不同。

攀附地方豪族自動改姓

姓氏依附於家族存在，佔據巨大優勢的姓，往往有極為有利的因素使得該姓家族人丁興旺。曲阜的孔氏就是一例。

孔氏在全國乃至全山東，都不算大姓，但在曲阜，孔子直系後代衍聖公家族備受優待，有更多的財力精力投身於繁殖後代。天長日久，曲阜的孔氏對當地其他姓氏造成了巨大的競爭壓力，導致孔姓成為曲阜的第一大姓。

更有趣的是"改姓"。中國的老話說"行不更名，坐不改姓"，但是在強大的現實利益下，改為當地豪族之姓的情況也不罕見。

仍以曲阜孔氏為例，進入曲阜孔府的僕役無論原本姓什麼，一般都跟著改姓孔。現存曲阜孔氏的族譜中，最晚共祖是中古時代的，但根據《曲阜地區孔姓人群 17 個 Y-STR 基因遺傳多態性分析》的研究，曲阜孔氏 Y 染單倍群 C3（46.06%）和 Q1a1（27.01%）均高頻出現 —— 這意味著曲阜現今的孔氏中，相當部分為攀附孔子從而獲得朝廷優待的後裔。

外家改姓，是中國的常見現象。不少全國大姓都通過這種方式吸納了新的成員，壯大勢力，尤其是其他民族漢化起漢名時。

最近的例子是滿族、蒙古族民眾轉用漢姓張、郭等，壯大了這兩姓在北方地區的勢力。

歷史上，這樣的例子比比皆是，唐朝安史之亂後大批來自康國（今撒馬爾罕）的粟特人謊稱自己是會稽康氏，導致了會稽康氏大部分出現在北方的滑稽局面；貴為李唐國姓的李姓，則吸納了大量千奇百怪的成員，從安國（今布哈拉）的粟特人，于闐的塞種，漠北的突厥人、西夏党項人到西南諸多民族，都在唐朝及其後大量採用李姓，乃至冒稱是李唐皇室的親戚。

然而，影響最深遠的恐怕還是北方穆斯林普遍使用馬姓。伊斯蘭文化本不用姓，遷居中國的回族人往往以名取音近的姓。穆斯林最常見的名字穆罕默德（Mohammad）中的 ma，最容易讓人聯想到漢族已有的馬姓，因此特別受回族歡迎。在大批用了馬姓的回族的＂支撐＂下，馬姓在北方的勢力不可小覷，其在青海、甘肅以及寧夏分別佔人口 2.62%、2.57% 和 2.09%，在京津冀疆陝晉豫蒙魯佔全省人口的比例也都超過 1.5％。回族在馬姓中佔比之高以致北方姓馬人士往往會被當成回民。

到了今天，人口流動的速度、規模都遠遠超過從前，地方家族的影響力逐步降低，這些造成姓氏地方割據的因素影響在減弱。在可預見的將來，地方著姓的優勢會越來越低，而全國姓的大姓，如李、王、張、劉、陳則有望繼續擴大優勢，說不定這五個姓中有一個有朝一日會在中國取得一家獨大的地位，正如越南佔全國人口四成的阮姓那樣。

34

李王張劉陳
為什麼稱霸中國姓氏

根據中國全國人口普查資料，中國前十大姓佔了全國人口四成左右，前二十大姓就包括了一半人口，而前 100 姓佔全國人口近 85%。大姓人口動輒以千萬計，三個最大的姓李、王、張更是各自擁有近一億人口。

中國到底有多少個姓，這個問題眾說紛紜，由於眾多小姓容易漏計，精確的數字很難求得，說法上從 3000 多的到 7000 多的都有。以最高的 7720 個姓來計算，13 億人口平均下來每個姓有近 17 萬人。

規模龐大的中國大姓

如果把視線圍於中國，我們可能並不會覺得中國的姓氏分佈有什麼奇怪，但跟其他國家相比，就會發現中國的姓實在少得可憐。近鄰日本人口一億多，姓氏數量高達十萬以上，日本人口為中國十分之一，姓氏卻比中國多十倍不止。

歐洲國家也與日本的情況類似，以比利時為例，根據統計比利時平均每個姓只有 48 人，而全國人口有 1230 萬左右。這個數字約為中國總人口的 1%，但平均每姓人口只有中國的萬分之三以下。

這些國家不但姓氏數量比中國多很多，大姓集中度也顯然不如中國。英語系國家最大姓普遍是 Smith，但在英國，Smith 不過佔總人口的 1.15%，法國最大的姓 Martin 佔總人口還不足 0.5%。

主要國家中，姓氏集中度高於中國的有韓國和越南，韓國金、李、朴三大姓比例高達 40%，越南 40% 的人姓阮。但是越南和朝鮮姓氏發展情況特殊，是近代平民紛紛採用王姓導致的，所以它們的情況和其他國家的可比性比較低。

莫非是中國姓氏的產生機理和其他國家有顯著不同？

姓和氏在先秦時期本是兩個不同的概念。姓的起源非常古老，具體來源恐怕已經不能輕易得知，而氏來源主要有祖先名、地名、身份等等。

地名是氏的一大來源，不少現代大姓正是來自古代的地名國名，如趙、周等。另有一部分氏來自於某代祖先的名字，如鄭穆公有七個兒子合稱七穆，字分別是子良、子罕、子駟、子印、子國、子有、子豐，他們的後代也就成了良氏、罕氏、駟氏、印氏、國氏、有氏、豐氏，後來就演變為七個姓氏。身份職業時而也能轉化為姓氏，如司徒、司馬等。

氏容易變，姓作為女性共祖標識較為穩定。秦代以後姓氏合一，概念已經和現代的姓氏相差無幾，司馬遷在《史記》中就有"黃帝者，少典之子，姓公孫"的記載。當今大多數常用姓氏實際上來自氏。

歐洲的情況其實相去不遠。父名是歐洲姓氏的一大來路，最明顯的是法國，大姓 Martin、Bernard 等均為常用名，他們的後代則以父名作姓。此外地名為姓在歐洲也有，此類姓氏在歐洲貴族中尤其常見，因歐洲貴族早期往往被稱為"某地的某某"，以其封地作為身份標誌，久而久之這個"某地"就固化成為姓氏了。法語姓氏中的 de 某某，荷蘭語姓氏中的 van 某某，德語姓氏中的 von 某某都是此類路子。

職業身份作姓也相當普遍，前面提到英語世界第一大姓是 Smith，這個姓就是職業得姓的典型例子。Smith 作為一般的名詞時意為鐵匠，該姓人的祖先想來從事過鐵匠工作，又由於中世紀時鐵匠的功能相當重要，數量在各職業中較多，因此以鐵匠為姓的人多也就不足為奇了。

不光在英國，德國第二大姓 Schmidt（施密特），俄羅斯第三大姓 Кузнецо́в（庫茲涅佐夫）也都和鐵匠有關。此外，歐洲還有一些以個人特徵綽號作姓的，如英國的 Brown（棕），法國的 Petitjean（小讓）。

歐洲姓氏產生原理和中國姓氏類似，並沒有什麼本質區別，最後形成如此大的數量差距恐怕有其他原因。

絕嗣的陰影

秦朝以後姓氏合一帶來的一個重大變化就是氏失去了能產性。原本氏作為個人的身份標記之一在代與代之間是可以變動的，但與姓融合後，姓氏功能合一，都演變為主要依據父系進行代際傳遞的身份信息，這也就是為什麼通常父親姓什麼，子女也就姓什麼。

這樣姓氏的產生就開始減速，後來出現的新姓基本上不外乎被皇帝賜姓，避禍自行改姓以及外族採用漢姓幾種情況。而一般的中國人則遵守"立不改姓"的規矩，不會隨意更動自己的姓氏。由於姓氏產生機制的衰亡，姓氏數量也就自然而然地開始減少。如果某個男性沒有男性後代的話，他也就絕嗣了，很多人在實在沒有兒子的情況下不惜採取抱養甚至拐賣男嬰的方法給自己續嗣。

絕嗣的概率可能比很多人預想得要高得多，那到底絕嗣情況有多普遍呢？姓氏在自然傳遞中的消亡屬於隨機過程，可用高爾頓—沃森過程加以推導：

$$X_{n+1} = \sum_{j=1}^{X_n} \xi_j^{(n)}$$

Xn 為第 n 代父系男性後代數量，$\xi j(n)$ 為這些後代中第 j 個個體的男性後代數量，則絕嗣概率為 $\lim_{n \to \infty} P_r(X_n=0)$。

假設一個男性的男性後代數量是參數為 λ 的泊松分佈的話，則絕嗣概率公式可簡化為 $x_{n+1}=e_\lambda(x_n-1)$。

從以上公式可以看出，如果參數小於 1（平均每代男性後代數量不足 1），則這個男性長期絕嗣的概率是 100%，如果參數等於 1，除非出現實際上沒有可能的每代都嚴格生一個兒子的情況，否則仍然會絕嗣。而在大於 1（即人口增長）的情況下，這個男性才有不絕嗣的可能性，就算這樣，除非生得特別多，否則情況也不樂觀：在參數為 1.25 的情況下，最終絕嗣率仍然會超過 60%。

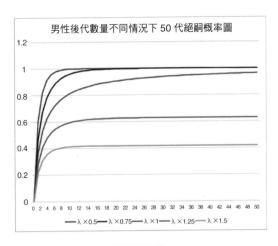

男性後代不同情況下 50 代絕嗣概率圖

也就是說假如某個社區本來有 1000 名男性，每個男性平均留下 1.25 個男性後代 —— 這樣的人口增速已經不低，在 50 代後，其中只有不到 400 名男性會有直系男性後代。假如一開始的 1000 名男性有 1000 個不同的姓，經過 50 代後，人口增加的同時，姓氏數量就會縮減到不足 400 個。

從以上這個非常簡單的模型就可以看出，由於絕嗣率相當高，所以男性個體少的小姓很容易消亡。而在小姓消亡的同時，活下來的姓就容易發展壯大，成為大姓，一長一消姓氏集中度就必然提高了。

據研究，中國歷史上的姓曾經有過 12000 個左右，比現代是要豐富多了。正由於起源很早，所以中國姓氏的歷史傳承損耗也相當嚴重，起源早不但意味著中間絕嗣的可能性大，也意味著姓氏產生的時候人口較少，更是讓姓氏稀少、分佈集中的情況雪上加霜，所以如今姓氏如此稀少就不稀奇了。

除了歷史起源悠久外，中國歷史上還多次出現過人口急劇減少，然後又慢慢恢復的情況。這樣的過程中有些姓要麼在人口減少時幾乎全體滅亡，要麼人口數量降低得很厲害，以致後來自然消亡。而幸存的姓氏則會在人口恢復時取而代之，產生奠基者效應，從而改變了姓氏的構成比例，讓姓更加集中。

一個絕好的旁證是魁北克。魁北克先是由法國殖民，後來因為英國佔領整個加拿大，法國移民停止，現今 500 萬的魁北克法裔人群大多數是當年 8500 名法國移民通過自然繁殖產生的後代。因此魁北克姓氏相比法國要集中很多，而且不少大姓在法國本是名不見經傳的小姓，第一大姓 Tremblay 佔魁北克人口 1.13%，但在法國排名恐怕都到 1000 開外去了。

反觀姓氏多的日本和西歐國家則是另外一種情況。日本姓氏大多數是 19 世紀明治維新時期產生的，不但歷史短，而且當時日本人口已經有 3000 萬，所以姓氏一開始就很豐富。其後日本並沒有經歷人口大幅衰減的過程，所以至今姓氏仍然很多。

西歐姓氏的產生和固化也相當晚近，在姓氏特別豐富的比利時，15 世紀時候姓氏才開始萌芽，17 世紀時，父子不同姓乃至個人改姓的情況都相當常見。音樂家亨利・德・提挨爾（Henri de Thier）到了巴黎，大概嫌自己姓太土，竟把自己的名字改成了高端大氣上檔次的亨利・杜・蒙（Henri Du Mont）。真正的姓氏固化得到 1796 年身份登記制度完善才開始，自此之後除了如 Montcuq 之類特別不堪的姓（和 "我的屁股" 同音），一般來說就不允許姓氏隨便更改了。

漢字規範抑制姓氏分化

歷史和概率只是目前中國姓氏稀少的一部分原因，語言上的因素也不可小覷。

歐洲早期姓氏多是教會和稅務官登記時記錄的。平民往往自己並不知道自己的姓怎麼拼，而教士和稅務官文化水平也不見得有多高，一個姓在拼寫時出現差異的情況時有發生。如果是偏遠地區方言有明顯差異的話，姓的記錄中出現差池就更加常見。再加上歐洲語言多有屈折，一個詞自身就有多種形式，最後局面亂成一鍋粥也就可以想見了。如法語大姓 Bernard，就分出了 Biernard、Berna、Bernat、Bernau、Bernaus、Bernaut、Bierna、Biernaux、Bernardus、Bernardi、Bernardy、de Bernard、de Bernardi 等五花八門的形式，而英語姓 Mainwaring 據說有 130 種變體，此種亂象一直延續到印刷開始普及，拼寫固定化規範化，國家從教會手中收回了登記權才終止。

中國的姓是用漢字書寫，而漢字的書寫從很早開始就非常規範，並且和實際發音脫節，不管一個姓在不同地方的讀音如何，記錄在漢字上基本只有一種形式。

漢姓方言差別的情況只在東南亞有所反映，一個廣州籍的 Mr. Wong，一個泉州籍的 Mr. Ng，一個漳州籍的 Mr. Wee 在官方統計中可能算成三個姓，但是只要他們懂點漢字或知道查詢自己的家譜，就會明白自己姓黃。倘使有人真把黃寫得多了一點或少了一橫的話，大概只會被人當成寫了錯別字，根本傳不下來。

書寫變體分化的情況在中國就更是極少發生了，簡化字的到來讓事情起了小小的變化，引發蕭姓分出肖姓，傅姓分出付姓兩例，但也基本僅限於此。就這樣，中國的姓氏變得越來越少，如果沒有新的大量產生姓氏的機制的話，想來未來遇到李、王、張、劉、陳先生的概率還會越來越高。

35

怎麼從 生辰八字 算出不同的命

人皆有對自身未來不可知命運的強烈好奇，故所有文明自誕生之時都出現了以預測未來凶吉為生的職業，並發明出無數種預測未來的理論和學說。在預測個人命運時，"命理"大師們都會本能地追求"一人一命"或類似的精確性。理論上，理想的預測應當是凡人皆不同命，即使兩個人共同點再多，他們的命也要不同，這當然需要仰仗其學說體系的強大與完備。

中國本土最流行的預測學說基本都是理論源自易學的命理學，並由此確立了以出生時間為算命基礎的方法。

當代常說的"八字"，就是以此種方法為綱，共立年月日時四柱，每柱以干支紀數，各用兩字，形成了四柱八字的格局。但是，在唐朝，初生的命理學卻不是當今常見的四柱八字，而是三柱六字——時柱並沒有被包括在內。

干支紀年法，是一種六十進制的算法。天干有甲乙丙丁戊己庚辛壬癸十個，地支則有子丑寅卯辰巳午未申酉戌亥十二個。每個循環由甲子開始，每過一年，天干地支均向後挪一位，如甲子年之後就是乙丑年。以此類推，一直到第六十年，天干恰好完成六個循環，地支恰好完成五個循環（60 是 10 和 12 的最小公倍數），兩者都回到初始狀態，新的甲子年開始，進入下一個大循環。

在古代，干支紀年法是記錄時間的一個重要方法，很多歷史事件都以干支法表記，譬如甲午海戰、戊戌變法都是干支紀年的著名例子。其實干支不僅僅限於紀年，月和日也可以用干支法表示。

如此，在三柱六字的情況下，單獨每柱都有六十種可能性，但一共卻不是 60^3（216000）種可能性。

問題出在月柱上。因為月柱循環一次共需六十個月，也就是整五年，因此每相隔五年的兩年所有月份的月柱就會完全一樣。譬如 2016 年 6 月 5 日到 7 月 6 日是所謂 "猴年馬月"，也就是丙申年甲午月，五年前和五年後的 2011 年和 2021 年的芒種和小暑之間的月份也都是甲午月。

不消說，作為五的倍數，六十年前和六十年後的丙申年午月自然仍然是甲午月，由於這個限制，月柱天干在產生新的可能性方面的作用是可以忽略的。雖然這樣大大降低了命理業從業人士的記憶／掐算壓力，但也導致三字公欄命理學可以提供的可能性少了很多。

又由於無論是一年還是一月的日數都不能被六十日整除，一年一月的日數又不恆定，在一個長的統計周期內，每一個日柱都可以和一個特定的年柱月柱組合相配，因此日柱可以視為和兩者都不相關的一個變量。因此，三柱六字就提供了 60×12×60（43200）種可能性（順帶一提，命理上每年和每月的起始日期和一般生產生活中用的公曆農曆都不完全一致，年以每年春分為起始，月則自春分開始，每過兩個節氣就往前進一月）。

唐朝初年，經歷了從三國到魏晉南北朝時期和隋末的混亂，全國人口數量相對較低，如唐高祖武德五年（公元 622 年）全國為 219 萬戶，貞觀十三年（公元 639 年）也不過稍過 300 萬戶，估計人口為 1200 餘萬。

三柱六字據傳正是貞觀年間的李虛中所創。這一時代，如果全國所有人都通過三柱六字測算自己的命理，則每種命會有 300 人左右，如考慮男命女命在命理學中會有不同詮釋，也有 150 人"同命"。

但在現實情境中，因為求卦者出生日期年齡相近，所以年柱變量很小，同命者會比較多。但是綜合而言，這些人會分散在全國各地，則對於命理學從業人員來說，在地方遭遇同命的情況相對還是比較少的 —— 只是在大都會，如長安、洛陽等地可能會有較多給六字相同的人算命的苦惱。雖然唐朝後來人口迅速攀升又因受安史之亂影響而迅速降低，但命理學整體而言仍舊仰仗三柱六字。

宋朝中國人口持續增長，宋太宗太平興國五年（公元 980 年）全國有近 650 萬戶，人口估計為 3200 餘萬，三柱六字就顯得不夠用了。於是，相傳在命理學家徐子平的推動下，第四柱 —— 時柱登場，三柱六字演變成了傳承至今的四柱八字。

時柱同樣採用干支法表記，因此，月柱和年柱遇到的問題同樣在時柱和日柱上重複。由於一日有十二時（每個時辰相當於現代的兩小時），每整五日時柱就會完成一個循環。因此在四柱八字體系構築完成後，理論上可以出現 $60 \times 12 \times 60 \times 12$（518400）種命，是三柱六字的十二倍。

對於命理學從業人員來說，時柱的引入無疑是一大喜訊。與月柱類似，由於循環的規律性，推算時柱需要額外記憶的內容很少，另外也有口訣幫忙。如果大家留意過當代算命先生掐算，可以發現月柱時柱多數不需要翻查萬年曆，年柱很多人也背下來了，但是日柱要翻曆書的可就為數者甚眾了。

此時，命運類似的人變成了原來的十二分之一，命理學的精確度發生了極大的提升。宋朝確實是一個命理學蓬勃發展的年代，連不少高士名流也熱衷算命占卜，還有專門從事算命的機構。

宋朝的繁榮持續時間很長，加之商業的發展和新農業技術的應用，人口增長到前所未見的程度。到了宋徽宗年間，人口已經突破一億，遠遠超過之前歷史上的人口高峰，又因為宋朝領土面積小，人口密度更是高企。在這樣的情況下，五十多萬種命數的局限性又開始暴露，全國理論同命者再次達到 200 人左右（即使考慮男女有別亦有 100 人上下），時代呼喚著命理學新的發展。

在這樣的背景下，《邵子神數》橫空出世。此書作者邵雍是著名易學大師，他對命理體系的一大改進就是引入了刻的概念，每一時辰都分為八刻，同時不同刻的人則命同運不同。通過這樣的手段，命理提供的可能性又翻了八倍，理論上可出現的命共有 $60 \times 12 \times 60 \times 12 \times 8$（4147200）種，全國命運完全相同的人跌回兩位數。

宋朝很多方面是中國古代社會發展的巔峰，其繁榮富裕程度是後來的朝代難以匹敵的，其人口峰值也令後世難以突破。元朝由於元初的大屠殺，人煙稀少，終其一朝雖面積廣大，但人口始終低迷。

明朝早期人口相對穩定，到了嘉靖末年，由於美洲高產作物的引進，中國人口開始了新一輪的快速攀升，到了萬曆後期人口已經超過宋朝時的峰值，如果趨勢持續則全國命運相同的人又會突破三位數。可是，隨後而來的清兵入關和大規模的屠戮以及疫病流行再次將中國人口拖入低谷，命理學的發展再次遭遇挫折。

清朝中葉，經過百年以上的承平，加之攤丁入畝等刺激人口增長的政策，中國人口再創新高。到了乾隆後期，全國人口已破三億，四百多萬種命運很快也會再次出現百人同命運的尷尬局面，在這樣的背景下，相傳由偉大命理學家鐵卜子創製的命理體系鐵板神數就應運而生了。

鐵板神數這個體系可謂驚世駭俗，前文所述從三柱六字，到四柱八字，再到邵子神數，理論命局增長倍數都是比較有限的，和人口增長保持一個相對平衡的關係。

而鐵板神數完全顛覆了這個規律，它以四柱八字為經，先天後天數為緯，增加了父生肖、母生肖，兄弟姐妹個數（零到十三）三個先天數，體現了命理學發展的最高水平，遠勝紫微斗數之類的體系。

由於三個額外先天數的引入，理論命局可能性呈爆炸式增長，共計有 $60 \times 12 \times 60 \times 12 \times 8 \times 12 \times 12 \times 14$（8360755200）種之多。如此多的理論命局，做到全國人口每人一命那是綽綽有餘，而且中國人口怎麼也漲不到八十三億人，別說全國人口了，就是全球人口也尚未漲到這個數呢。

鐵板神數應該再也不用改動了吧？可惜鐵卜子千算萬算，似乎還是有一點沒有算到：從 20 世紀 70 年代開始，中國實行了計劃生育，這下兄弟姐妹個數可是當不了先天數了，於是命局一下減少了百分之九十以上，只剩下了近六億種，又做不到一人一命了。命理學的發展再次遭遇重大挫折。看來，要實現精確算命，還是任重而道遠啊。

36

怎樣避免起一個
爛大街
的名字

2014 年高居重名排行榜第一的是張偉，全國共有約 29.9 萬個張偉，而冰島整個國家的人口也才 32.56 萬，每個人的生命中恐怕都偶遇過幾個張偉。除了張偉，王偉、李娜、張敏、李靜都不負眾望地位居前列，任誰掃一眼重名排行榜，都得滿是熟人。

台灣人把這些"一呼百應"的俗名通稱為"菜市場名"，意指你到菜市場去叫這個名字，很多人都會回頭。但一個菜市場名的熱度通常不會持久，比如張偉們約 39.8% 是 80 後，而 00 後就不到 3.4% 了。

新的流行風潮正在醞釀之中。給男孩起三字名時第二個字放個"子"字是近年非常流行的套路。據統計，2010 年以來出生的起了三字名的男童中竟然有 5.93% 第二個字是"子"。而第三字的選擇也照樣相當集中——"軒"字竟然佔去了 6.04%，結果為追求雅致，而給兒子取名"子軒"的父母們大概會發現他們費盡心機起的名字已經霸佔了菜市場名排行榜。

但是，"子軒"這種大俗名也實在不能全怪起名的父母。並非他們太不聰明而不幸選中了俗名，而是流行風潮變化之快，簡直讓人無所適從。

2010 年以後出生的男童十個最常見的名字為子軒、浩宇、浩然、博文、宇軒、子涵、雨澤、皓軒、浩軒、梓軒。而在 21 世紀的前十年，十大俗名則為濤、浩、鑫、傑、俊傑、磊、宇、鵬、帥、超，竟然無一進入 21 世紀第二個十年的十大俗名，表現最好的 "俊傑" 也不過排行第十一而已。

也就是說，父母給小孩起名 "子軒" 的時候大概並未意識到這個看似清新脫俗的名字實際上已經在爛大街的道路上極速奔馳了，他們只會察覺到身邊有很多叫濤、浩、鑫等的小男孩。而當他們發現子軒們批量出現的時候，為時已晚。

名字作為身份識別的重要符號，具有非常重要的地位。理想的名字既要具備很高的識別度又不至於怪異，為了起名家長們往往費盡千辛萬苦，但是就如很多人追求時尚卻往往掉進 "淘寶爆款" 大軍一樣，姓名的變化規律有時實在無法捉摸。

如何才能起個卓爾不凡的名字呢？

單名和雙名，哪個更俗

對比 21 世紀第一個十年和第二個十年的十大俗名，即可發現一大變化就是第一個十年的十大俗名中單名為主，而第二個十年的十大俗名全是雙名。雙名重名概率大大低於單名，說明近期男孩姓名中雙名已經佔據了絕對優勢，以至於雙名的孩子也有大量的重名現象。

事實上，現今中國單名確實越來越式微了。單名高峰期出現在 20 世紀 60-90 年代，60 後男性單名率達到 55%，90 後仍有 52%。同樣，女性單名率在這期間也基本穩定在 40% 上下。

但到了 21 世紀第一個十年後，情況發生了重大變化，男性單名率暴跌到了 19%，女性更是掉到了 17%。這個趨勢至今仍在持續——2013 年出生的男性單名率只剩 10%，女性已經不足一成，為 8%。

年代	男	女
20 世紀 60 年代	55%	35%
20 世紀 70 年代	46%	43%
20 世紀 80 年代	46%	42%
20 世紀 90 年代	52%	44%
21 世紀第一個十年	19%	17%

中國單名趨勢

其實，與其說單名在 21 世紀迅速失寵是件怪事，不如說 20 世紀的單名流行是個偶然。

中國的人名在先秦時期以單名為主，雖然有一些不降、公劉、緊扈、於菟等表面上的雙名，但這些名字無法拆解，就如同螞蟻、蝴蝶、馬騮之類其實是兩個字表示一個詞，實際上和單名無異。真正的雙名如成師、大心等，其實較為稀少。

漢朝以後，真正意義上的雙名才開始增多，但單名依舊佔據主流。以帝王名為例，兩漢帝王幾乎都是單名（昭帝 "弗陵" 尚有先秦遺風，平帝 "箕子" 因雙名 "不合古制" 自行改名為 "衎"）。到了南北朝時期，57 個皇帝已經有 18 個採用了雙名。就此之後，雙名流行的趨勢愈加不可阻擋，兩宋 18 帝 9 個雙名，明朝的 16 個皇帝只有成祖用了單名 "棣"。

而在民間，人口增長給單名的使用造成了相當大的壓力。特別由於中國姓氏數量相對稀少而分佈集中，使用單名往往會導致姓名全同，對區分識別個體非常不利 —— 1800 年英格蘭和威爾士出生的男性 22% 叫 John，女性 24% 叫 Mary，這種命名方式如果在中國勢必會引發巨大的混亂。而隨著宋後宗族社會的日趨成型和愈發熾熱的修譜風潮，中國開始流行名中一字表示字輩的起名法。字譜輩命名法大大推動了雙名的盛行，到了明清時期，雙名已經成了新的規範和制度，人們已經完全忽略古人對雙名"不合古制"的批評了。

變化出現在民國時期 —— 宗族社會的影響漸漸衰弱，加之久不流行的單名在文人看來頗有古雅之風，於是人們紛紛取單名為筆名，單名這才再次開始興盛起來。

雖然單名在清末民初時一度是文化人士顯示自身卓越品位的方式，但實際上，起單名有個極大的風險 —— 單名重名率遠高於雙名，一不小心就"俗"了。

如 2013 年男孩單名中"睿"竟然佔到了 2.59%，第二名"浩"也有 2.56%。若是單名有 20 世紀 90 年代的市場佔有率的話，在俗名排行榜上超過子軒之流必定是分分鐘的事。而且由於之前幾十年的巨大存量的單名，目前全國重名最多的十個名字竟然都是單名，其中叫英的竟有 4100 多萬人。總體看來，要避免俗名，雙名乃至新近流行的三名才是不錯的選擇。

將來會出現哪些爛大街的俗名

對不幸給孩子起了菜市場名的父母來說，發現名字爛大街的時候往往已經太晚了。有什麼辦法能夠預知什麼名字會成為菜市場名呢？名字的流行雖然瞬息萬變，但是也有一些大體的規律，可供家長參考。

流行文化對姓名的影響不可小覷，如在英國，女演員 Keira Knightley 的走紅就讓 Keira 這個本來名不見經傳的女名在 2004 年躍升到女名排行榜第 99 位。而英美文化，尤其是好萊塢的影響則讓不少本來來自英語的名字在法國迅速流行，如 Dylan、

Jason、Kelly 等。

　　中國 "文革" 時期和改革開放後流行的姓名有明顯的不同。隨著追著瓊瑤阿姨、郭敬明和《仙劍奇俠傳》長大的一代紛紛為人父母，子豪、峻熙、子萱等偶像劇味十足的名字也開始大面積盛行。

　　瓊瑤部分作品中主要角色的名字如下表所示：

《在水一方》	朱自耕、心佩、朱詩堯、詩晴、詩卉、小雙、雨農
《燃燒吧火鳥》	蘭婷、衛巧眉、衛嫣然、安騁遠、凌康、潔心
《我是一片雲》	宛露、顧友嵐、孟樵
《海鷗深處》	俞慕槐、俞慕楓、楊羽裳、歐世澈、歐世浩
《失火的天堂》	許曼亭、秦非、展牧原、潔舲、展翔
《聚散兩依依》	賀盼雲、高寒、鍾可慧、倩雲、鍾文牧、翠薇
《窗外》	江雁容、程心雯、康南、江仰止、雁若、若素
《煙雨濛濛》	依萍、心萍、如萍、爾豪、方瑜、何書桓
《一簾幽夢》	汪綠萍、汪紫菱、汪展鵬、楚濂、楚沛、費雲舟、費雲帆
《還珠格格》	紫薇、爾康、爾泰、塞婭

　　此外，名字的流行往往有相當強的地域性，一個名字的流行往往從經濟文化較有優勢的地區開始，迅速向其他地區擴張。

　　巴黎作為法國當仁不讓的政治經濟文化中心，引領著法國全國名字的潮流。以女名為例，20 世紀 50 年代的 Martine、60 年代的 Nathalie、70 年代的 Stéphanie、80 年代的 Aurélie，巴黎可謂一次次走在法國姓名流行的前沿。而美國女名 Lisa、Jennifer、

Jessica、Emily、Isabella、Sophia 的流行起於加州和美國東北部，隨後向中西部和南部擴散，甚至出現過東西兩岸已經有了新的潮名而過了氣的老名仍然在中西部各州攻城略地的情況。相反，由較落後地區反向擴散的成功概率就較低，美國南部雖然小範圍流行過幾個女名，但成功輸出到全國的只有 Ashley 一個。

當然，一些地理和文化上相對隔絕的地區，起名往往較為獨立，並不一定受流行趨勢的影響。如法國科西嘉島和本土有海洋相隔，文化也不盡相同，因此科西嘉人起名受巴黎的影響比法國其他地區小得多。如 Jean 和 Marie 在全法早已過氣多時的 70 年代，這兩個名字仍然分別是科西嘉島上最常用的男女名。

同樣，台灣雖是中國的一部分，但是，由於歷史原因，其地理和政治都和大陸有區隔，所以台灣的 "菜市場名" 和大陸也相當不同 —— 據統計，2013 年台灣出生男孩十大名為宥翔、宥廷、宇恩、承恩、宇翔、宥辰、品睿、睿恩、宸睿、柏宇。與大陸同期出生的男孩流行的名字截然不同。而 1994 年入學的台灣大學生（20 世紀 70 年代後期出生，不分男女）十大名為雅惠、怡君、雅雯、欣怡、心怡、靜怡、雅萍、淑芬、淑娟、志偉，也絕無大陸具有時代特色的建軍、紅梅、軍、紅等名字。據 "健保署" 稱，台灣人近年來越來越偏向於起夢幻的名字。

Rank	2002	2004	2006	2008	2010	2012
1	雅婷	雅婷	雅婷	雅婷	雅婷	雅婷
2	怡君	怡君	怡君	怡君	冠宇	雅築
3	欣怡	宗翰	家豪	宗翰	怡君	冠宇
4	怡婷	怡婷	宗翰	雅雯	家豪	冠廷
5	雅雯	家豪	雅雯	怡婷	宗翰	怡君

Rank	2002	2004	2006	2008	2010	2012
6	宗翰	欣怡	怡婷	家豪	雅涵	宗翰
7	佳蓉	佳蓉	詩婷	冠宇	彥廷	佳穎
8	家豪	婉婷	郁婷	柏翰	佳穎	彥廷
9	佳穎	雅雯	冠宇	郁婷	冠廷	家豪
10	佩珊	佩珊	欣怡	彥廷	雅雯	柏翰

近年來台灣新生兒常用姓名排行

事實上，菜市場名當中很大部分是起名軟件生成的。自 1995 年開始，中國的起名理念逐漸被一種稱為"五格剖象"的祈福法則控制。所謂五格剖象，是根據《易經》的象、數理論，依據姓名的筆畫數建立起來的五格數理關係，並運用陰陽五行來推算所謂"人生運勢"的方法。

比如最典型的"張馨月"，按照五格剖象理論，"張馨月"一名的人格數、地格數、外格數以及總格數都是難得的大吉大利。因此，張姓孩子的父母儘管知道這個名字的重名率甚高，但仍會執著地加入"張馨月"大軍。

俗名不需要擔心

隨著交流手段的日漸發達和大眾受教育水平的普遍提高，俗名的問題似乎越來越嚴重了。事實上，可能父母並不用為給孩子起了俗名而擔心 —— 近年雖然"子軒"之類的俗名頗多，但是總體而言，名字的集中度正在下降。

比起當年一個 Mary 就佔去 24% 人口的盛況，當今英國最流行的女名也不過能佔到出生人口的 4%。而流行名字更新的速度也越來越快 —— 美國和法國的姓名流行期都越來越短，人們喜新厭舊的習氣越來越重。

就中國而言，單名一個英字這種一個名字四千多萬人的盛況已難再現。偉從 20 世紀 50 年代到 80 年代長期位列男子常用名三甲的狀況幾乎可以肯定不會在"子軒""睿"等名字上複製。就連長期被視為台灣爛大街名代表的"怡君"也終於在近期摔出了前十。

值得注意的是歐美國家近年女名相對男名更加多樣化，但漢語文化圈的家長們顯然對給兒子起個有辨識度的名字更加上心 —— 台灣十大俗名中明顯是女性名字的始終佔據三分之二左右的名額，而中國大陸全部人口的十大俗名英、華、玉、秀、義、明、蘭、金、國、春中也差不多有六七個基本是女性專用名。

最近，可能是因為王思聰的關係，一股思字輩的起名新風正在襲來，子字輩大有成為明日黃花的兆頭，十多年後，當子軒們長大時，他們大概會發現除了同齡人外，鮮少有人和他們同名。

37

如何起個
與時俱進的
英文名

"每當假期過去，來自四五線城市的翠花、二妮、狗剩、狗蛋又回到了位於京滬穗深 CBD 的辦公室。在穿上西裝的同時，他們的名字也紛紛變成了 Vivian、Joyce、Kevin、Jason、Leo、Lucy、Eddie、Jack。"

如今，擁有一個響當當的英文名已經成為了都市白領的標配，在不少企業，要求員工給自己起一個英文名幾乎成了一個強制性規定。中國的影視明星們也未能免俗，王菲叫 Faye，孫儷叫 Susan，劉德華叫 Andy，梁家輝叫 Tony，郭富城叫 Aaron……AngelaBaby 乾脆以英文名行世，真名楊穎反而少有人知。

起英文名甚至要從娃娃抓起。著名綜藝節目《爸爸去哪兒》中，田亮女兒叫 Cindy，王岳倫女兒叫 Angela，林志穎兒子叫 Kimi，只有郭濤兒子（石頭）和張亮兒子（天天）一般用中文名稱呼。不過，中國人為何一定要起個英文名？而且還是透露出濃厚中國味的英文名？

毫無道理的英文名

如果問問各位 Vivian、Kevin 為什麼要起英文名，他們一般會回答這是因為公司裏面有外國人或者要經常和外國人打交道。中國人的姓名佶屈聲牙，外國人根本難以準確發音，因此決定用英文名。

這個說法貌似很有道理，其實經不起太多推敲。雖然中國話的發音老外可能確實不習慣，但是對於老外來說，難以發音的可不只是中國名字。

印度歷史上曾長期為英國殖民地，其英語普及率和對英語文化的熟悉程度都要高過中國不少，與英語國家的交流也相當頻繁。美國印度裔人口就多達 300 萬以上，英國印度裔也接近 150 萬。

更加重要的是，說準印度人的名字可不是一件容易的事情。印度姓名往往長度上就令人生畏，且充斥著各種 bh、dh、gh 等能讓英美人聞風喪膽的組合。諾貝爾經濟學獎得主，印度經濟學家 Amartya Kumar Sen 的名字在印度名中尚算容易。Jagdish Natwarlal Bhagwati、Arogyaswami Paulraj、Priyanka Bhatheja Gulati 之類驚人拗口的印度名字並不鮮見。大文豪泰戈爾真名 Rabindranath Tagore，如果按照中國人的習慣，印度人非常有必要取英文名。

但是泰戈爾並沒有因為 Rabindranath 拗口就起個英文名 Rob。當然比起印度語言，漢語具有聲調，對於多數西方人來說頗難掌握，不過聲調也並非漢語獨有。

東南亞的泰國是個盛產長名的國度，並且泰語是一種有聲調的語言。曼谷泰語有五個聲調，但是顯然泰國人對洋人的體貼程度不如中國人。泰國前總理 Abhisit Vejjajiva（阿披實）要以中國白領的風格是應該找個英文名方便使用的，前代理總理 Niwatthamrong Boonsongpaisan 名字的冗長程度能叫英美人聞之而色變——可惜這也沒能促使他起個英文名。

如果說漢語的發音確實是個重大障礙的話，那也只能怪罪漢語拼音：漢語拼音的拼寫法和英文差距較大，如 q、x 對習慣英語正字法的人來說都很難讀准，但是這其實也並沒太大關係。拼寫不合英文的文字非常多，波蘭語就充斥著 cz、sz、rz 等在英美人看來無所適從的組合，但波蘭人也沒有因此起英文名。

恐怕更能說明問題的是，起英文名並非中國"自古以來"的風俗。曾有在美生活經歷的孫中山以 Sun Yat-sen 的名字行世，和美國人打交道密切的蔣介石用官話和粵語相雜的 Chiang Kai-shek，以致被不明真相的學者誤譯為常凱申。蔣介石夫人宋美齡自小赴美，一口佐治亞州口音的英語極其流利，但是仍然用 Soong May-ling。曾任中華民國駐美大使的胡適在海外也以 Hu Shih 的面目示人。

事實上，中國人使用英文名並無不得已的理由。如果要總結為什麼中國人樂意起英文名的話，可能和明清時代西南地區改土歸流時起漢名的現象有相似之處。

明清改土歸流後，西南原土司轄區有文化的上層人士普遍使用漢語名字，當地語言名限於內部使用。對於土司們來說，漢語名體現了當時的上層主流文化，取漢語名是融入當時上層文化的標誌，同時也是教化的體現。清末趙爾豐任四川總督期間，甚至連四川藏區都出現了漢姓配藏名的做法。在幾百年後的今天，中國白領也通過起英文名的方式同世界主流接軌。

英文名中的中國特色

土司們一開始起的漢名往往仍然能看出不是漢人，中國人起的英文名經常也能露出些蛛絲馬跡。為什麼就算起了外文名往往也會露馬腳呢？

對任何一個成年人來說，學習一門新的語言都不是一件容易的事情。掌握一種語言背後的文化內涵更是難上加難。

由於名字同源程度比較高，歷史上歐洲人移居到其他國家往往會直接使用自己名字在移入地語言的形式。如一個叫 Alain 的法國人去了英國就改叫 Alan，同樣一個叫 James 的英國人到了西班牙就變成 Jaime，意大利的 Guido 在法國就是 Guy。有些家庭移居後甚至會更動自己的姓氏拼寫和發音，如來自法國的 Beauchamp 家族到了英國後發音變為 Beechum，登上英格蘭王位的都鐸家族本是威爾士人，在 Owain ap Maredudd ap Tewdwr 這一代連名帶姓英化為 Owen Tudor。因此對於歐洲人來說，起個外文名相對容易。

但對於語言文化和歐美相差很大的中國人來說，要想無縫銜接難度就大多了。在對語言掌握不盡完美的情況下起名，難免會帶上些特色。

其一就是重名率相當高。中國男性起英文名往往是 Kevin、Jason、Jimmy、Mike 之類，女白領則是大把的 Vivian、Jessica、Ashley、Lisa。在對目標語言中的名字掌握不夠多的情況下，如此起名自是一種安全便利的方法。

這種現象還出現於主要使用漢名的朝鮮人和越南人中。朝鮮／韓國男名中，敏、鎬、俊、世高頻出現，女性則大量出現姬、瑩、瑾。越南男名裏文的出現率極高，女名則大量帶清、芳。

被選中的名字一般都有些特殊的優點，如簡短好記或者含義好。在中國漢語含義的原因也不可小覷，Vivian 之所以能如此流行，和漢字形式 "薇薇安" 不無關聯。諸多使用 Vivian 的小姐應該也是不願意使用 "維維安" 這樣的漢譯的。

第二個特點則和第一個特點相反 —— 畢竟文化不同，起外文名時，不少人會自出機杼，以致違背了目標語言的一般習慣。中國人起英文名往往會有 January、Friday、Apple、Soap、Beta、Yummy、Lucky 等。雖然這些詞在英文中都有意思，但是英美人很少把它們當作名字使用，更絕的是甚至有自己生造出諸如 Peariz、Wesn 等等名字的。

不少人對這類名字持譏諷態度，認為是畫虎不成反類犬。但其實類似的現象古已有之，且遠遠不限於中國。越南後黎朝有一位著名的女詩人，其地位堪比中國的李白杜甫，被稱作"喃詩女王"。她寫出過《詠陽物》《菠蘿蜜》《檳榔》等不朽名篇，只是她的芳名估計可以讓很多中國人大跌眼鏡。

這位越南國寶級女詩人名叫胡春香。春香和梅香、秋香都是中國人民耳熟能詳的名字，頻頻出現在各類民間文學中，一般都是可愛的小丫鬟。著名傳奇《牡丹亭》中小姐杜麗娘的丫鬟就叫

《佳人遺墨》封面上的胡春香畫像

春香，《唐伯虎點秋香》中秋香的姐妹也是春香。在中國，出身上流受過教育的女性很少有叫春香的。

一代喃詩女王是丫鬟出身？雖然胡春香生平資料匱乏，但一般認為，她出生於讀書人家，父親曾經中過越南科舉考試，顯然和丫鬟沾不上邊。

愛好春香的並不只有越南人。這個名字朝鮮人也愛用。朝鮮著名民間故事，被譽為"朝鮮《紅樓夢》"的《春香傳》中女主角成春香為退籍妓女所生，其父乃是前任道使，恐怕她的名字不是精通中華文化的父親起的。

在諸多突厥語民族中，都流行巴哈爾古麗或者古麗巴哈爾之類的名字。巴哈爾來自波斯語 bahâr，是春天的意思。古麗來自波斯語 gol，意思是花。整個名字直譯過來就是春花。儘管波斯人自己給女兒起名時經常使用一些"美麗"之類的名字，但是春花可能過分接地氣了，伊朗女性叫這個名字的相當少見。但對於諸多突厥民族來說，來自波斯語的詞彙天生帶有高檔色彩，因此這個名字在突厥語民族中非常普及。

最有意思的是，外文名有時會有強烈的滯後效應。中國人起外文名的風潮經常從香港傳來，香港作為英語文化的模仿者，本來就會有一定的滯後，當香港流行的英文名傳到內地，滯後效應就體現得更加明顯。

Joyce 是中國女白領們相當喜歡用的名字。香港人也不例外，沈殿霞女士的女兒鄭欣宜英文名即為 Joyce。只是在英語國家，Joyce 是個流行於二戰之前的名字，其人氣在二戰後就一路下跌，至今未能恢復元氣，以至於說起 Joyce 大多數人的本能反應是個年逾八旬的慈祥老太。

但 Joyce 還並非最滯後的。搜索全球最大的白領社交網站領英（Linkedin），甚至可以發現中國有幾十位叫 Trudy 的女白領。Trudy 本是 Gertrude 的昵稱形式。這個名字在 19 世紀後半葉一度相當流行，1880 年時曾排行全美女嬰名第 25 位，但如今一般只會出現於某老太慶祝百歲大壽之類的新聞裏 —— 全球 2000 年至今榮膺最長壽老人稱號的老人共有 27 位，叫 Gertrude 的就有兩位。

兩位 Gertrude 均為美國人。Gertrude Baines 生於 1894 年 4 月 6 日，卒於 2009 年 9 月 11 日，而 Gertrude Weaver 生於 1898 年 7 月 4 日，卒於 2015 年 4 月 6 日。其實在 20 世紀 20 年代後，Gertrude 的人氣就開始急劇滑坡，近年該名在全美女嬰名排行榜中的位置始終在 5000 名以後，最差的 2009 年甚至掉落到 12829 名，全年只有 8 名新生女嬰起了這個名字。恐怕過不了多久，全世界叫這個名字的就會以中國女白領為主了。

最後，中國人的英文名中，昵稱和小稱形式比較多。

大多數中國人的外文名只是用作非官方場合的非正式稱呼，並非身份文件中使用的正式名字。流通範圍一般限於同事朋友之間，加之小稱一般更為簡短，易於發音，因此中式英文名許多都是以 -y、-ie 結尾的愛稱，如 Charlie、Jackie、Cindy、Richie、Jimmy、Tony，而不大用與之對應的全稱（Charles、Jacqueline、Cinderella、Richard、James、Anthony）。

一個典型的例子是 Andy。在英語國家中 Andy 是 Andrew 的昵稱，美國近年 Andy 作為新生男嬰名排行大約在 200～300 名浮動，每年命名為 Andy 的男嬰大約有 1000～2000 名。雖不算特別罕見，但是全稱 Andrew 穩居男嬰姓名排行榜前 25，每年有數以萬計的新生男嬰起名 Andrew，但中國英文名中 Andy 的流行程度則比 Andrew 高上不少。

現今中國人起英文名的情況已經相當普遍，伴隨越來越多的中國人起英文名，中式英文名的流行趨勢也在不斷發生變化。但是有理由相信，國貿、恆隆裏面的數百個 Vivian 應該永遠不會留意到她們周圍理髮店中還有數以千計的 Tony 老師。

38

一個單詞的 **發音，** 判定人的生死

2010 年 6 月 10 日，吉爾吉斯斯坦烏什市的大街上，到處是舉著刀的男人，他們時不時會攔住路人，詢問 "麥子" 怎麼說。

不要以為這些男人真不知道怎麼說麥子 —— 他們只是在聽人怎麼發這個詞的音，如果路人說的是 buuday，立即歲月靜好，但如果他們聽到了 bug'doy，手中的刀就會立刻砍下來。這群暴徒是用發音來鑒別對方是同族的吉爾吉斯人，還是他們要屠殺的烏茲別克人。

源於《聖經》的恐怖傳統 —— 示播列

烏什市所處的費爾干納盆地是塊人口稠密的民族雜居區，族際矛盾深厚，1990 年 6 月和 2010 年 6 月吉爾吉斯人針對烏茲別克人發起了大規模暴力襲擊，造成大量烏茲別克人喪生。而類似以麥子的發音決定一個人生死的恐怖事情，在當地民族衝突史中已數見不鮮。

遊牧的吉爾吉斯人和定居的烏茲別克人都屬突厥民族，均信仰伊斯蘭教，長相相近，外表不易分辨。在多民族混居的費爾干納，他們頻繁的日常交流使兩個民族有很強的語言互通性，但也存在明顯的語音差別，譬如烏茲別克語中麥子為 bug'doy，吉爾吉斯語則為 buuday。

這種差別竟被暴徒用於在民族衝突中快速識別 "敵我"：當地

人無須學習對方語言也能跨族交流，所以不易出現烏茲別克人因為會吉爾吉斯語而"漏網"。

通過語言鑒別敵我不光是吉爾吉斯人的專利，20 世紀 40 年代的台灣人鑒別敵我更加簡單。據親歷"二二八"事件的時任報社記者黃銘先生回憶，"二二八"事件中台灣本省暴徒揪出外省人的方法粗暴而直接：用閩南語問話就行。

1947 年台灣外省人本就不多，又大都懶得學習閩南話，所以外省人紛紛中招遇害，甚至有街頭受傷入院治療仍遭鄉民闖院殺害的不幸事件。但黃銘先生作為外省"奸細"，在混亂中卻如魚得水，並於當年 3 月 20 日將信息傳回大陸，在大公報發表《台灣騷動事件記詳》——黃是廈門人，說閩南話小菜一碟，鄉民的鑒別方法對他毫無用處。

如果想要成功辨認出黃這一類人的身份，像吉爾吉斯人那樣通過發音的細微差別察覺出對方身份就相當必要了。這種通過語音特徵辨識說話者身份的手段古已有之，被稱為"示播列"，最早的記載可追溯到《聖經》。

《聖經·士師記》第十二章中記載，吉列地人擊敗入侵的以法蓮人後，幸存的以法蓮人試圖渡過約旦河退回自己的領土。吉列地人因此在渡口設卡攔截。他們要求渡河人說出希伯來語中的 שִׁבֹּלֶת（shibbólet）一詞。

以法蓮人說的希伯來語中不存在 sh，他們會把 sh 發成 s，所有將 shibbólet 發成 sibbólet 的人都自動暴露了自己法蓮人的身份。《聖經》中稱一共有四萬兩千名以法蓮人因發不出 sh 死在了約旦河渡口。不過，要通過示播列判斷敵我，很多時候並不像吉爾吉斯人和吉列地人的情況那樣方便。

朝鮮人、中國人和日本人的舌頭

　　1923 年，日本關東大地震。震後混亂中，又傳出有在日朝鮮人乘著混亂肆意縱火搶劫強姦的謠言，更有朝鮮人將要起義奪權的說法。因此，日本民團設置了卡口試圖揪出隱藏在日本人當中的朝鮮敵人。混亂的局面中，聽人說話無疑是最快捷的鑒別方法，不過當時日本人卻遇到了難題。

遍佈當時日本報紙的朝鮮人謠言

　　關東大地震波及範圍極廣，大量日本災民湧向東京，而且震前東京就已經聚集著來自全國各地的日本人。20 世紀初期日本列島方言眾多，人們操著不同的方言口音。一個合格的口令必須要能夠甄別出朝鮮人，同時讓絕大多數日本人過關。

根據關東大地震親歷者回憶，民團用來鑒別的口令並不算複雜：讓受試人讀日語五十音圖中的ら行，が行以及ば行（即發 ra ri ru re ro、ga gi gu ge go 以及 ba bi bu be bo 的音），或讓受試人說"一元五十錢"（ichien gojissen，五讀 go，十讀 ji，均為濁音開頭）。

段行	あ段			い段			う段			え段			お段		
	平	片	罗马	平	片	罗马	平	片	罗马	平	片	罗马	平	片	罗马
あ行	あ	ア	a	い	イ	i	う	ウ	u	え	エ	e	お	オ	o
か行	か	カ	ka	き	キ	ki	く	ク	ku	け	ケ	ke	こ	コ	ko
さ行	さ	サ	sa	し	シ	si	す	ス	su	せ	セ	se	そ	ソ	so
た行	た	タ	ta	ち	チ	ti	つ	ツ	tu	て	テ	te	と	ト	to
な行	な	ナ	na	に	ニ	ni	ぬ	ヌ	nu	ね	ネ	ne	の	ノ	no
は行	は	ハ	ha	ひ	ヒ	hi	ふ	フ	hu	へ	ヘ	he	ほ	ホ	ho
ま行	ま	マ	ma	み	ミ	mi	む	ム	mu	め	メ	me	も	モ	mo
や行	や	ヤ	ya	い	イ	i	ゆ	ユ	yu	え	エ	e	よ	ヨ	yo
ら行	ら	ラ	ra	り	リ	ri	る	ル	ru	れ	レ	re	ろ	ロ	ro
わ行	わ	ワ	wa	い	イ	i	う	ウ	u	え	エ	e	を	ヲ	wo
か行	が	ガ	ga	ぎ	ギ	gi	ぐ	グ	gu	げ	ゲ	ge	ご	ゴ	go
さ行	ざ	ザ	za	じ	ジ	zi	ず	ズ	zu	ぜ	ゼ	ze	ぞ	ゾ	zo
た行	だ	ダ	da	ぢ	ヂ	di	づ	ヅ	du	で	デ	de	ど	ド	do
は行	ば	バ	ba	び	ビ	bi	ぶ	ブ	bu	べ	ベ	be	ぼ	ボ	bo
は行	ぱ	パ	pa	ぴ	ピ	pi	ぷ	プ	pu	ぺ	ペ	pe	ぽ	ポ	po
													ん	ン	n

供中國人學習的五十音圖

五十音圖和錢幣數字的發音屬於日語基礎中的基礎，無論受試者來自日本何方，一般發這些音都不會有問題，但是朝鮮人就不一樣了。朝鮮語中 r 打頭的音節很少，朝鮮人不易掌握日語 r 的發音，加之朝鮮語缺乏日語的 g、b、j 音，理論上說，隱藏在日本人中的朝鮮人就會這樣暴露了。

實踐中這個鑒定法的效果如何呢？關東大地震期間，大約6000 名朝鮮人被殺，說明以示播列鑒定朝鮮人行之有效。遺憾的是，鑒定法的排除能力存在一定問題，雖然目標是朝鮮人，但仍然有幾百個中國人以及少數日本人被錯誤識別因而平白丟了性命。

　　彼時日本人大概怎麼都想不到短短二十年後，他們自己也成了受測試對象。太平洋戰爭爆發後，美國正式對日本宣戰，但是，日本人極其善於偽裝成美國的盟友，如中國人、菲律賓人。美國人面臨區別日本人和其他亞洲人的難題。

　　準確鑒別出日本人即使對亞洲人來說都是錯誤率極高的任務。美軍一度使用了一本叫《中國指南》的書，該書花費大量篇幅教美國人如何辨別中國人和日本人，除一些不可靠的外貌和行為模式特徵外，手冊建議美國人用 "Smith left the faultless" 作為測試。

《中國指南》中鑒別中國人日本人的說明

據手冊說，中國人能較為準確地發出這個句子，但是日本人則會讀成 Ss-s-smit reft the fortress-s-s。此外，也可用美國俚語詞 Lalapalooza 來鑒別日本人——日本人發 l 向來困難重重。

可惜這份指南的靠譜程度極低：英語程度不高的中國人能順利發出 th 的可能性微乎其微，而是普遍把該音發成 f 或者 s。Lalapalooza 這樣近乎繞口令的美國俚語也非中國人能夠立刻習得的，因此該書通行程度並不高。

中國歷史上的示播列

漢語歷史悠久，方言差別顯著，很早就存在大量可用於示播列的特徵。

東漢末劉熙《釋名·釋天》中提到："天，豫司兗冀以舌腹言之，天，顯也，在上高顯也。青徐以舌頭言之，天，坦也，坦然高而遠也。春曰蒼天，陽氣始發色蒼蒼也。"東漢人以天竺（Hiinduk）翻譯印度（Hindu），顯然翻譯為"天"時用的是豫司兗冀地區的讀音。

同書還有"風，兗豫司冀橫口合唇言之，風，泛也，其氣博泛而動物也；青徐風踧口開唇推氣言之，風，放也，氣放散也"的記載，通過"天""風"二字，就能將山東青徐人和中原腹地人區分開來了。

隨著漢人分佈重心南移，比起鑒定一個北方人到底來自哪個州，判斷一個人是南方人還是北方人更為重要。從南北朝時期開始，許多文獻都記載了判別南北的方法。

南北朝文人顏之推在《顏氏家訓·音辭》中提到"南人以錢為涎，以石為射，以賤為羨，以是為舐；北人以庶為戍，以如為儒，以紫為姊，以洽為狎。如此之例，兩失甚多"。同時代陸法言所著《切韻·序》中也有類似的描述："支（章移反）、脂（旨夷反）、魚（語居反）、虞（語俱反）共為一韻，先（蘇前反）、仙（相然反）、尤（於求反）、侯（胡溝反）俱論是切。"兩書都對當時南北士族讀音的區別進行了總結。

唐朝玄應的《一切經音義》也記載了某些字南北語音不同，如"鞘"就有"江南音嘯，中國音笑"的記錄。李涪的《勘誤》則說"然吳音乖舛不亦甚乎？上聲為去，去聲為上，又有字同一聲分為兩韻。"

中國古人雖對語音差別相當敏感，一貫以之別人籍貫，但一般不會因為被人鑒別出不是自己人而碰上大麻煩，但到了辛亥革命時，一切都不一樣了。

辛亥革命於武昌爆發，武昌並非旗兵駐紮地，但作為湖北省會，向來有部分旗人居住。清朝成立新軍後又有部分旗人從荊州調防武昌，武昌起義後，發生過對旗人的屠殺事件。然而經過幾百年的漢文化熏陶，旗人普遍能說流利的漢語，通過長相判斷旗人更是不靠譜。在這種情況下，示播列發揮出了作用。

革命軍士兵萬業才回憶，旗兵有的被捉後不講話，有的學湖北腔以期糊弄過關。革命黨遂在城門設卡令唸"六百六十六"。武昌方言六讀 lou，旗人說六的語音多少與武昌漢人有異，因此被識破者甚眾。

當代中國方言中此類具有很高識別度的字依然存在，如普通話和粵語裏遍的聲母就不一樣；普通話的認、馨、貞讀前鼻音，粵語則讀後鼻音。一個學過粵語的北京人或者一個學過普通話的廣州人很容易在這些字上露出馬腳。

如果以上方法都不頂用，仍然有辦法通過語音讓冒充的“自己人”露出破綻。人對本地地名的讀音往往有一套自己的規律，就算外人對當地語言的掌握幾近完美，仍然幾乎不可能做到完全正確。

　　蘇州人把蘇州八門之一的葑門讀作“夫門”，北京人則把大柵欄說成“大 shi 爛兒”，上海有人把龍華說成“龍花”，廣州人把流花讀成“流化”，香港人把大嶼山讀為“大餘山”；英語地名 Woolfardisworthy 當地人讀 Woolsery，此類地名中的陷阱外地人要想避開近乎天方夜譚。

　　有人認為北京的人口承載力有限，所以將來要嚴格控制外地人口。由於絕大部分中國人都會普通話，通過口音分不易區分一個人是否是北京人，但是如果讓他挨個把北京城門的名字報一遍，便立即能篩出那些不知道哪些門該有兒化音的外地人。為了防止外地人迅速學會北京城門的正確讀法，將來在北京修一道有很多城門的巨型圍牆可算是個好的主意。

39

錢

是怎麼從牛變成紙的

有錢是全世界人民共同擁有的美好願望。但是到底怎樣才算有錢呢？對於一個今天的中國人來說，擁有大量股權、債券、基金等虛擬貨幣的人才是貨真價實的土豪。趕時髦的可能還會炫耀自己有一硬盤的比特幣，稍微老派一點的大概會覺得能用紅色的"毛爺爺"鋪床才稱得上任性，再往前推，家裏藏有金銀元寶方為殷實之戶……

錢的概念在歷史上不斷演進，所以雖然世人都愛錢，但是大家所愛的可不一定是一種東西。

現代意義上的錢在脫離了社會經濟體系，喪失了交換價值的情況下可以說毫無實際用途。設想某人不幸流落到無人荒島，隨身僅有 1 億現金，其他什麼都沒有，他定能體會到"窮得只剩下錢"的快感。

不光這樣，古代的金銀元寶金幣銀幣銅錢統統如此，不管表面多麼金光閃閃光彩照人，實質上只是一坨各色各樣的金屬疙瘩，在不被人賦值的情況下可謂沒有任何砸人以外的價值。只有在社會發展到一定程度後，這種華而不實、以稀缺性為賣點的東西才會有市場。

在人人處於生存線上掙扎的年代，弄一堆金屬疙瘩，或者更糟——一堆畫著圖的紙當作擺設可是一種過分的奢侈，早期的貨幣往往是為了滿足人類生存的基本需求而產生的。俗話說民以食為天，吃飯是所有人不可或缺的需求。雖然很多人有一朝辟穀飛升的美好願望，但殘酷的事實是，絕大多數人辟穀的下場只有餓死一途。

食物作為稀缺資源，這時自然也就有了成為貨幣的潛力。對於印歐人來說，能變錢的食物當然就是牛了。

印歐人就是人們對當今北印度、伊朗、歐洲大部分民族的總稱。他們長相千差萬別，宗教文化風俗各不相同，實在沒什麼值得稱道的共同點。在今天任誰也不會把印度東邊的阿薩姆人和愛爾蘭人聯想到一起。

18 世紀以前，也確實沒人覺得印度人和歐洲人有關聯。彼時的印度還是神秘東方的代名詞，歐洲人無論如何也不會覺得印度人其實是自己的遠房親戚。但是隨著語言學的發展，歐洲的語言學家逐漸意識到印度的梵語和歐洲語言似乎有那麼些若有若無的相似之處，如二在梵語中讀音為 dvá，和拉丁語的 duo，古希臘語的 dúo，乃至英語的 two 長得都挺像的。生物學往往能證明長得像的人是一個爹媽生的，而不是純粹巧合，語言學也同理。隨著語言學家的進一步研究，他們發現這些語言裏長得像的詞成百上千，要說都是巧合那概率可就太低了，因此最終他們推導出了一個強大的結論 —— 北印度千奇百怪的土話和西歐那些貌似高大上的德法英語實際上都是一種語言分化出來的！這種語言被稱作原始印歐語，而講這種語言的人則被稱為原始印歐人。

根據現代印歐各種語言當中同源詞的分佈可以重建印歐人彼時的生活。譬如印歐語言中表示雪的詞多同源，說明原始印歐人居住的地方冬天大概是會下雪的，表示銀的詞也同源，說明他們已經見過了白花花的銀子，但是表示鉛的詞卻各不相同，這大概暗示原始印歐人的銀子是從別處搞來或者搶來的。因為鉛是銀鍛冶過程中必然產生的副產品，可他們都沒見過。

通過學者一系列的重構研究的成果，現在學界普遍認為當年原始印歐人生活在今從裏海一直延伸到黑海的草原上，牧業在他們生活中佔據了非常重要的地位，他們馴養了羊、狗和牛。牛在他們的生活中地位極其崇高，不僅是重要的食物來源，也是拉車必備的力畜。

　　牛的重要性僅從一個側面即可以反映。如果一口氣喝下一升以上的鮮牛奶，絕大部分中國人不多久就會腹痛難忍，臭屁連連，直至上吐下瀉為止。這是因為鮮奶中含有一定量的乳糖，但高達 95% 的中國人不具備消化乳糖的能力，所以乳糖入肚後不能被消化吸收，最後只能由腸道中的細菌代勞 —— 它們會將乳糖發酵，同時產生大量甲烷、二氧化碳、氫等氣體，讓人痛不欲生。

　　由於絕大多數中國人並不依靠乳製品過活，所以乳糖不耐受的人並不會被自然選擇淘汰。但是對於早期的印歐人來說，乳類在他們的食譜當中是如此重要，以至於不能消化乳糖會形成巨大的競爭劣勢，不能消化乳糖的人甚至會小命不保。正因如此，長期自然選擇的壓力導致當今諸多印歐民族中乳糖不耐受症的發病率都相當低，如俄羅斯人僅有 16%，丹麥人僅有 4%，荷蘭人中更是僅有 1%。相對中國幾乎全民乳糖不耐受的慘狀可是要幸福多了。

　　因為牛在早期印歐人生活中地位崇高，很多印歐語言普遍用牛代表財富，如拉丁語錢是 pecunia，牛是 pecu，錢是牛的衍生品可謂顯而易見。靠南的、以農業為主的拉丁人如此，北邊苦寒之地的日耳曼人就更是這樣了，荷蘭語中的 schat、德語中的 Schatz 和古英語中的 sceat 都是寶物、親愛的、寶貝之類的意思，但是在原始日耳曼語中，這個詞的意思就是牛。就如中國人從古代開始就把貝殼當作錢，稱為寶貝，並逐漸演變為對人的愛稱一樣，古代日耳曼人眼中牛就是錢，最親愛的人當然就應該稱之為"寶牛"。或許"見錢眼開"乃是人之共性，誇獎最愛的人最好的方法普遍都是愛稱對方是一堆錢。

拉丁語中牛可用 pecu 一詞指代，這個詞在日耳曼語言當中也是有個親戚的，那就是英語當中一個令人聞聲變色的詞——fee！中國留學生普遍知道 fee（費用）是多麼可怕，上個學要 fee，搭輛車要 fee，坐個飛機還是要 fee，生活就是不斷地把辛辛苦苦賺來的錢以 fee 的形式消耗殆盡。

Fee 來自古英語 feoh，實際上就是拉丁語 pecu 的同源詞，正兒八經的表兄弟，在古代也是"牛"的意思，在古英語當中還表示財產、錢，到了現代就給轉義成花費了。更絕的是，牛和錢的關係如此緊密，在表示牛的幾個詞先後被"錢"篡奪之後，英語中表示牛的詞變得相當貧乏，於是只得從法語中引進了 cattle。Cattle 在古法語中本是個人名下的流動資產的意思，追根溯源則來自拉丁語中的"頭"，對於古英國人，最大的流動資產就是名下的牛，所以 cattle 就變成了牛。

隨著社會發展有了比吃喝更高層次需求的人民大概是覺得牛又大又笨重，攜帶困難，於是牛逐漸失寵，亮閃閃的貴金屬成為了群眾新的寵兒。

也正是金屬貨幣的誕生，才讓 money 一詞閃亮登場。Money 一詞來源於古法語 moneie，追根溯源則是來自拉丁語的 moneta。Moneta 原和錢沒任何關係，本是源於羅馬女性主神 Iuno（朱諾）一個叫 Iuno Moneta 的形象。朱諾女神的這個形象含義和中國古代的財神爺有相似之處，於是羅馬人就在祭祀她的神廟邊修建了鑄幣廠。久而久之 moneta 之名就徹底跟銅臭味聯繫在了一起，根本無法分離了——就如 China 變成了瓷器，Pekingese 變成了

北京犬那樣 —— 後來這個名字更是隨著羅馬文明遠播 "四夷"，不僅西歐北歐人使用，連地處東歐的俄羅斯也用 монéта 表示硬幣了。

在諸多可選的鑄幣金屬當中，金數量稀少，難以滿足大眾需求，銅又顯得稍微賤了那麼一點，容易發生巨大價格波動。於是各方面都很中庸的銀子最受青睞，成為很多地方的主力貨幣。銀成為錢的代名詞也同樣反映在很多語言當中，如愛爾蘭語的 airgead，法語的 argent 等。最絕的還是阿根廷，整個國名 Argentina 就是銀子之地的意思，這個祥瑞好名字的由來可以追溯到早期歐洲探險家，他們在各種很有欺詐嫌疑的交易中有過從當地土人手裏獲取大量銀子的黑暗歷史。

中國是世界上最先發明紙幣的國家，早在宋朝就出現了被稱為交子的紙質票據，進入元朝以後更是禁用了貴金屬貨幣，純用紙幣。可惜由於經濟學知識的匱乏，紙幣超發多次引發惡性通貨膨脹，明朝初年發行紙幣也落得類似下場。人們終於發現，紙幣在很多情況下不過是一張廢紙而已，遠遠沒有亮閃閃的白銀保值，最最不濟的情況下，家中光彩熠熠的銀元寶也能用來養眼。所以從明朝後期到清朝，銀在中國流通貨幣中都佔了很大的份額。

不幸的是，相對於有龐大經濟體量的中國對銀子的巨大需求，天朝大國的銀礦礦藏實在說不上豐富。因此，中國通過出口大量生活日用品從海外換取了大量的銀子。

銀的來源主要有兩個，一個是東鄰日本。日本列島雖地狹人稠，但在銀礦儲量方面實在是遠超地大物博的天朝上國。石見銀礦當年是全球首屈一指的大銀礦，日本的銀產量一度佔到全世界的三分之一上下。此外，"銀子之地"美洲新大陸提供的大量銀子也曾是中國市面上銀子的最重要來源，西方國家從美洲掠奪來的銀子就這樣通過國際貿易輸入中國，在此過程中產生了巨大的貿易逆差。

就如現在一樣，當年西方國家對自己和中國的貿易逆差也非常不滿，但是從善於積累財富的中國人手裏把銀子搞回來可非易事，終於蔫損的老外想出了往中國出口某種草藥製成品的餿主意，後面發生的事情就盡人皆知了。

時光飛逝，牛和銀風光的時代似乎已經一去不復返了。現在不管某人有多少頭牛或是銀子，都再難以當作自吹有錢的資本了。不過，未來中文裏也許會出現新的錢的代名詞，說不定若干年後房就變成是錢了，屆時跟人吹牛說我有好多房的感覺一定更加妙不可言。

40

馬
的世界史

馬是一種重要的家畜，人類馴養馬的歷史很長。馬作為代步工具、戰爭機器和食品來源在人類文明的進程中發揮了不可估量的作用，而馬自身的歷史也頗為曲折奇特，值得一提。

美洲的馬是歐洲人帶來的

馬科從奇蹄目中分化而來，因此馬是犀牛和貘的親戚。現代馬的祖先始祖馬誕生於大約五千萬年前，長相和現代的馬可是大相徑庭。它們個頭很小，跟現代的狐狸差不多大，還有分開的腳趾，食物則以樹葉和果實為主。始祖馬主要分佈在北美洲，當時的北美洲比現在要更加潮濕，植被更加茂密，所以始祖馬主要是一種在森林中生活的小型動物。隨著美洲氣候的逐漸乾燥，森林被草地取代，馬的祖先也逐漸進化以適應新的環境 —— 體形逐漸增大，蹄子漸漸形成以加強奔跑能力，牙齒也發生了改變以咀嚼更加硬而耐嚼的食物 —— 草。

馬科的演化非常複雜，過程中也經歷了不少分化，並非一路朝著現代馬的方向漸變，譬如中新馬就在迅速從祖先中馬中分化出來後和中馬共存了相當長的一段時間。中新馬也經歷了快速的物種分化，其中一類還回到了森林之中。在演化進程中，中新馬的諸多後代中有通過白令路橋（今白令海峽）向歐亞大陸擴散的，但是擴散到歐亞非的物種並沒有成功在舊大陸站住腳跟，它們不幸滅絕。所以馬科動物進化的主戰場仍然是北美洲。

直至 400 萬到 700 萬年前，一種馬屬動物自白令路橋進入舊大陸，才讓馬科在舊大陸徹底站穩腳跟。這種現代驢、斑馬、馬的共同祖先進入舊大陸後迅速擴張，很快遍佈歐亞非三大陸，並先後分化出一系列物種。在馬屬進入舊大陸之後，巴拿馬地峽形成，馬屬進入南美洲，至此，馬屬動物已經在除了大洋洲和南極洲外的所有大陸生根發芽，成為一類分佈極其廣泛的動物。

但是時光飛逝，到了距今約一萬兩千年前，它們卻在美洲大陸滅絕了。在北美經歷了數千萬年的漫長歲月後，它們突然從美洲徹底消失，其原因至今尚是個未解之謎。考慮到此前不久人類才從白令路橋進入美洲，不得不讓人懷疑這兩起事件是否有一定程度的內在關聯。無論如何，在哥倫布發現新大陸的時候，整個美洲大陸沒有一匹活著的馬，美洲土著語言中也並沒有表示"馬"的詞彙。可馬在美洲的故事遠遠還沒有結束：各路歐洲人將大量的馬匹從歐洲帶入美洲，其中不少到達美洲後由於種種原因流竄到了野外，這些回到老家的馬重新野化後在北美大草原廣泛分佈，而且為當地印第安人所用。這次可能是印第安人從歐洲人那裏學到了馬還有其他用處的緣故，這些野化馬並沒有滅絕。有些很聰明的印第安部落譬如蘇人還成功利用馴馬所帶來的騎兵優勢控制了大片土地。

見證原始印歐人擴張歷程的馬

馬進入歐亞大陸後的很長一段時間裏仍舊作為野生動物在大草原上自由馳騁，人類馴化馬的歷史相對於馴化狗要短得多。

大約六千多年前，生活在歐亞大草原的原始印歐人將馬馴化為力畜，馬在他們的生活中非常重要，因此理所當然得給這種動物取一個名字。

根據現代語言學構擬，原始印歐語當中馬是 *h₁ékwos，詞根和快有關，非常契合馬的特徵。原始印歐人騎著馬四處擴張：在西邊，他們持續不斷的侵擾和征服導致了古歐洲農業文明的瓦解，並同化了當地的人口，以至於現代西歐已經完全成了印歐語的天下，只有法國和西班牙交界處的巴斯克語還在苟延殘喘；在南邊，古印度河文明被南遷的印歐人征服，印度北部也改說了印歐語。從西班牙到印度，歐亞大陸大片的土地都成了印歐語民族的地盤。隨後隨著印歐民族語言上的分化，*h₁ékwos 在不同的語言當中逐漸演變成了不同的形式，如拉丁語 equus、古希臘語 hippos、梵語 áśva、吐火羅 B 語 yakwe 等，前兩者被英語借用後出現了 equine（馬的）和 hippopotamus（河馬）。

隨著時光的推移，也有很多印歐語言都放棄了這個表示馬的詞。日耳曼語言雖然繼承了 *h₁ékwos（原始日耳曼語為 *ehwaz），但當今各日耳曼語言常用的卻是另外一個來自 *ḱrsos 的詞彙。這個詞根本義和跑有關，在原始日耳曼語中為 *hrussą，在英語中經過換位音變變成了 horse。但作為一種借詞借得毫無節操的語言，英語又通過借入 walrus（海象）一詞（來自荷蘭語，是古諾斯語 hrosshvalr 的顛倒形式，意思是馬鯨），保留了這個詞根的另一種形式。諸多羅曼語言則紛紛放棄拉丁祖宗 equus，改用了來路不明的 caballus，後者據稱是一個來自高盧語的凱爾特詞彙，本來只出現在詩歌當中。可能是因為羅曼人用 equus 已經膩了，要追求新鮮，正如他們放著好端端的 caput（頭）不用硬是要把頭叫成 testa（罐）那樣。

所以，在當今法意西葡語中，cheval/cavallo/caballo/cavalo 大行其道，equus 也只能在文化詞中露個小臉了。倒是 equus 的陰性形式 equa 運氣稍好，至少在伊比利亞半島還活著，譬如西班牙語至今還有表示母馬的 yegua。而在印度諸語當中，詞根來自其他語言的詞如印地語中的 ghoṛā（比較梵語 ghoṭa）也在蠶食 *h₁ékwos 後代的地盤。

中國的馬從哪來

中原的馬並非原生於此的土產，二里頭等中原早期文化中均未出土馬的殘骸。商朝晚期雖然用馬，但是馬只用來拖車，而且多為進口貨。馬這個詞在上古漢語中也很難找到同詞族的詞，因此漢語中的馬有很大可能是個借詞。

在東亞和東南亞諸多不同語系的語言當中，表示馬的詞彙形式上都有些相似之處，上古漢語為 *mraaʔ，古藏語有 rmang，緬文為 mrang，彝語北部方言（涼山）為 mu33，嘉絨語（馬爾康）為 mbro，朝鮮語為 mal，滿語為 morin，日語為 uma（侗台語常見的 maa 則基本可以確定是中古漢語借詞）。而英語中母馬叫作 mare，詞根來自原始印歐語的 *mark-，這個詞根的後代也可以在愛爾蘭語（marc）和威爾士語（march）等凱爾特語中尋獲。如此看來，似乎亞歐大陸東部的諸多語言的馬和表示馬的詞彙都像是印歐來源了。

只是迄今為止發現有 *mark- 詞根的印歐語都是日耳曼語和凱爾特語，這兩個語族分佈於整個印歐語的最西部，和亞洲東部離了十萬八千里遠。而比較靠近亞洲東部的吐火羅語現有的材料反映出的則是 *h₁ékwos，並不使用 *mark-。這個詞彙如果確係印歐語借入，則可能是借入亞洲東部語言後反而在大多數印歐語中流失了，所以只保存在整個語系的西陲，不過這種情況的可能性有多大實在應該打上一個大大的問號。

亞洲東部各語的馬是不是來自印歐語暫時按下不表，就東亞和東南亞內部來看，這些語言裏的馬似乎都指向一個 m（V）rV（N）結構的詞根，詞尾帶不帶鼻音有交替現象（其中有些現代沒有鼻音的語言是很可能是後期音變造成的，例如彝語和嘉絨語）。這種詞尾有沒有 N 的交替在景頗語裏尤其明顯，馬在這種語言中存在 gum ra 和 gum rang 兩種形式，漢語顯然是不帶鼻音的代表。考慮到漢語位於整個漢藏語系的東部，引進馬這個詞很可能經過了某個藏緬語民族轉手，則漢語中不帶鼻音的馬可能來自某種鼻音韻尾已經消失或演化為鼻化元音的藏緬語，因此早期漢語引入的是不帶鼻音的形式。亦有說法認為漢藏語言中的馬都是來自阿爾泰語系的北族語言，因為有無鼻音韻尾交替的現象在阿爾泰語言中就已經發生，雙方分別是借了帶鼻音和不帶鼻音的形式。不管真實情況到底是怎樣的，東亞的漢藏語言有了馬以後，它再分別沿著不同方向傳播，終於產生了如今帶鼻音與否兩種形式的馬在東亞和東南亞並存的格局。在這個背景下，位置靠東的語言如日語、朝鮮語、侗台語受到漢語影響，採納了不帶鼻音的形式；而靠近西邊的部分苗瑤語和南亞語則受南下的緬彝語影響，接受了帶鼻音的形式。

當然，表面上的形式相近也可能是偶合，漢語中的馬未必和上述所有語言中的馬同源，在沒有更確鑿的證據前也不能完全否定馬這個詞可能是漢藏語原創。亦或許馬是個在亞洲產生的遊走詞，在歐亞大陸到處流竄，西邊竄進了英語愛爾蘭語，東邊竄進了日語朝鮮語，但是誕生這個詞的語言卻湮沒無聞了。

有了馬，印歐人征服了半個歐亞大陸；有了馬，南下的緬人把伊洛瓦底江流域的土著攪和得"人仰馬翻"（因為這些土著當時可沒有馬）；有了馬，蘇人讓其他印第安部落不得不服。或許是巧合，或許是天命，馬無論從生物學、社會學還是語言學方面來講，都是一種極其不平凡的動物。

古往今來的
君主
都有哪些稱呼

阿拉伯文獻《中國印度見聞錄》中記載了阿拉伯商人伊本‧瓦哈卜覲見中國皇帝（唐僖宗）的故事。據說會見時中國皇帝說，全世界的君主他只重視五個。第一為伊拉克（黑衣大食）國王，處世界之中，疆土最廣，是為"王中之王"；第二是他自己，中國的皇帝，善於治國，君臣和睦，臣民忠誠，是為"人類之王"；第三是中國北鄰突厥的"猛獸王"；第四則是印度的"大象王"，也稱"智慧之王"；第五則是拜占庭王，因拜占庭男子英俊不凡，是為"美男之王"。

　　該書中對這次會見的記載是否屬實大可存疑 —— 想來作為天子，唐僖宗定然不會甘居阿拉伯王之下，主動把自己說成老二，這故事大概是伊本‧瓦哈卜回國後經過了加工潤色的產物。但是這五位君主確實不同凡響：相對一般國家，他們統治的疆域遼闊，國內民族眾多，實力強勁，對整個周邊地區都具有極高的支配權。

　　歷史上這類大國的帝王稱號往往並非一般的"王"，而都要玩點花樣體現自己的獨特地位。中國的王稱有前史時期後世文獻記讀的"后"，商朝的"帝"，周朝的"王"，一統天下的秦始皇卻還覺得不過癮，就給自己捏出了個"皇帝"的稱號，而諸如朝鮮和越南的國王就只能用"王"，地位上的差距一目了然。而上述四位國王以及他們的祖先和後代們也各有各的招數。

"王中之王"是專有稱號

當個王本來就不容易，當個王中之王那就更不容易了。王中之王的稱呼本來源自西亞，兩河流域是人類文明的搖籃，大大小小的城邦在兩河流域出現後，城邦的統治者們紛紛各自稱王。

青銅時代後期，西亞城邦陷入長期的兼併戰爭中，富強的城邦往往發展為控制大片土地的國家，被控制的城邦要向其俯首稱臣。於是，在普通的王之上，又多了"王中之王"。

亞述帝王圖庫爾蒂—尼努爾塔一世是已知最早使用王中之王的國王，作為一位東南征服喀西特，東北征服亞美尼亞，還一度控制巴比倫的雄主，這個稱號可謂當之無愧。

真正把王中之王的稱號發揮到極致的則是波斯人。古波斯語中稱呼國王為 XšāyaΘiya，是來自另外一支伊朗人米底人語言的借詞，本意為權力、命令，和梵語的剎帝利也屬同源，而王中之王則被稱為 XšāyaΘiya XšāyaΘiyānām。

波斯人屬於遷入伊朗高原的印歐人一支，在進入伊朗高原後向西南方遷徙，定居於今天伊朗西南的法爾斯省。公元前 550 年左右，波斯首領居魯士起兵反抗當時統治波斯的米底王國。他最終成功推翻了米底王國並在其基礎上建立了波斯帝國。波斯帝國成立後迅速擴張，征服了兩河流域的新巴比倫王國和小亞細亞的呂底亞王國，將中亞大片地盤納入帝國領土，並入侵埃及和希臘。在擊敗了如此多的國王後，他就順理成章成為了 XšāyaΘiya XšāyaΘiyānām。

王中之王的頭銜就此成為波斯亙古不變的傳統，後來歷代伊朗王朝始終沿用王中之王的稱號，只是由於語言變化，XšāyaΘiya XšāyaΘiyānām 變成了現代波斯語的 Shāhanshāh。而這個輝煌的稱號也不僅僅限於伊朗人使用——印度莫臥兒帝國乃至信奉東正教的格魯吉亞王國都有為了權威往自己身上套 Shāhanshāh 的記錄。

只是故事中唐朝皇帝說阿巴斯王朝哈里發是王中之王，他本人可未必受用得起。王中之王代表著絕對的權力，在諸亞伯拉罕一神教中一般只用來指代上帝，凡人是不可以亂用的。伊斯蘭教興起以前阿拉伯人的國王一般使用 Malik 為稱號，阿拉伯帝國興起以後則採用 Caliph（哈里發，即 "後繼者" 的意思）。而加了定冠詞，意思和王中之王差不多的 Al-Malik 則跟英語 The Lord 一樣，成為真主安拉的專用稱號。伊朗人在轉信伊斯蘭教後繼續用著王中之王，大概說明他們還是對信仰採取了更加靈活的態度。

草原霸主為什麼從單于變成了可汗

蒙古高原上一向有讓中原王朝頭痛不已的遊牧民族馳騁，這些北族中時不時會誕生能人一統整個草原，建立極其廣袤的帝國。第一個做到這一點的就是匈奴人。

匈奴的最高統治者為 "撐犂孤涂單于"，據說是天子的意思，始創於頭曼單于。其中 "撐犂"（上古漢語 rthaangriil）即天，這個詞後世北族仍有使用，如蒙古語的 Tenger（騰格爾）和突厥語（以維吾爾語為例）的 Tengri 和這個詞仍相當類似。

至於單于，根據語言學家潘悟雲先生的說法，上古漢語讀音可能是 danGa，這個稱號隨後被大量中亞民族使用，形式多為 Tarqan（複數 Tarqat）之類。即後來漢文典籍中的 "達幹／答剌罕"。後世答剌罕仍然是個不錯的尊號，一般授予立下大功的將軍。答剌罕們有大量特權，可以不經通報進入可汗牙帳，並且有相當高的犯罪豁免權。蒙古帝國時期，答剌罕們更是享受免稅待遇 —— 不過比起昔日草原最高統治者，這個稱號的含金量還是大大貶值了。

單于貶值得這麼慘烈，草原霸主們當然需要另起一個新稱號了。這個新的稱號就是"可汗"，後來也經常簡稱為"汗"。

相比單于來說，可汗的知名度顯然更高，在中國，由於《木蘭詩》的功勞，可汗幾乎家喻戶曉，而中國皇帝在跟北族打交道時也往往自稱"天可汗"之類的名字。至於北族方面，可汗不但為鮮卑、突厥、契丹、女真、蒙古、滿洲一路沿用，西遷的北族還把這個稱號帶到了西亞乃至歐洲，保加利亞的統治者就長期稱"汗"。直到公元 864 年，保加利亞汗鮑里斯一世大概覺得"汗"這個莽氣十足的稱號實在不合時宜，於是改稱"大公"，並於次年皈依了東正教。更有意思的還是格魯吉亞王國 —— 作為一個基督教王國，他們的國王不光喜歡用波斯的王中之王，還愛給自己加個"某某汗"的頭銜。

一般認為可汗最早是柔然人使用的，但是其實早在匈奴時代，可汗的稱法就已經有了苗頭。匈奴左賢王曾經改稱為"護于"：《漢書·匈奴傳下》有"烏珠留單于在時，左賢王數死，以為其號不祥，更易命左賢王曰護于"的說法，並說"護于之尊最貴，次當為單于"。這兩個字上古漢語發音近 GaGa，和可汗（Qaghan）相當接近。

而在比烏珠留單于更早的時期，可汗就已經在匈奴單于的名號中出現了 —— 有名的呼韓邪單于中的"呼韓"二字正可和 Qaghan 相對。這位匈奴單于是首個到中原朝見的匈奴單于，並藉助漢朝的力量成功戰勝了政敵郅支單于。他還請求和親迎娶王昭君，更有意義的是確立了兄終弟及的傳位方式。這在很大程度上減輕了混亂的繼承體制引發的爭位問題，也是漢匈之間達成數十年和平的重要原因。這麼這位單于作為可汗的首個使用者也算實至名歸了。

國王曾經是個壞稱呼

希臘一貫出美男，但是唐僖宗為什麼會把美男子當作拜占庭的特質就頗讓人費解了。不過，對於中世紀的拜占庭人來說，稱他們為拜占庭人可是有可能會遭到“美男子們”的白眼的。

拜占庭帝國即東羅馬帝國，作為羅馬帝國的正統傳承人，東羅馬人向來認為西羅馬滅亡以後自己就是唯一的羅馬人，至於日耳曼人的“既不神聖也不羅馬更非帝國”的神聖羅馬帝國，根本就是蠻族往自己臉上胡亂貼金的產物。所以東羅馬人自稱羅馬人，也直接把東羅馬帝國稱為 Βασιλεία Ῥωμαίων（Basileia Rhōmaiōn，即羅馬帝國）。

作為一個典型的老牌帝國，羅馬帝國君主稱號的複雜程度讓人頭暈目眩，而到了希臘化的東羅馬帝國，稱號的變化更加繁複，直讓人目不暇接。

羅馬帝國本是一支拉丁部落暴發的意外產物。和所有古代的印歐人一樣，這支部落也有自己的首領，在拉丁語中被稱為 Rēx，本意為統治者，後來自然轉義為國王，和印度梵語的 Rājan 同源。

但是羅馬國王們的名聲卻不太好，特別是傳說中最後一個國王的兒子強姦了某貴族婦女致其羞憤自盡，這件醜事引發了革命，國王被廢，全家被逐出羅馬。自此羅馬成為一個共和國，而代表國王的 Rēx 成為了人們唯恐避之而不及的負面詞彙。

到了凱撒和屋大維的時代，羅馬共和國大大擴張，疆域愈發遼闊，但權力越來越集中在一人手裏，共和國體制名存實亡，皇帝誕生了。

但是臭名昭著的 Rēx 顯然不適合用作皇帝的尊號，況且理論上說統治羅馬的權力仍然來自元老院與羅馬人民（SPQR）。最後 Imperātor 就成了新的皇帝稱號。這個詞來自動詞 imperō（指揮），意思是指揮官。它本來是個軍事頭銜，授予將軍，但在奧古斯都之後，這個稱號慢慢喪失了軍事色彩，逐漸演變為羅馬皇帝的專屬頭銜，要是哪個將軍敢再自稱"指揮官"就等於宣稱謀反。而羅馬帝國也因此被稱作 Imperium。這個稱號後來繼續沿用下去，當今歐洲語言中的皇帝如法語 empereur、英語 emperor、西班牙語 emperador 均來源於此。

但是，作為帝國皇帝，光有一個指揮官的稱號還是不夠的，帝國創立者凱撒和屋大維的名字也得放上去。凱撒（Caesar）原本是個源於綽號的家族名，來源於凱撒祖先的事跡 —— 有人說他是剖腹產誕生的，有人說是他的頭髮厚，有人說他的眼睛是灰的，甚而有說是因為他在戰場被一頭大象弄死了，但後來的皇帝們顯然不在乎這個綽號有多奇怪，紛紛用上了凱撒。到了今天，德語 Kaiser（皇帝）和俄語 царь（Tsar，沙皇）還是直接用的凱撒的名字。而屋大維從故紙堆裏給自己挖出來的一個叫奧古斯都（Augustus）的家族名也成了皇帝專屬。

到了東羅馬時期，由於帝國領土萎縮到了主要說希臘語的東部，這些拉丁頭銜逐漸過了氣。特別是希拉克略大帝將官方語言改為希臘語後，時代更是呼喚新稱呼的出現。

於是 Imperātor 被翻譯成了希臘語的 αὐτοκράτωρ（Autokratōr），即自我統治者的意思。皇帝上頭已經沒有人可以管得了了，自然就是"自我統治者"了。但是希拉克略大帝大概覺得這個稱號還不夠霸氣，其時東羅馬已經演化成了一個不折不扣的君主政體，民眾對國王的反感也已經不用考慮了，於是亞歷山大大帝用過的 βασιλεύς（Basileus）就粉墨登場，成為東羅馬皇帝的專屬稱呼。

βασιλεύς 本就是帝國東部對羅馬皇帝的非正式稱呼，之前不過是因為皇帝們怕這個詞和君主的聯繫讓人反感才未正式採用。在被正式採用後果真霸氣非凡，一時取代了各種各樣的其他稱號。可惜後來隨著東羅馬帝國國運轉衰，僭稱皇帝的蠻族小王也越來越多。於是弔詭的現象發生了：隨著東羅馬越來越衰落，皇帝的頭銜卻越來越輝煌。不但重新加上了 αὐτοκράτωρ，甚至連奧古斯都的希臘語形式 αὔγουστος 也獲得了新生，附在了王稱之中。

不過，這些光輝燦爛的王稱並沒有拯救東羅馬帝國的命運，1453 年君士坦丁堡失陷，東羅馬滅亡。有趣的是，取而代之的奧斯曼帝國的蘇丹們時不時仍然以羅馬帝國正統繼承者自居，自號羅馬凱撒 Qayser —— 看來他們和同樣自稱凱撒的俄國沙皇們結怨算是其來有自了。

歐洲王位
憑什麼傳男不傳女

遺產應當留給誰，一向是人類社會完成原始積累後的大問題。平民家庭如此，有著大量財產的貴族家庭對此就更是頭痛不已了。選擇誰作為繼承人從來都是件危險的工作，稍有不慎就會帶來腥風血雨。

羅馬帝國時代，羅馬法對皇帝身後究竟應該由誰來繼承並沒有過多要求，就是由皇帝指定，對象多為親屬或者養子。由於繼承制度極其混亂和不明確，所以經常引發爭議，不少皇帝甚至因此送了命。

中國人相對來說就聰明多了，從上古時代開始就建立了相對穩定的嫡長子繼承制。雖然立嫡立長的原則不時被打破，偶爾也有立子以賢或者立儲以愛的做法，但終究還是提供了相對穩定的心理預期，避免了很多可能的立儲爭議。

羅馬帝國後，吸取了經驗教訓的歐洲人也學乖了。各種奇奇怪怪的繼承法也就應運而生。而且，與中國繼承規則仍有較大隨意性不同，這些繼承法對繼承順序往往有著更加嚴格的規定。

薩利克法和百年戰爭

羅馬帝國後期，有大批日耳曼人渡過萊茵河入侵帝國。在隨後的幾個世紀裏，日耳曼人逐漸掌控了西歐大片領土，其中的法蘭克人薩利克部族通行的各種習慣法被國王克洛維一世採納，成為後來查理曼帝國的法律基礎，這就是所謂薩利克法，其中關於繼承的法律成為西歐比較通行的一種繼承法。

薩利克繼承法的核心就是傳男不傳女，最常見的形式為長子繼承制，即由年齡最大的在世兒子繼承王位。如果碰上了沒有兒子或者兒子全部死亡的情況，則由近及遠，讓其他男性親屬繼承。

法國王室當屬貫徹薩利克繼承法的標兵。作為法蘭克人的主要繼承者，後來的法國人堅決徹底地遵循著薩利克法。法國歷史上從休‧卡佩到路易十六的所有國王均為男性，且均為休‧卡佩的父系後代。

雖然關於法國王位的繼承法如此明確，但西歐最廣大肥沃土地的統治權還是太誘人了，這讓無數心懷叵測的陰謀家垂涎欲滴，等待著機會。

薩利克繼承法有個小小的問題就被人們鑽了空子。雖然女性在薩利克繼承法下沒有繼位的權利，但是對女性的男性後代有無繼承權則規定較為模糊，這點自然是不會被有心人放過的。

法王路易十世於 1316 年 6 月 5 日去世後只留下了一個女兒，並無男性後代，幸運的是他去世時王后已經懷孕。11 月 15 日，王后產下一名遺腹子，即約翰一世。

可惜好景不長，約翰一世居然在 11 月 20 日就死了。這個短命的男嬰創下了一項相當具有諷刺意味的紀錄 —— 他是唯一一位出生就即位的法國國王，也因此是唯一一位一輩子都是法國國王的人。

約翰一世死後，路易十世的弟弟腓力五世即位。他也未能留下男性子嗣，於是又由弟弟查理四世即位。結果查理四世又是到死也沒有兒子。

至此法國王室出現了繼承危機。王位的候選者主要有兩個：

一個是路易十世的外甥，他妹妹法蘭西的伊莎貝拉和英格蘭國王愛德華二世之子——愛德華三世，還有一個則是路易十世的堂弟，後來的腓力六世。

按慣例外甥是繼承時更近的親屬，這對愛德華三世來說簡直是天上掉餡餅的好事，他本應不費吹灰之力就把法國吃下來。但是好事多磨，法國國王頭銜這麼大一塊肥肉，想要囫圇吞棗可沒那麼容易。

法國貴族對有可能被英格蘭國王統治這點深惡痛絕，於是他們在巴黎集會決定腓力六世才應該是法國王位的合法繼承者，並於 1340 年由教皇確認嚴格的薩利克繼承法不但完全禁止女性繼承爵位，而且繼承權不能通過女性傳遞，諸如外孫繼承外公，外甥繼承舅舅之類的情況就此被徹底否決，愛德華三世暫時爭位失敗。

他當然不會善罷甘休。英法關係本就因為種種原因相當緊張，再加上這次繼承權糾紛點燃了導火索，最終雙方兵戎相見，竟打了場人類歷史上持續時間最久的英法百年戰爭。

英國為何會有這麼多女王

薩利克繼承法的一大特點即王位很有可能在有近親的情況下被遠親繼承走。但是並不是每個人都會覺得自己的三道堂姪子比女兒還親，繼承法也逐漸演變出了讓女性也能參與繼承遊戲的各種規則。

嚴格意義上的薩利克法不但不允許女性繼位，也不允許女性傳遞繼承權，但後來神聖羅馬帝國的領主們普遍採用了半薩利克法，即在全家族男性滅絕的情況下可由女性及其後代繼位。

女性可以繼位比起薩利克法可謂是在男女平等的意義上“進

化"了一大步，但是這種繼承法下，三道堂姪子對王位的繼承權仍然可能高於女兒、外甥、外孫等近親，於是對近親更加友好的繼承法也應運而生了。

以英國為例，英國早期繼承法並未形成定規，常常有各種混亂的爭位局面出現。隨著時間的推移，英國繼承法逐漸演化為男嗣優先長子繼承，即其他條件相同的情況下男性繼承順位優先於女性。如此一來女性即位不需要等到全王朝男性通通死光 —— 在沒有兒子只有女兒的情況下，女兒即可繼位。

在男嗣優先長子繼承權的指引下，英國成為了一個高產女王的國度：亨利八世死後女兒瑪麗一世和伊麗莎白一世先後繼位，後來又有瑪麗二世、安妮女王等。19 世紀維多利亞女王更是統治英國長達六十三年。現任英國國家元首仍然是位女性 —— 伊麗莎白二世女王。

不過，這種繼承法可也是讓英國付出過不大不小的代價的。自百年戰爭輸給法國後，英國在歐洲大陸上就沒有了任何據點，但時來運轉，1714 年隨著安妮女王去世，英國斯圖爾特王朝絕嗣。在這種情況下，詹姆斯一世的外孫女，神聖羅馬帝國漢諾威選帝侯夫人索菲婭及其子嗣成為了不二之選。就這樣，索菲婭的兒子，漢諾威選帝侯喬治繼承了英國王位，成為喬治一世。英國國王和漢諾威選帝侯就此成為一人，英國又在歐洲大陸有了一個據點。

英國和漢諾威的統治者雖然變成了一個人，但是兩國並沒有正式合併，法律體系也仍舊各不相同，其中繼承法的不同為未來埋下了重大隱患。

1837 年，英國國王兼漢諾威國王威廉四世去世，未留下子嗣。他排行老四的弟弟（已故）的女兒，威廉四世的姪女維多利亞按照英國的男嗣優先長子繼承成為英國女王。但是漢諾威王國繼承法施行半薩利克法，在漢諾威王朝男嗣存在的情況下，怎麼樣爵位也輪不到維多利亞一介女流繼承。於是漢諾威公爵爵位就落到了威廉的尚存最年長的弟弟恩斯特（排行第五）手裏，英國和漢諾威公國在短暫結合了一百多年後又再次說了拜拜。

歐洲傳統的繼承法，無論是薩利克、半薩利克還是男嗣優先長子繼承，終究是重男輕女的。在現代男女平等的思潮下已經顯得有些不合時宜。從 1980 年開始，歐洲多個王國逐漸採取絕對長子繼承法，即國王的首個孩子，不論男女都具有最高的繼承順位。截至目前，荷蘭、比利時、丹麥、瑞典、挪威、盧森堡均已採用此法，英國也已經步他們的後塵修改繼承法為絕對長子繼承制。

只是看似如此平等與先進的繼承法其實是拾古人的牙慧，位於西班牙和法國交界處的巴斯克人早在中世紀早期就開始這樣做了。巴斯克地區古代屬於納瓦拉王國，雖然納瓦拉的王室作為外來戶一般採取男嗣優先長子繼承，巴斯克人自己卻是實行男女平等的絕對長子繼承的，不管頭胎是男是女，都具有最優先的繼承順位，實在是引領世界潮流，比其他民族不知高到哪裏去了。

哪種繼承法最詭異

羅馬帝國吃盡了混亂的繼承法苦頭，可能正是因為吸取了教訓，作為羅馬正統繼承人，東羅馬帝國（拜占庭帝國）搞出了一套複雜到讓人眩暈的繼承法。

東羅馬帝國繼承法在英語中被稱為 porphyrogeniture，porphyro- 來自希臘語，為紫之意，整個詞直譯成漢語就是 "紫生繼承法"。

　　這個紫生可與新生兒出生時渾身發紫的景象毫無關係。眾所周知，羅馬文化崇尚紫色，紫色為帝王的象徵，東羅馬帝國繼承了他們對紫色的喜愛，紫色作為帝王用色，擁有高貴的地位。紫生其實指的是出身高貴，與眾不凡。英語中有 born in the purple 的說法，即指一個人出身極其高貴。在漢語中，東羅馬帝國紫生的皇嗣往往被稱為紫衣貴族。

　　成為紫衣貴族的條件還真是相當苛刻。首先就是出生的時候，父親必須是東羅馬皇帝，母親是東羅馬皇后，這樣的出身才夠高貴。如果是父親當上皇帝前就出生的孩子，那他變成皇嗣時也只能算泥腿子上岸，運氣而已，不是天生的。此外，皇后還得經過神聖儀式封為奧古斯塔（Augusta）才算數。

　　更為重要的是，必須在君士坦丁堡皇宮中一個由紫色斑岩搭建的正方形宮殿中出生的皇嗣才配稱作紫衣貴族。如果沒能生在這個紫色寢宮（Πορφύρα）之中，大概說明天生不夠尊貴，享不起"紫生"的福，也就不配被稱作紫衣貴族了。

　　所謂紫生繼承法就是帝位優先由紫衣貴族繼承，如果長子不是紫衣貴族而次子是，則次子反而擁有更高的繼承權。沒辦法，誰叫紫衣貴族天生貴氣呢。

　　自然，如此複雜的繼承法可操作性不高，鬧出各種亂子的可能性也不小。在東羅馬歷史中，相當多的皇帝不是紫衣貴族，而紫衣貴族往往由於這種宿命般的高貴被當作外交工具，被用來和各種想要攀高枝的周邊民族和親。

　　在一般民族都想方設法通過繼承法規避繼承權糾紛的時候，也有勇者反其道而行之，讓繼承大戰制度化。奧斯曼土耳其相當長一段時間內都施行著一種異常詭異的繼承法，即在老蘇丹死後，所有兒子爭搶蘇丹之位，勝利者將其他兄弟全部處死。到了下一代，勝利者自己的兒子又開始新一輪的血腥大戰。

在這種恐怖的繼承體制下，奧斯曼蘇丹國居然順利發展壯大，最終征服東羅馬，成為橫跨歐亞非的大帝國，說明此種繼承法似乎還是頗有通過實踐成功達到立子以賢的功效 —— 相比中國歷代帝王立子以賢常常看走眼的慘況，這樣的"實踐出真知"恐怕是要可靠得多了。

43

從野雞到鳳凰：

法語的
"黑歷史"

法語留給很多人美好的印象，彷彿它是愛情的語言、藝術的語言……甚至不少人會認同《最後一課》的說法，覺得法語是全世界最美麗的語言。但是揭開它這些光鮮外衣，我們就會發現它作為一門高尚語言的歷史並不長久，可謂是從一門邊鄙小語升級為 "白富美"。

公元前 1 世紀，凱撒征服了高盧（即今法國），高盧成為擴張中的羅馬帝國的一個組成部分。經過長期的羅馬統治，拉丁語早已取代凱爾特語成為高盧地區的通行語言。這種高盧地區的拉丁語就是法語的濫觴，它以拉丁語為基礎，融入了少許高盧語的痕跡。如 caballus（馬）取代拉丁語原本的 equus，最終成為法語的 cheval。

法語數字的表達有比較變態的地方，譬如七十是 soixante-dix（六十和十），八十是 quatre-vingts（四個二十），九十是 quatre-vingt-dix（四個二十和十）。國民每天頭腦裏翻滾的都是這種數字，也難怪法國是個數學家輩出的國度。這種頗為古怪的二十進制法有可能就是未被拉丁語洗刷乾淨的古凱爾特特徵在法語中的殘留。

羅馬人在高盧待了幾百年後日子不太好過了，因為一群新的野蠻人從東方出現了，日耳曼部落紛紛被迫入侵羅馬帝國。在這大群日耳曼部落中，有這麼一群叫作法蘭克人（Franks），即 "自由人" 的人。他們比較幸運，在諸多日耳曼部落中走得最遠，佔據了法國這片西歐最肥沃、氣候最宜人的千里膏腴之地，而他們東邊的窮親戚就只能忍受貧瘠的土地和惡劣苦寒的氣候了。就這樣，法蘭克人佔領的地方被稱作 Francia，此即法國（France）名稱的由來。

但是初來乍到的法蘭克人對高盧這片熱土還是相當陌生的，因此他們把這片土地稱作 Walholant（外國人的土地），這個詞後來演變為 Gaule（高盧），所以"高盧雄雞"們不但實際上和凱爾特高盧人沒什麼關係，就連"高盧"這名字都是鳩佔鵲巢把原住戶稱作"老外"得來的。

日耳曼諸部落當年的發展程度相當低，更沒有什麼文化上的建樹了，連識字的怕是都沒幾個。法蘭克部落到了拉丁語的地盤，雖然自己成了雞頭，但人口稀少，為了和自己的臣民溝通，學點拉丁語還是很有必要的。

有很多人認為普通話是"滿大人話"，是清朝滿族人學出來的荒腔走板的漢語，所謂"胡人亂我語音"即由來於此。普通話是"滿大人話"其實是無稽之談，但是法語倒真真正正是被"胡人"學亂了套。

想把一門外語學好可不容易，中國人學英語一不小心就學成了 Chinglish。同樣，日耳曼人也不是語言天才，把拉丁語學地道也相當不容易，一不小心就學成了怪腔怪調的老外腔。

世道確實不公平，中國人說的 Chinglish 到處被人笑話，有促狹的老外甚至編了個"Ching chong ching chong ching ching chong"的順口溜，笑話中國人說的中式英語音節高低起伏就像敲鑼一樣。這日耳曼人荒腔走板的拉丁語可能因為是帶著刀劍的人說的緣故，笑話的人不多，慢慢竟成了氣候，反而影響了本地說拉丁語的人口，地位還一路走高，最終形成了法語。

相比其他拉丁語的後代如西班牙語和意大利語而言，法語因為是老外腔的緣故，所以和拉丁語的差別特別大。日耳曼人學拉丁語大概只是追求簡單溝通，對方能聽懂就行，所以很多拉丁詞彙傳到法語裏，經常缺胳膊少腿，動不動還改頭換面，沒有詞源學家研究的話，可以說連神仙都認不出。

譬如 disieiūnāre 太長了，法蘭克人舌頭繞不過來，就說 dîner（吃飯）湊合著對付下吧；身上長了 pedīculus（蝨子）已經夠癢夠難受了，誰還有閒心說那麼長話，哼聲 pou 也就差不多了；humilis（謙卑）太低聲下氣了，聽都聽不清，給它塞點東西成 humble 聽起來容易多了；tremere（害怕）嚇得人魂飛魄散，記憶不清楚，回過神來隨便說個 craindre 就趕緊去喝杯啤酒壓壓驚。

實在想不出拉丁語的時候，法蘭克人就直接噴出幾個日耳曼詞彙代替。日耳曼借詞氾濫的重災區主要出現在跟軍事、日耳曼社會有關聯的語匯中，不少並沒有相對應的拉丁詞，所以方便起見就直接用日耳曼語了。如 attaquer（攻擊）、guerre（戰爭）、troupe（軍隊）、bière（啤酒）之類，這些詞大多數都跟日耳曼統治階層的日常活動息息相關。此外，不知為何法語裏表示顏色的詞彙也多來自日耳曼語，如 blanc（白）、bleu（藍）、brun（棕）、gris（灰色）。

查理曼大帝的出現讓這些法蘭克人可悲的文化水平有了一點提高，法國土地上的人民終於發現他們說的"拉丁語"太不像樣，和純正的拉丁語有天淵之別，已經難以像意大利和西班牙人那樣繼續用拉丁文書寫自己的口語了。查理曼大帝去世後帝國發生分裂，他的兩個孫子日耳曼人路易和禿頭查理紛爭不斷，最後雙方於 842 年在斯特拉斯堡結盟發誓不攻擊對方，共同對付自己的另外一個兄弟洛泰爾，否則天打雷劈。

這種誓言要都相信就太天真了，兩兄弟很快繼續相互攻訐，直到 843 年 8 月《凡爾登條約》簽訂，查理曼帝國正式一分為三。

雖然《斯特拉斯堡誓言》根本未被遵循，但是這篇誓言卻是古法語第一次出現在記錄中，自此法語和拉丁語正式分家。而隔年的《凡爾登條約》割裂了法國的法蘭克人和日耳曼原鄉的聯繫。在這種聯繫被割裂後，法國的法蘭克人拉丁化（也可稱為羅曼化）的進程逐漸深入，古法語從外語慢慢轉變成了法蘭克貴族的母語。到了 10 世紀中期以後，本來的日耳曼法蘭克語反倒成了外語，法蘭克貴族也把這種語言忘得精光，從卡佩王朝開始，法王接見日耳曼使者就不得不請翻譯了。

雖然法語在法國站住了腳跟，但如此野雞的“胡語”一開始毫無地位，法國在教育、行政、法律等官方場合仍然長期使用從羅馬時代傳下來的拉丁語。拉丁語的官方地位要到 1539 年法王弗朗西斯一世下令所有正式文件改用法語時才廢除。

弔詭的是，在法語地位一路躍升取代拉丁語的同時，拉丁語卻對法語開始了新一輪的影響。在文藝復興席捲意大利的一個世紀後，這股春風終於吹到了法國。古代希臘和羅馬的知識寶藏被重新挖掘，拉丁語雖然失去政治、宗教上的壟斷地位，但是卻搖身一變成為知識文化的象徵。越來越講究文化的法國人赫然發現，法語貴為拉丁語的子孫，自己豈不是也天然高人一等？但是得意沒多久，他們就發現法語實在胡化得太厲害了。要想攫取拉丁語正宗傳人的地位，就得給法語好好整整容。

法國人給法語整容的招數和中國人在白話文裏硬塞文言的附庸風雅之舉頗有異曲同工之妙。拉丁語的 frigidum（冷）在法語中本已野化為 froid，但是法國人重新弄出了個 frigide，用來表示“非常冷”。Ratiōnem（理由）在法語中已經以 raison 的模樣出現，法國人決定再多個 ration（份）那也是極好的；potiōnem（飲料）在法語中改頭換面轉義為 poison（毒藥），法國人大概覺得這詞無端蒙冤確實可憐，所以又引入了 potion（藥劑），真是得了以毒攻毒的真傳。

此外法國人還有大招，正如中國風雅人士以及附庸風雅人士會用繁體字乃至古體字一樣，法國人還改了不少詞的拼寫，讓這些詞至少表面上更像自己的拉丁祖宗，如 cinc（五）改為 cinq（拉丁 quinque），doit（手指）改成了 doigt（拉丁 digitum），tens（時間）改為 temps（拉丁 tempus）。

可惜的是，附庸風雅是有風險的，就如中國有人把 "皇后" 寫成 "皇後"，法國人往自己臉上貼金的行為也常常鬧出笑話。古法語重量本是 pois，來自拉丁語 pēnsum，但是法國人稀裏糊塗把拉丁語另外一個表示重量的詞 pondus 當作了 pois 的詞源，歡天喜地塞了個 d 進去，pois 就變成了 poids，可謂讓這個詞胡上加野，萬劫不復了。

經過了一系列重大整容後，當年的 "小野雞" 羽翼漸漸豐滿，法語成為可以全方位適應各種語境的語言，法國的作家與科學家們用法語創作了大量傑出的作品。同時隨著法國在歐洲地位的抬升和法蘭西學院的成立，法語完成了規範化並成為歐洲外交場合使用的通用語。歐洲各國王公貴族紛紛聘請法國小姐為家庭教師，以期孩子能學一口地道的法語，其狂熱程度比起現在中國的英語熱有過之而無不及。

普魯士腓特烈大帝母語是德語，但是法語極其流利。他本人更是對德語頗有微詞，說德語寫的東西就是插語加插語，一頁紙看到最後才能找到全句的動詞。可能正因為如此，他才將普魯士科學院的官方語言改為法語，以利學者思考。倘使九泉之下他知道中國有一些人鼓吹德語嚴謹，適合思辨，也不知會作何感想。

至此，法語成功洗白了自己的"野雞"形象，成為高貴典雅的象徵，野雞也終於變成鳳凰了。一戰以後，雖然法語的國際通用語地位被英語取代，但至今能說一口流利的法語在英語世界仍被視作有教養的標誌，就連英國女王伊麗莎白二世也未能免俗，演講時還時不時插幾個法語詞。從野雞到鳳凰，法語的故事告訴我們，出身不好不可怕，只要肯努力，會包裝，再加那麼點運氣，草根也能成偶像。

44

為什麼北歐國家國旗那麼像

北歐國家有著相當多的共性，他們都是高福利高稅收國家，氣候都相當寒冷，抑鬱症都相當流行。但是對於大多中國人來說，它們給人印象最深刻的相似之處恐怕是國旗長得特別像。

容易看出無論是丹麥、瑞典、挪威還是芬蘭、冰島，國旗的設計款式如出一轍，都是豎杠偏左的十字形，這種相似絕非巧合。

北歐諸國的國旗。從左至右分別為芬蘭、冰島、挪威、瑞典和丹麥

除了芬蘭之外，現在北歐各國的主體居民都屬於北日耳曼人。現今日德蘭半島以及瑞典和挪威的南部海岸是日耳曼人的原鄉，日耳曼語言文化正是從這個區域擴散到德國、荷蘭、英國等地的。

眾所周知，十字是基督教的象徵，北歐國家國旗上的十字正是代表了基督教。但是事實上，北歐國家早期不但不是基督教國家，而且還是基督教的大敵。

相對於擴散到南方的親戚而言，留在北歐的日耳曼維京人受到基督教的影響比較小。因此當基督教的浪潮席捲歐陸，羅馬帝國及其周邊的"蠻族"紛紛皈依基督之時，北歐地區的居民仍然信仰他們的原始宗教。

作為印歐人的一支，北歐的原始宗教繼承了不少古日耳曼宗教乃至古印歐宗教的特點。在當代，北歐神話經常被用作文學和影視作品的題材，眾多好萊塢超級英雄電影中的雷神索爾（Thor）與他的邪惡弟弟洛基（Loki），《指環王》中的矮人等為人耳熟能詳的形象均脫胎於北歐神話故事。

但可能是凜冽的氣候對北歐人的文化觀念產生了特殊影響，比起相對溫情的印度、希臘、羅馬神話，北歐神話要血腥直白得多。在北歐神話體系裏，神的能力並非無限，如弗蕾亞（Freyja）曾僅僅為了換取一條金項鏈（Brísingamen）就被迫給四個矮人輪流陪睡一夜。更重要的是神也並不具備不死之身，如在諸神的黃昏之時，大部分神都會被殺，而且死法上頗具想象力。如主神奧丁（Odin）居然被巨狼芬里厄（Fenrir）一口吞了下去，而雷神索爾則是和巨蛇纏鬥，被巨蛇耶夢加得（Jörmungandr）咬了一口走了九步後，毒發倒地身亡。

北歐的神仙們也不是毫無辦法，為了準備諸神黃昏的到來，他們不斷從世間收割勇敢戰死的英靈（Einherjar），一半歸奧丁的瓦爾哈拉神殿（Valhalla），一半歸弗蕾亞的弗爾克範格（Fólkvangr）。在那裏英靈戰士們每天練習作戰，以求在諸神的黃昏到來時助諸神一臂之力。

在其他的日耳曼民族中，隨著基督教的逐漸深入，這類神話的影響力已經微乎其微，一般只在日期的名字上有所反映，如英語星期四（Thursday）即為雷神索爾日，而星期五（Friday）則為弗麗嘉日。但在古代北歐，人們篤信神話，因此北歐人以戰死沙場為榮，面對敵人時的勇悍往往讓敵人不寒而慄。

公元 793 年 6 月 8 日，乘著長船的維京人襲擊了位於英格蘭北部的林迪斯法恩（Lindisfarne）修道院，自此進入了歐洲歷史上所謂維京時代。其時歐洲氣候進入一個較為溫暖的時期，北歐地區人口增加，農地出現短缺狀況。為應對這種情況，維京人開始四處出擊。在英格蘭，他們佔領了大片土地，成立了所謂的丹麥區。11 世紀的丹麥國王克努特大帝（Cnut）更是一度征服了英格蘭，成為了全英格蘭的國王。而在法國，持續不斷的攻擊迫使法王和這幫海盜簽訂了條約，將法國西北部地區給予維京領袖 Rollo 以換取其抵擋其他維京人的攻擊。這塊土地日後成了所謂的諾曼底地區（Normandy），Norman 即為北方人的意思。Rollo 的後代後來成為了諾曼底公爵。在東歐，留里克（Rurik）於 859 年成為了諾夫哥羅德的統治者 —— 雖然他聲稱是諾夫哥羅德邀請他當老大的，但是真實情況只有天知道了。

更為離奇的是，在冰島人紅鬍子埃里克（Erik the Red）的帶領下，維京人甚至對格陵蘭島動起了腦筋。紅鬍子埃里克在 982 年由於殺人被放逐，在三年的放逐期，他去了格陵蘭島並考察了格陵蘭島的西南部海岸，回到冰島時，他將這個島嶼命名為綠島

（Greenland）—— 這聽起來可比冰島（Iceland）動人多了。他的營銷策略相當成功，很快大批冰島居民就跟著他去格陵蘭闖蕩了。而他的一個兒子萊夫・埃里克松（Leif Erikson）繼承了父親的冒險基因，繼續向著遠方考察，抵達了美洲大陸，並在今天的紐芬蘭地區（Newfoundland）建立起了居民點，這可比哥倫布發現新大陸早了接近五百年。

至此維京人的腳步西至北美洲，北到斯堪的納維亞半島中北部，南及西西里島，東抵東羅馬帝國和羅斯，作為文明發展水平相當低的"蠻族"，有此戰績殊為不易。

隨著南方歐陸國家實力的增強和氣候上的轉變，勇敢尚武已經不能使北歐人成為南方國家的夢魘，海盜們的好日子也就到頭了。在中世紀的宗教狂熱之中，身為異教徒意味著隨時會受到基督教國家聖戰的威脅，成為基督徒則可贏得基督教國家的支持，在內部紛爭中獲得強大外援。

在強大的現實壓力下，北歐的領袖們紛紛開始皈依基督教。11–12 世紀間，丹麥、挪威、瑞典先後皈依基督教。但是事實上異教徒的影響仍然相當大，不僅仍有相當多的北歐人信仰傳統宗教，就算是名義上的基督徒，往往也保留了大量的異教習俗。

不過無論如何，新的身份讓北歐的國王們佔據了道德制高點。而為了表達對於新信仰的忠心，他們身上的好戰基因再次發作。在南方國家紛紛組團進行十字軍東征時，北歐國家也對北方的異教徒發動了聖戰，即所謂的北方十字軍。

在丹麥、瑞典、德國的攻擊下，愛沙尼亞人、普魯士人、芬蘭人等異教徒紛紛被擊敗並被強行皈依基督。而在此過程中北歐國家也乘機擴張地盤。例如，經過長期佔領，1362 年，瑞典正式將現在的芬蘭收入囊中。

北歐現有十字旗的雛形正誕生於這個時代。傳聞 1219 年，丹麥對愛沙尼亞進行聖戰，戰事相當不利，失敗基本已經注定。丹麥軍對上帝禱告，結果一面紅底白十字的旗幟從天而降，受到鼓舞的丹麥士兵士氣大作，一鼓作氣擊敗了愛沙尼亞軍。

　　這個傳說故事並不特別可信：紅底白十字旗頭一次明確出現已經是 14 世紀了，而記載這則傳聞的史料出現得更加晚。不過可以確定的是，丹麥的紅底白十字旗確實反映了基督教的影響，也正是這面旗幟催生出了其他北歐國家的十字旗。

　　北歐國家人種文化語言都相當接近，丹麥語、瑞典語、挪威語具有相當的互通度，相互間的區別可能尚不如北京話和廣州話大。他們的貴族和王室也經常通婚，因此當發生王室絕嗣的狀況時，一國的王位經常會落到另一國王室的手中。

　　1319 年，挪威王室絕嗣，王位傳遞到了瑞典國王馬格努斯四世手中。他的兒子哈康和丹麥公主瑪格麗特結婚，他們的兒子奧拉夫因此具有了三國王位的繼承權。雖然奧拉夫在成年前去世，但是在瑪格麗特的運作下，她的甥孫埃里克成功繼承了三國王位，由丹麥主導的卡爾馬聯合就此誕生。而聯合的旗幟也和丹麥國旗頗有相同之處，只是由紅底白十字換成了黃底紅十字。

　　卡爾馬聯合成立的時候，正是北德商人的漢薩聯盟風頭正勁之時。埃里克於 1426-1435 年和漢薩的商人們打了一仗，結果可是令人大跌眼鏡，漢薩的商人們結結實實地把國王揍了一頓。埃里克聲望掃地，並於 1439 年被迫退位。

　　在隨後的幾十年裏，瑞典不斷挑戰丹麥在聯合中的主導地位。終於，在 1523 年 6 月 6 日，瑞典人選出了自己的國王古斯塔夫，並正式從聯合中獨立，6 月 6 日也就成為了瑞典的國慶節。

　　雖然瑞典獨立了，但是之前的影響並沒有一筆勾銷，獨立後的瑞典仍然使用十字旗，不過顏色和丹麥以及卡爾馬聯合有所不同，採用了藍底黃十字的設計。瑞典人也編出了自己國旗的類似起源傳說，說是某位古代的瑞典國王在聖戰時看見了夜空中有金色的十字架，獲得了靈感云云。

在瑞典離開了卡爾馬聯合後，挪威仍然被丹麥所控制，但是在拿破崙戰爭時期丹麥站錯了隊，支持了拿破崙。彼時本為瑞典一部分的芬蘭已被沙俄侵吞，而瑞典在拿破崙戰爭中又明智地選擇了反拿破崙聯盟一方，為了嘉獎瑞典並對失去芬蘭進行補償，在英、俄等國的運作下，挪威從丹麥被劃給了瑞典。

被劃為瑞典後不久，挪威議會於 1821 年通過決議，制定了國旗的樣式，不出所料仍然是以十字旗為基礎，只是在用色上更加大膽，用了三種顏色。不過到了 1844 年，瑞典—挪威聯合開始使用聯合國旗。為了體現兩國之間的平等地位，聯合旗包含了兩國國旗的元素，色彩極為斑斕，被戲稱為 "鯡魚色拉旗"。

鯡魚色拉旗堪稱審美上的災難，所幸 19 世紀歐洲民族主義興起，挪威人對和瑞典的聯合越來越反感，並於 1905 年正式和瑞典分道揚鑣，鯡魚旗也就壽終正寢了。

雖然北歐諸國的國旗基督教色彩極端濃厚，但進入 20 世紀以後，北歐諸國卻引領了世界世俗化的潮流，其居民中每週都去教堂的人口佔比在西方國家中位列最低一檔。飄揚在北歐上空的十字旗儘管有著種種神授的傳說和輝煌的歷史，對子民的背離卻似乎無能為力了。

45

化學元素
的命名，
一場權力的遊戲

背誦元素周期表的經歷大概是一代又一代中學生刻骨銘心的痛苦回憶，其一大難點在於不少元素的漢語名和元素符號毫無關係，記住一個對記住另一個幫助甚小。如氧和 O，氫和 H，金和 Au，銀和 Ag，所以記憶周期表就成了事倍功半的苦差事。

不少中國學生又會羨慕老外了——作為一種西方品，他們自然會想當然地認為老外學習元素周期表很容易。其實不然，一個英國人照樣要面對怎樣建立起 iron 和 Fe、gold 和 Au、potassium 和 K 這些看似毫不相關的東西之間聯繫的問題。

化學元素名稱與符號之間的巨大差異，與化學元素複雜的發現史息息相關。

人類和各種化學物質打交道的歷史由來已久，大概從智人這種物種誕生時開始，很多化學物質就為其所知。但是在相當長的時期內，人類的化學知識相當欠缺，對化學物質的分類也極為馬虎，缺乏系統性。被中國古人同樣稱為硝的東西，既可能是硝酸鉀，也可能是硫酸鈉，還可能是硫酸鎂；而英語中 brass（黃銅）、bronze（青銅）、copper（紫銅）的名字可謂風馬牛不相及，完全不能反映這三種金屬 / 合金之間的密切關係。

至於區別化學元素和化合物，更是在古人的能力範圍之外——亞里士多德歸結的四大元素為水火地風，以現代觀點看，水是化合物、火是能量釋放方式、風（空氣）是多種氣態單質和

基於七元素體系的插畫。四角為古典四元素，中部三角為新的三元素

化合物組成的混合物，地的構成可想而知就更加複雜了，竟然沒有一個是真正的化學元素。中國的金木水火土五行說也好不到哪兒去，只是比起古希臘四個非元素，五行好歹包括了金，算是瞎貓碰上了死耗子，跟元素沾上了點邊。

中國人早期化學知識的積累靠煉丹，西方則靠煉金。中世紀隨著煉金術的發展，元素的隊伍開始發展壯大，波斯科學家賈比爾在四大元素的隊伍裏添加了硫磺（定義為會燃燒的石頭）和水銀兩樣。再後來瑞士煉金術士帕拉塞爾斯又加入了鹽，構成了新的七元素體系 —— 這次煉金術士的運氣稍好，硫磺和水銀確實是單質，可惜鹽仍然是化合物。

英國化學家羅伯特·波義耳於 1661 年重新定義了元素，他將元素分析為 "無法繼續消滅的物質單位"，從而大大擴充了元素的家族。科學家們終於放棄了把世間萬物歸於極少數幾種元素的嘗試，隨後，在新的正確思想的引領下，越來越多的元素被化學家們發現。

1789年，法國化學家安托萬—洛朗·德·拉瓦錫（Antoine-Laurent de Lavoisier）出版《化學基本論述》（*Traité Élémentaire de Chimie*），是為第一本現代化學教科書。拉瓦錫在書中一共列出了33種元素，其中包括氫和氧，這比起前人已是極大的進步。

到了19世紀初期，英國學者約翰·道爾頓（John Dalton）進一步完善了化學理論。他正式提出所有物質均由原子組成。每種元素都是一種獨特的原子。因此，他找出了36種元素，並且給它們都配上了符號。

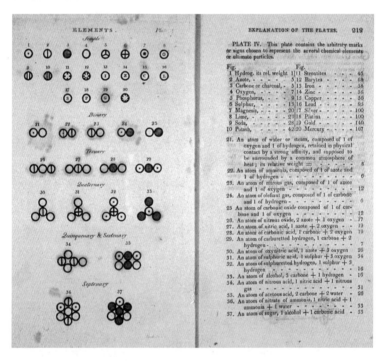

道爾頓符號體系，承襲自中世紀煉金符號

只是道爾頓的符號脫胎於煉金術時期，並不方便使用。不久之後，瑞典化學家永斯‧雅各布‧貝采利烏斯（Jöns Jacob Berzelius）改進了道爾頓的符號體系。他提出應該用字母來代表元素，因為採用字母不但方便書寫，也有助於印刷書籍保持美觀。

　　貝采利烏斯選取符號的原則是以元素拉丁語名字的首字母為符號。而在不同元素首字母重合的情況下，則採取下列規則：

> 　　在金屬和類金屬（貝采利烏斯概念中所有非金屬元素均為類金屬，和現代定義不同）拉丁名首字母相同的情況下，類金屬用首字母。金屬元素名稱首字母和其他金屬或類金屬元素重合的情況下，用頭兩個字母當符號。
>
> 　　如果兩種金屬元素頭兩個字母都一樣，則第二個字母改為詞中第一個不一樣的輔音字母。

　　貝氏確立了現代元素符號的命名規則，他使用的符號大體傳承至今，被後來的化學家沿用。而因為考慮到通用性，符號命名時選擇了拉丁語，所以對於一些很早就被發現利用，在各個語言中早已有其名的元素，如金銀銅鐵錫之類的符號往往就和一般的名稱不一樣了。

　　可是拉丁語是古羅馬人說的語言，在近代化學發展的時候已經是一門失去能產性的死語言。古羅馬人不是神仙，不可能為後來元素的需要造出一大堆詞來備用，於是化學家們就面臨一個不大不小的難題——給元素安上合適的拉丁名字。

　　起拉丁名的招數有不少，其中最重要的當屬從外語中引進名字，改裝成拉丁語。這個方法歷史悠久，極具可操作性，但卻不是想像中那麼簡單——拉丁語名詞有自己的一整套規律，如果隨隨便便拉來個詞就用會違反拉丁語的規則，是萬萬不可的。

例如鉍本來被德國人命名為 Bismuth。但是 Bismuth 長得太不像拉丁語了，所以德國科學家格奧爾格烏斯・阿格里科拉（Georgius Agricola，原名 Georg Pawer，為了趕時髦起了個拉丁名字，將德文姓農民 Pawer 譯為拉丁文的農民 Agricola）把這個詞改裝了一下，變成了 Bisemutum，長得總算像個拉丁語中性名詞了。類似接受了整容手術的元素還有鈷（德語 Kobold > 拉丁 Cobaltum）和鎳（瑞典語 Kopparnickel > 拉丁 Niccolum）。

不過這樣的方法有時候卻會引發問題，比如第 11 號元素鈉和第 19 號元素鉀，不但同屬鹼金屬一族，還都遭遇了命名糾紛，真可謂難兄難弟。

鈉的英文名為 Sodium，模樣像是個地道的拉丁詞，發明這個詞的是英國化學家漢弗里・戴維（Humphry Davy）。他於 1807 年最先用電解法從氫氧化鈉中離析出鈉元素。由於氫氧化鈉在英語中被稱作 caustic soda（燒鹼），他就將這種新的金屬元素命名為 Sodium。

可惜的是戴維半路碰上了強盜，劫道的正是發明了現代元素符號體系的貝采利烏斯。貝氏主張將這種新元素依據法語的 Natron（硝石，來自阿拉伯語）命名為 Natrium。大概是因為符號體系由貝氏主導，結果最終貝氏的 Na 勝出，而 Sodium 則繼續在英語、法語等一些歐洲語言中使用。

鉀的發現者同樣是戴維。眾所周知，草木灰可被用作鉀肥。以前的英國人也有一套取鉀肥的方法：浸泡木頭或樹葉焚燒後產生的灰，浸出液放在盆裏蒸發即可得到鉀肥，所以鉀肥在英語中叫 potash（盆灰）。戴維通過電離鉀肥得到了純鉀，他很高興地命名其為 Potassium。

只是他實在是太倒霉了，雖然這次貝氏符號表裏採納了 Potassium 的名字，並給了 Po 作為這種元素的符號。但是不知怎的，後來另一個拉丁名 Kalium（來自 alkali，即 "鹼"，最終來源是阿拉伯語中的 "草木灰"）居然佔了上風，最後 Po 被廢止不用，竟為 K 所取代。戴維看來確實沒有命名元素的命。

不過這次，他可以聊以自慰的是，現代阿拉伯語中鉀為 būtāsyūm，正是來自 Potassium，總算挽回了點顏面。

19 世紀後期開始，化學界形成了第一個發現新元素的化學家享有命名權的慣例，元素命名的混亂局面漸漸得到扭轉。只是對於戴維來說，這個慣例來得太晚了。

由於自然界存在的元素已經全部發現完畢，新發現的元素一般來說不會有某種語言具備它的本名，加之命名法則日趨完善，所以新元素很少再出現名字符號不一致的現象。但是這並不意味著命名之爭就此徹底終結，事實上，20 世紀後期，發生了一場相當激烈的命名之爭 —— 超鐦元素戰爭。

燃起戰火的是第 104 號至第 106 號元素。蘇聯的杜布納聯合原子核研究所和美國的勞倫斯伯克利國家實驗室均宣稱自己首先發現了這些元素，並依此進行命名。雪上加霜的是，美蘇兩國都深諳對方痛點 —— 美國以為原子彈發展做出傑出貢獻，提出鋼系理論的化學家格倫·西奧多·西博格（Glenn Theodore Seaborg）命名第 106 號元素，而蘇聯則以核物理學家，蘇聯原子彈之父伊格爾·瓦西里耶維奇·庫爾恰托夫（Игорь Васи́льевич Курча́тов）命名第 104 號元素。

這場戰爭從 20 世紀 70 年代一直打到了 90 年代，中間又把第 107 號至第 109 號元素以及一個德國實驗室扯了進來。經過漫長的調解扯皮後，國際純粹與應用化學聯合會終於在 1997 年提出了一個被各方接受的方案。第 104 號至第 109 號元素分別被命名為 Rutherfordium（原子核物理之父歐內斯特・盧瑟福）、Dubnium（杜布納研究所）、Seaborgium（西博格）、Bohrium（物理學家尼爾斯・玻爾）、Hassium（德國黑森州）和 Meitnerium（物理學家莉澤・邁特納），終結了曠日持久的超鑭元素戰爭。

雖然元素的發現主要是西方科學家的貢獻，不過不得不說，假如真要比賽背誦元素周期表的話，中國人大概會像背九九乘法表那樣佔大便宜。這得感謝元素的中文名都是一個單獨的字，長短一樣朗朗上口。

如此科學的中文元素命名體系與近代化學得以成功打入中國一樣，都得要感謝無錫人徐壽。徐壽在上海江南製造總局創辦翻譯館，翻譯了大批西方化學著作。在翻譯《化學鑒原》（*Wells' Principle and Applications of Chemistry*）的過程中，徐壽苦於元素名沒有現成漢名可用，因此在傳教士傅蘭雅的幫助下為它們創造了新名。

徐壽在一些氣體上選用了根據性質命名的方法，如輕氣、養氣、綠氣、淡氣等。不過總體來說是依據元素拉丁文首個音節進行音譯，並在金屬元素名稱中統統加上金字旁。

西名	分劑	西號	華名
Carbon.	六	C.	炭
Kalium.	三九二	K.	鉀
Natrium.	二三	Na.	鈉
Lithium.	六九	Li.	鋰
Caesium.	一三三	Cs.	銫
Rubidium.	八五三	Rb.	銣
Barium.	六八五	Ba.	鋇
Strontium.	四三八	Sr	鍶
Calcium.	二〇	Ca.	鈣
Magnesium.	一二二	Mg.	鎂
Aluminum.	一三七	Al.	鋁
Glucinum.	六九	G.	鉻
Zirconium.	二二四	Zr.	鋯

《化學鑒原》中對元素的翻譯已經和現代相當接近

後來中國化學家們又為非金屬元素用字加上“石”旁，氣體元素加上“氣”頭，提高了翻譯的系統性，終於形成了中國自己的一套科學的元素命名法。這套元素命名法沿用至今，並且基本成了現代漢字體系中新字的唯一來源。

　　只是中國的化學先驅大概沒有料到，他們創造的字很多其實古已有之。明太祖朱元璋給朱家子孫搞了個起名規範，其中規定後代的第三個字得用五行為偏旁，從他下一代開始以“木火土金水”的順序循環。由於朱家人丁興旺，為了避免重名，許多奇怪的字被造了出來。在明朝就有叫朱恩鈉、朱恩鈉、朱帥鋅、朱效鈦、朱效鋰的朱氏後代。要是他們穿越到現代，看到元素周期表上掛著自己的名字，不知會作何感想。

46

口音
階級論

口音往往和等級聯繫起來。請想象這樣一個情景：街頭上，穿著入時的青年男女，突然轉頭，用類似王寶強的一口濃重的口音說"姐，恁長類真齊整"，實在令人覺得違和。這些等級關係與人們長久以來的刻板印象有關，反過來，人們也經常利用此來"提高"自己的調性。

歷史上，為了尋覓向上流動的機會，中產階層和工人階層往往模仿上層口音。但 20 世紀後期，尤其是 80 年代後，英美國家的上層開始主動增加下層口語詞彙，一些人甚至專門聘請教師只為除去自己的高貴口音。

青春期後學習過普通話或英語的人恐怕都了解改變一個人的口音的困難程度有多大。一般來說，人的口音在 20 歲左右已基本定型，青少年時期形成的口音就是鑒定他社會地位的有效標籤 —— 出身寒門的人可以努力積累可觀的財富，習得海量的知識，但口音卻根深蒂固，成為進入上流社會的阻礙。

口音歧視由來已久。古羅馬時期最偉大的作家之一西塞羅出生於羅馬東南 100 公里外的 Arpinum，西塞羅對此非常避諱，極度推崇羅馬城裏貴族口音的拉丁語，盛讚其"沒有錯誤，無比悅耳"，並評價鄉下口音"粗鄙"。

中國古人對正音的強調絲毫不比西方差。南北朝時期，北方南渡的士族顏之推在《顏氏家訓》中說："吾家兒女，雖在孩稚，便漸督正之；一言訛替，以為己罪矣。"

初唐時期為了打擊士族，武則天起用了不少寒門出身的酷吏，但他們的寒門口音相當受鄙視，士大夫階層紛紛撰文取笑——《大唐新語》便記載了這樣一個故事：

> 　　侯思止出自皂隸，言音不正，以告變授御史。時屬斷屠。思止謂同列曰：「今斷屠宰，（雞云）圭（豬云）株（魚云）虞（驢云乎）縷，（俱云）居不得（吃云）詰。空（吃云）詰（米云）弭（麵云）泥去。（如云）儒何得不飢！」侍御崔獻可笑之。思止以聞，則天怒謂獻可曰：「我知思止不識字，我已用之。卿何笑也？」獻可俱以雞豬之事對，則天大笑。釋獻可。

近代有聲傳媒的流行讓口音的重要性越發凸顯。不少人為了轉變自己的口音費盡心機。

美國社會語言學家拉波夫（William Labov）曾經對紐約百貨商店售貨員的口音進行過研究。結果發現高層人士光顧的 Saks 百貨售貨員說 fourth floor 的 -r 最為穩定，口音"高貴"。服務平民的 Klein's 百貨售貨員說話最不講究，-r 脫落最多。而居中的 Macy's 百貨售貨員認真強調 fourth floor 時發 -r 的比率比正常對話要多得多。

轉變口音尤以政客為甚。在傳媒高度發達的英國，政客的口音問題經常被無數倍地放大。

撒切爾夫人自 20 世紀 70 年代開始，逐步在英國政壇崛起，但她一口林肯郡口音的土話常遭到無情的攻擊。有評論員惡評她像"一隻從黑板滑下的貓"。當時，撒切爾夫人已年過五十，不得不請了皇家國立劇場的發音教練為她糾正口音——效果很不錯，天資聰穎的撒切爾夫人幾年後就擺脫了林肯郡土話，開始以一口英國上層流行的 RP 音縱橫政壇。

現代中國政壇比較特殊，當事人一般不會遭受媒體明面上的嘲諷，但人們也注重遮掩口音以避免令人難堪的聯想。如成長於大院的特殊子弟，雖然講北京話，但會控制口音中兒化音出現的頻率，以和平民百姓的北京土腔拉開距離。電視採訪更能說明口音的社會壓力 —— 接受採訪時，多數官員無論如何也要憋出普通話來，恐怕只有申紀蘭這種地位超然者才能免俗。

但是 20 世紀 80 年代以後，英美卻出現了一個稀奇的變化 —— 原本高高在上被眾人模仿的上流社會人士開始模仿平民口音。

英語世界上層口音的代表 —— 女王音就很明顯，每年聖誕節，英國女王都有針對全國的致辭演說，伊麗莎白二世已演說超過五十次。20 世紀 50 年代到 80 年代，她使用的都是典型的英國王室口音。近期，女王的口音越發向她的臣民靠攏 —— 最顯著的變化為 trap 的元音 /æ/ 越來越接近 /a/，前者是高貴的貴族用法，後者則偏向平民。女王的子孫們也是如此。威廉王子結婚時，已經有人指出他口音的 "貴氣度" 尚不如出身平民的凱特王妃，哈里王子的口音也很平民化，簡直和倫敦市井遊民差不多。

2010 年出任英國首相的卡梅倫出身上流家庭，就讀於著名的伊頓公學和牛津大學，從小就說一口上流口音，但他和撒切爾夫人一樣，不得不改變自己的口音 —— 只是方向與撒切爾夫人相反，他開始模仿各種下層口音和鄉村土語。

美國也有類似的現象。相比舊大陸，美國的社會基礎較為平等，並未形成歐洲式的貴族階層，社會階層流動也相當劇烈。它的上層社會屬於美國東北的新英格蘭地區，那些最初來到新大陸的英國新教徒們，其家族在美國生活的歷史有三四百年之久。他們被稱作波士頓婆羅門（Boston Brahmin），歷來是波士頓社會結構中最高的一層。

判斷一個人是不是波士頓婆羅門也很簡單 —— 波士頓婆羅門們有自己獨特的口音，波士頓 400 年歷史中，這種口音始終是上流社會的重要標誌。

20 世紀後期，波士頓婆羅門口音遭遇了一場大危機，越來越不受歡迎了。不但一般的波士頓人變得無心模仿，不少波士頓婆羅門，尤其是有志於投身公共事務的人，反而極力避免被人聽出自己的身份。據相關部門粗略估計，今天仍有這種口音的人數不到千人。

美國前國務卿克里（John Kerry）就出身於一個波士頓婆羅門家庭。1980 年前，他的講話錄音都是純粹的波士頓婆羅門腔調，從政後，漸漸拋棄了波士頓婆羅門口音，轉而學了一口美國普羅大眾的通用美腔（General American）。前總統小布什則做得更絕，能一整套地改造自己的形象，本來生於東北部康涅狄格州的他，放棄繼承高貴的波士頓口音，選擇了成長所在地的得州口音，生生地將自己塑造成了一個南方得克薩斯州牛仔。

大眾傳媒的擴張，以及不斷完善的民主形式，讓口音問題變得非常微妙 —— 說到底，口音的改變是一個取悅於人，向固定階層靠攏的過程。

20 世紀初之前，英美民主仍局限在較高的階層，政治家並不需要向民眾展示自己的形象。本質而言，下層模仿上流口音是為了讓別人覺得自己更加聰明、優雅、可信，從而讓自己更有可能獲得成功，他們對於上升的希望，都寄託在眼前這些談吐優雅，世代高貴的貴族身上。

80 年代之後，權力的天平發生改變，政治家們不得不面對無處不在的媒介，至少在明面上討好民眾，所以他們改變了長期沿用的口音。上流口音往往和聰明、優雅、可信、富裕等特質聯繫在一起，同時卻也是冷漠、距離感的象徵，使用更為貼近，親切的下層口音，能有效地獲得選民的好感。

二戰後，西方的傳統階層分佈受到衝擊，跨階層交往頻繁，上流社會出身的人反而更需要和各類階層打交道。投票式民主制度下，政治人物取得佔據人口重要組成部分的社會下層的支持顯得尤為重要，出身上流的卡梅倫、布什、克里等人因此要把自己的上層痕跡抹去，並不惜打造出人民群眾喜聞樂見的西部牛仔形象。

中國長期推廣普通話 —— 新聞聯播式的普通話憑著政治權威和文化上的壟斷地位，常年壓制其他方言。同時，中國也並沒有形成一個帶有獨特口音的貴族階層。因此，中國的口音取向更多是地域性的 —— 春晚語言類節目就體現得非常明顯：衣著光鮮的正面人物都說一口標準的普通話。北方口音出現於農民、保安、清潔工、民工等角色。至於各種南方普通話，多為 "小男人" "娘娘腔" "騙子" 所使用。

人們會將地域的經濟、文化、政治實力排名帶入到口音的等級中，並由此形成了心照不宣的刻板印象 —— 假如聽到某福建腔的人在電話中跟你講述一個宏大的商業計劃，很多人都會在第一時間掛斷電話。同樣，正式的學術會議出現趙本山式的東北腔會令人立刻對該學術會議的質量產生嚴重懷疑。當然，這些都是偏見。

20 世紀 90 年代，香港電影和香港商人長驅直入，粵語受到大眾的青睞。而 21 世紀後，大陸的投資佔據比例越來越大，不少香港人也調整舌頭，暫時放下了象徵港人身份的粵語，學習起了大陸的普通話。

責任編輯		郭　楊
書籍設計		道　轍
書籍排版		何秋雲

書　　名　　**東言西語：在語言中重新發現中國**

著　　者　　鄭子寧

出　　版　　三聯書店（香港）有限公司

香港北角英皇道 499 號北角工業大廈 20 樓

Joint Publishing (H.K.) Co., Ltd.

20/F., North Point Industrial Building,

499 King's Road, North Point, Hong Kong

香港發行　　香港聯合書刊物流有限公司

香港新界荃灣德士古道 220-248 號 16 樓

印　　刷　　美雅印刷製本有限公司

香港九龍觀塘榮業街 6 號 4 樓 A 室

版　　次　　2022 年 5 月香港第一版第一次印刷

規　　格　　大 32 開（140 × 210 mm）336 面

國際書號　　ISBN 978-962-04-4952-9

© 2022 Joint Publishing (H.K.) Co., Ltd.

Published & Printed in Hong Kong

本書中文繁體字版由銀杏樹下（北京）圖書有限責任公司授權獨家出版發行。